Thorsten Smidt

Vier Nullen zu viel

oder:

Eine Reise nach Polen, um auf
vernünftige Gedanken zu kommen

Roman

Woobooks

Deutsche Erstausgabe

1. Auflage

Redaktion: Saskia Römer und Birgit Marx
Cover: Markus Stromiedel und VercoDesign, Unna
Umschlagmotiv unter Verwendung einer
Fotografie von Daniel Biskup
Satz & Layout: InterMedia – Lemke e. K., Heiligenhaus
Druck: PRINT GROUP SP. z o.o.
Printed 2021
ISBN 978-3-946312-57-4

www.woobooks.de

Für Julia

Inhalt

Muss denn alles schädlich sein,
was gefährlich aussieht?

Aus *Wilhelm Meisters Lehrjahre*
von Johann Wolfgang von Goethe

Auf der Suche nach dem verlorenen Lächeln

Hier würden sie mich so schnell nicht finden.

Ich hatte das Ende des Kellergangs erreicht und stand vor der Tür mit der roten Lampe darüber, als es wieder losging mit dem Hämmern im Kopf. Dumpfe Schläge, immer im gleichen Rhythmus. War wohl normal, dachte ich, wenn man sich erst eine Nacht zuvor mit der Warschauer Halbwelt angelegt hatte und danach weit über tausend Kilometer geflüchtet war, im Affenzahn die ganze Zeit.

Maria war in Sicherheit. Wie oft hatte ich mir das gesagt auf dem langen Weg zurück in den Westen? Ich hatte sie gerettet! Allein das zählte.

Hinter der Tür hing ein schwarzer Vorhang, die Lichtschleuse. Ich suchte nach einem Schalter, als mein Fuß ins Leere trat: eine Stufe. Ich spürte, wie mein selbst konstruierter Kopfverband ins Schwanken geriet. Er schien immer schwerer zu werden. Dabei lief mir das Blut schon eine ganze Weile nicht mehr in den Nacken.

Um mich herum war es dunkel, der Vorhang hinter mir zugefallen. Ich tastete mit beiden Händen die Wand ab, bis ich einen Drehschalter zu fassen bekam. Klackend breitete sich rotes Licht im Raum aus.

Mein Blick fiel in einen Spiegel, der direkt vor mir an der Wand hing.

»Ach du Scheiße«, stöhnte ich.

Die Jeans, die ich mir um den Kopf gewickelt hatte, waren dunkel verfärbt, hatten Schlagseite und hielten offenbar nur, weil ausreichend verklebt mit meinen Haaren. Auch mein Gesicht war blutverschmiert. Rinnsale von Schweiß hatten darin senkrechte Bahnen ausgewaschen.

Alles in allem hatte ich schon mal frischer ausgesehen.

Ich sah mich um. Tatsächlich: Die notwendigen Utensilien und Chemikalien, das Fotopapier, die drei Plastikschalen für die Entwicklung der Abzüge – alles war da. Endlich würde ich die Filme in meiner Tasche entwickeln können. Endlich würde ich meiner Erinnerung die Fotos meiner Reise hinzufügen.

Endlich würde ich Maria wiedersehen.

Bei meinem überstürzten Abschied in Warschau hatte meine Kontaktperson, die verrückte Eva, nur von einem sicheren Unterschlupf geredet. Von einer Freundin, bei der ich mich verstecken könnte und die mich bestimmt eine Weile aufnehmen würde. Hier in Köln stellte sich heraus, dass diese Freundin nicht nur Galeristin mit Schwerpunkt auf Fotografie war, sondern auch eine komplett ausgestattete Dunkelkammer besaß.

»Von der Stetten-Reiferscheidt«, hatte sie sich vorgestellt, aber ich sollte sie Trixi nennen. Vorname und siezen.

»Thomas, Sie sind Künstler?«, wollte sie wissen, nachdem ich zunächst beim Parken auf dem Gehweg eine Telefonzelle gerammt, mir damit die Aufmerksamkeit des Publikums in ihrer Galerie gesichert und dann dort meinen turbangekrönten Auftritt hingelegt hatte. Ich war in eine Vernissage hineingeplatzt.

Trixi ließ nicht locker: »Sie machen Performances? Bestimmt etwas Orgiastisches, so wie Sie ausstaffiert sind!« Sie zeigte auf meinen Kopf, auf dem meine blutdurchtränkten Jeans thronten. »Oder spielen Sie an auf die geschundene Kreatur? Nun sagen Sie schon, spannen Sie mich nicht so auf die Folter!«

Zum Glück wurde Trixi von anderen Gästen in Beschlag genommen, sodass ich ihr die Antwort schuldig bleiben konnte. Stattdessen bekam ich ein Glas Champagner in die Hand gedrückt, das ich in mich hineinkippte, und dann noch schnell ein zweites und ein drittes.

Irgendwann lag ich auf einem Sofa im hinteren Teil der Galerie. Mir war schwindelig vom Pochen in meinem Kopf und möglicherweise auch vom Dom Pérignon auf nüchternen Magen.

Geweckt wurde ich von Gläserklirren. Es wurde aufgeräumt, die Gäste waren verschwunden. Trixi setzte sich zu mir. Was ich denn nun in Warschau getan hätte? War es ein Kunstprojekt? Ich erklärte, dass ich Fotos gemacht hatte und es eigentlich eine Geschäftsreise hatte werden sollen, nur sei dann alles anders gekommen. Natürlich verstand sie nicht, war ja auch eine lange Geschichte, aber das mit den Fotos, das interessierte sie.

So hatte ich von der Dunkelkammer erfahren. Meine Müdigkeit war wie weggeblasen. Ich wollte nicht das Gästezimmer beziehen, ich wollte mich nicht frisch machen. Ich wollte meine Filme entwickeln. Und da des Künstlers Wunsch Trixis Befehl war, zeigte sie mir, wo es in den Keller ging. Immer den Gang entlang bis zur Tür mit der roten Lampe darüber.

Ich holte die Filmdosen aus der Kameratasche. Es konnte losgehen. Ich löschte das Laborlicht, knackte die erste Filmpatrone und fädelte den Filmstreifen auf die Spule der Entwicklerdose.

Aufnahme für Aufnahme würde ich mich auf die Suche begeben. Auf die Suche nach Marias Lächeln.

Der Auftrag

Am Anfang denkt man immer, da kommt nichts mehr. Das Papier schwappt in der Entwicklerflüssigkeit hin und her und will sein Geheimnis nicht preisgeben. Doch dann plötzlich treten auf der leeren Fläche Schatten hervor. Sie werden schnell dunkler und nehmen Form an. Und weil alles gleichzeitig entsteht, weiß man nicht, wo man hingucken soll. Als Erstes erkenne ich, ganz am Rand, Gabi, meine Freundin – das war sie zu diesem Zeitpunkt ja wohl noch. Sie dreht den Kopf zur Seite, als ob da noch etwas anderes passiert und sie schon vergessen hat, dass sie gerade fotografiert wird. Dabei ist sie nicht allein. Da bin ja noch ich, und dann stehen da mein Vater und meine Schwester samt ihrer Pubertätspickel. Wir haben vor dem Rosenbogen Aufstellung genommen, so wie immer für Familienfotos. Nur dass diesmal zwischen mir und meinem Vater eine Lücke ist, da, wo im Frühling noch meine Mutter gestanden hat, gestützt auf meinen Arm.

Für die Aufnahme hatte ich Edith, unserer Haushälterin, meine vorab eingestellte Leica in die Hand gedrückt. Sie hatte gekeift, dass sie noch eindecken müsse. Im Speisezimmer war also die volle Dröhnung zu erwarten. Es war ein Freitagabend. Mama hätte Brettchen auf dem Tisch in der Küche verteilt und Wurst und Käse in die Mitte gestellt. In meinem Bauch zog es sich zusammen, wenn ich daran dachte. Als würde das Pochen im Schädel nicht schon reichen.

Hinter dem ganzen Bohei hatte mein Vater gesteckt. Ein besonderer Anlass verlangte nach einem guten Essen, das waren seine Worte. Er hatte gesagt, wir müssten reden. Über meine Reise. Klar, hatte ich gedacht, einen Tag vorher wäre es nicht verkehrt gewesen, mal etwas mehr darüber zu erfahren. Warschau, ein paar Tage, das waren die Brocken, die ich bislang zugeworfen bekommen hatte. Was auch immer.

Der Gong ertönte. Es war angerichtet. Edith zündete die Kerzen an. Die 30 Grad, draußen wie drinnen, reichten wohl noch nicht. Insofern war mein Schwesterherz mit ihrem bauchfreien Outfit irgendwie auch wieder passend angezogen.

»Oh, Ochsenschwanzsuppe«, bemerkte Gabi. »Vielen Dank für die Einladung, Herr Meister.«

Mein Vater hob das Weinglas. »Ich möchte anstoßen auf die Familie.«

Meine Schwester hing über ihrem Teller und arbeitete wie ein Schöpfwerk. Gabi gab ihr unter dem Tisch einen Tritt.

»Nun, also. Auf die Familie!«

Ich sagte: »Prost«, trank einen Schluck und freute mich, endlich die Suppe essen zu können.

Mein Vater tupfte sich mit der Serviette die Mundwinkel. Es folgte ein Räuspern, bevor er erneut ansetzte: »Wenn ich sage *auf die Familie*, so sage ich das mit allem Nachdruck. Nur wenn wir als Familie zusammenhalten, können wir schwere Zeiten durchstehen.«

Gabi nickte.

»Fertig«, verkündete Anke und stand auf.

Gabi schickte einen giftigen Blick über den Tisch, woraufhin Anke zurück auf ihren Stuhl plumpste.

»Seit nunmehr drei Generationen«, fuhr mein Vater fort, »gibt es die Meister Farben GmbH & Co. KG. Es bricht mir das Herz, wenn ich sagen muss, nein, wenn ich fragen muss, wie lange noch.«

»Darf ich den nächsten Gang auftragen?« Edith hielt schon die nächste Schüssel in der Hand.

»Ja doch«, sagte mein Vater.

»Aber Herr Meister!«, rief Gabi. »Wie furchtbar.«

»Der deutsche Markt ist so hart umkämpft wie noch nie. Das Geschäft ist wahrlich kein Zuckerschlecken mehr.«

Edith servierte Braten. Neuen Wein gab es auch. Anke hatte Kopfhörer auf, wo auch immer sie die hergezaubert hatte.

»Wer, frage ich euch, schätzt denn heute noch deutsche Wertarbeit?«

Gabi nickte schon wieder. Vielleicht wollte *sie* ja später die Firma übernehmen.

»Wir sind, das kann ich nicht genug betonen, existenziell bedroht. Wenn wir nicht ins Hintertreffen geraten wollen, müssen wir, daran führt kein Weg vorbei, neue Märkte erschließen.«

Mein Vater rührte das Fleisch nicht an, obwohl es eigentlich ganz okay war. Für irgendwas musste die Haushälterin ja gut sein.

»Und damit kommen wir zur eigentlichen Hauptperson dieses Abends.« Mein Vater nahm wieder sein Weinglas. »Lasst uns anstoßen auf Thomas!«

Ich hatte einen großen Bissen im Mund, den ich nur mit Mühe so schnell heruntergeschluckt bekam. Anke folgte Gabis Wink, vielleicht auch einem weiteren Tritt. Jedenfalls ließ sie die Kopfhörer unterm Tisch verschwinden.

»Auf Thomas«, frohlockte Gabi.

»Was ist los?«, fragte Anke.

»Prost«, sagte ich.

»Auf die nächste Generation«, sagte mein Vater, »die Verantwortung übernimmt für die Familie, für die Firma!«

Ich leerte mein Glas.

»Kann ich jetzt gehen?«, fragte Anke.

»Aber Anke!«, sagte Gabi.

»Ist alles recht?«, fragte Edith.

»Bitte?«, sagte mein Vater.

Wir saßen nun zu dritt am Tisch. Auf Ankes Platz lag ihr Discman. Mein Vater war mit seinem Braten beschäftigt.

»Worum geht es denn eigentlich?«, fragte ich schließlich. »Wäre gut, wenn ich mal ein paar Infos kriege.«

Mein Vater stutzte. Dann legte er das Besteck zur Seite. »Du fährst nach Warschau, habe ich das nicht schon gesagt? Ich muss schließlich hier die Stellung halten.« Er wandte sich meiner Freundin zu. »Aber keine Angst, Gabi, du bekommst ihn schnell wieder.«

Er säbelte weiter an seinem Braten, und ich war so schlau wie vorher. Hunger hatte ich keinen mehr.

»Erst die Arbeit, dann das Vergnügen«, dozierte Gabi.

»Sehr richtig«, gab mein Vater zurück. »Und ganz alleine ist er ja auch nicht. Im Gegenteil. Er soll lediglich unserer Freundin Eva etwas zur Hand gehen. Sie ist diejenige, die sich auskennt, die unzählige Kontakte hat. Und: Als Schlesierin spricht sie unsere Sprache.«

»Eva?« Anke stand neben dem Tisch, den Discman in der Hand. Brauchte sie wohl auf ihrem Zimmer. »Etwa die Frau, die im Bademantel zum Mittagessen gekommen ist? Die war dufte.«

»Nun, ihr erfrischendes Wesen hat uns jedes Mal angerührt, wenn sie uns, auf Einladung meines Rotary Clubs, besucht hat. Sie, eine Kostümbildnerin, hat sich vor der Wende im Untergrund bewegt und zusammen mit ihren Künstlerfreunden unsere Polen-Hilfe aufgebaut.«

»Und heute ist sie auch in der Farbenbranche?«, fragte Gabi.

»Nicht direkt.« Wieder dieses Räuspern. »Aber sie hat Kontakte.«

»Darf ich abräumen?« Edith stand im Türrahmen.

Mein Vater machte eine wegwischende Bewegung. »Vielversprechende«, sagte er. »Zu potenziellen Partnern. Wir können und wollen nicht investieren. Deshalb heißt Partner für uns: Vertriebspartner. Hörst du, Thomas? Nicht mehr und nicht weniger.«

Edith seufzte und verschwand Richtung Küche.

»Wir müssen einen Brückenkopf bauen, einen Brückenkopf in den Osten. Und Thomas braucht dabei im Grunde genommen nur die Augen offen zu halten. Wie eine …«, er überlegte einen Moment, »Fernspähtruppe. Genau! Auch die ist, wie ihr vielleicht wisst, von entscheidender Bedeutung für den Sieg.«

»Thomas als Fernspäher«, sagte Gabi und nickte schon wieder.

Mein Vater strahlte. »Ja, so kann man es sagen.«

»Ich bin Zivi«, sagte ich.

»Nicht mehr. Gott sei Dank«, meinte mein Vater. »Lass es mich so ausdrücken: Als zukünftiger Kaufmann und Erbe meiner Firma ist jetzt dein Einsatz gefragt. Wenn du dabei zudem ein wenig die Welt kennenlernst und auf vernünftige Gedanken kommst, soll mir das nur recht sein.«

Edith verteilte das Dessert, eine Eistorte. »Herr Direktor«, sagte sie. »Ich sollte Sie noch an die alte Stereoanlage erinnern, die hinten im Heizungskeller steht.«

»Ja, richtig. Danke, Edith.« Mein Vater drehte sich zu mir. »Thomas, die Stereoanlage, du weißt schon, die alte, die wir früher hier stehen hatten, die ist im Grunde doch noch tadellos. Die nimmst du mit. Du musst Eva sagen, dass das moderne Technik ist. Die war nicht billig, damals.«

»Das wird der Kracher«, sagte ich.

Mein Vater schaute kurz auf, dann wischte er mit der Hand einen imaginären Krümel vom Tisch. »Jetzt lass dir noch ein paar organisatorische Dinge sagen. Erstens: Du fährst mit dem Auto. Du nimmst den Golf von deiner Mutter. Schließlich soll es ja nach etwas aussehen, wenn ihr in Warschau irgendwo vorsprechen müsst. Aber, zweitens: Du musst auf den Wagen aufpassen. Er ist erst ein knappes Jahr alt und so gut wie gar nicht gefahren worden. Wie dem auch sei, du weißt ja, wie es heißt: Kaum gestohlen, schon in Polen.«

»Da bin ich dann ja schon.«

Mein Vater stutzte kurz, dann trug er mir noch auf, mich unbedingt jeden Tag zu melden. Und von Eva erwartete er Berichte. Schriftlich. Auf dem Weg sollte ich in Berlin einen Zwischenstopp einlegen und bei meinem Patenonkel, seinem – *unserem* – Anwalt, übernachten. Das hätte er schon geklärt. Im Übrigen könnte ich mich glücklich schätzen, dass sich mir solch eine Gelegenheit zum Sammeln praktischer Erfahrungen böte, noch dazu im Ausland. Ganz abgesehen vom Ernst der Lage wäre das doch eine perfekte Vorbereitung auf das BWL-Studium.

Also gab ich am nächsten Tag meinem Vater die Hand und umarmte meine Schwester. Von Gabi hatte ich mich schon vorher mit einem schnellen Kuss und der Zusicherung verabschiedet, ihrem Einrichtungsgeschmack unbedingt zu folgen – sie wollte die Zeit meiner Abwesenheit zum Besuch diverser Möbelhäuser nutzen, um die gemeinsame Wohnung, die mein Vater uns organisiert hatte, auszustatten.

Dann stieg ich ein und fuhr los. Im Kofferraum stand der Wäschekorb mit der Stereoanlage, auf der Rückbank meine Adidas-Tasche. Neben mir auf dem Beifahrersitz aber hatte ich meine Fotoausrüstung platziert.

Smiley

Sven hatte gleich eine Idee gehabt, wo man abends hingehen könnte, schließlich war Samstag. In den Osten, hatte er verkündet, und die Richtung passte ja grundsätzlich für mich. Bis zur Oranienburger Straße, hatte er gemeint, weiter sollte man nicht fahren. Dabei war das eigentlich erst die Mitte von Berlin, nur eben nicht von Schöneberg aus betrachtet. Sven meinte, dass er während der Semesterferien natürlich für nichts garantieren könnte, weil er sonst immer zu seinen Eltern gefahren war. Er kam schon ins dritte Semester, in der Schule war er mein einziger Freund aus der Stufe über mir gewesen. Im Berliner Nachtleben kannte er sich prima aus, mit Sicherheit besser als mein Patenonkel. Den würde ich morgen anrufen, das hatte ich mir fest vorgenommen. Aber heute war eben Samstag.

Den Golf hatte ich nicht weit von Svens Bleibe abgestellt, ein BN-Kennzeichen zwischen all den Bs, immer noch blitzblank. Beim Reinfahren in die Stadt hatte ich gemäß Instruktion meines Vaters schon mal vollgetankt. Morgen würde ich damit bis Warschau kommen, so der Plan – zumindest zu diesem Zeitpunkt. Sven hatte gefragt, ob ich nicht auf einen Geländewagen umsteigen wollte, bei dem Zustand der Straßen dort, was er so gehört hätte. Aber meinem Vater stand ja eine Geschäftsreise vor Augen, keine Expedition. Seine größte Sorge war, dass es in Polen kein bleifreies Benzin geben und der Drei-Wege-Katalysator Schaden nehmen würde, doch in der Hinsicht hatte ihn die Bonner Geschäftsstelle des ADAC beruhigen können.

Man wusste ja tatsächlich nicht, was einen im Osten so erwartete. Deshalb hatten wir auch schnell noch etwas bei McDonald's am Bahnhof Zoo gegessen, bevor wir schließlich in die S-Bahn gestiegen waren. Und jetzt standen wir hier, zurückgebeamt in den Sommer 1945. Der Krieg war vorbei, aber noch hatte niemand aufgeräumt. Das Gebäude, zu dem Sven mich geführt hatte, sah wirklich schlimm aus. Man konnte, weil die Außenwand fehlte, in die einzelnen Etagen hineinsehen wie in ein Puppenhaus. Es war eben nur halb weggebombt, wusste Sven. Dafür hatten die Mauern, die noch standen, umso mehr Graffiti abbekommen. Dass dies mal ein Kaufhaus gewesen sein sollte, konnte ich kaum glauben. Ein schönes Fotomotiv, dachte ich, und zog die Leica aus der Tasche.

»Mann, spinnst du?« Sven ruderte mit den Armen. »Das mögen die bestimmt nicht, wenn du hier rumknipst wie bescheuert.«

Also packte ich die Kamera wieder weg.

»Wir müssen erst mal checken, wie es am Eingang aussieht«, erklärte Sven. »Die lassen nicht jeden durch. Da muss man schon entsprechend auftreten.«

»Logo.«

»Das ist total angesagt hier. Haben ein paar Typen besetzt, und jetzt ist ständig Party. Die Polente traut sich da auch nicht rein.«

»Stark.« Er kannte sich wirklich aus.

Sven spazierte die Straße entlang und ich hinter ihm her. »Echt blöd. Da ist keiner.« Er kaute auf seinem Daumennagel.

Vielleicht würde ich doch noch eine Aufnahme machen können. Unbekannter Osten, dachte ich, das wär's. Das könnte das Thema einer ganzen Fotoserie werden. Wenn es hier schon so aussah. Abgewrackt, gesetzlos, auf jeden Fall anders. Dann würde die ganze bescheuerte Fahrt wenigstens einen Sinn bekommen.

Sven stieß mich in die Seite. »Guck! Zwei Mädels. Da hängen wir uns dran. Schnell!«

Ich musste rennen, um ihm schräg über die Straße zum Torbogen zu folgen, durch den die beiden Mädchen gerade verschwanden. Wir stolperten hinterher.

Es war ziemlich dunkel im Eingang. Ich hörte Lachen, entfernte Stimmen, ein dumpfes Wummern. Sven stand vor mir und machte keine Anstalten, weiterzugehen. Als ich ihm über die Schulter blickte, verstand ich, warum. Aus dem Nichts war eine schwarz gekleidete Gestalt aufgetaucht.

Sven räusperte sich. »Wir wollten nur …«

Der Kerl hatte sich direkt vor uns aufgepflanzt und musterte uns von Kopf bis Fuß.

»Aber ist auch nicht so …« Sven machte einen halben Schritt zurück.

»Nee, wirklich nicht«, sagte ich.

Nun hob der Typ seine rechte Hand. Zwischen den ausgestreckten Fingern wackelte eine Zigarette. »Jungs, habt ihr mal Feuer?«

Wir schüttelten den Kopf, woraufhin er sich umdrehte und wieder verschwand. Ich kam mir ziemlich bescheuert vor. Schnell weiter, dachte ich. Diesmal Sven hinter mir.

Von den Räumen war in der Dunkelheit nicht viel zu erkennen. Wir steuerten auf den Lärm zu, der aus der oberen Etage kam. Und da war dann auch endlich mehr Betrieb. Es war sogar verdammt voll. Im zuckenden Licht bewegte sich eine Masse Menschen, als wäre sie ein einziges Wesen mit unendlich vielen Gliedmaßen. Arme schleuderten, Köpfe schwankten, Beine stampften. Alles in grell aufscheinenden Farben und in einer Luft, als hätte man das Raucherabteil des Interregio mit unserer Waschküche zusammengelegt.

Wir schoben uns zwischen wild zappelnden Körpern hindurch. Wegen der dröhnenden Bässe verstand ich nicht, was

Sven mir zubrüllte. Erst als er mit seiner Hand eine Kippbewegung machte, kapierte ich, dass er was trinken wollte. Also kämpften wir uns weiter vor, bis wir einen Typen im Netzhemd erreichten, der einen Turm aus Bierkästen bewachte. Das Beck's, das Sven von ihm erstand, war natürlich warm. Wir lehnten uns an eine Wand und stießen an.

»Die Leute sind aber fertig hier!«, schrie ich Sven zu.

»Normal!«, brüllte er zurück.

»Und die Musik, ist die immer so?«

»Glaub schon. Ist halt keine Dorfdisse.«

Die Leute im Raum bewegten sich wie Schlafwandler, dicht an dicht, jeder für sich. Wir tranken unser Bier.

Ein Mädchen in schlackernder Latzhose drückte sich an uns vorbei. An einem Band um den Hals hing ein Schnuller.

»Hi!«, brüllte Sven.

»Verpiss dich!«, brüllte sie.

Sven zuckte mit den Schultern. »Mann, war die verklemmt.«

Nach einer Weile zeigte Sven zur Seite. »Holst du?«

Als ich nicht gleich verstand, ergänzte er: »Bier?«

Die Flaschen waren nicht kälter geworden. Aber allmählich schmeckte es besser.

Dann leuchteten plötzlich gelbe Augen vor uns auf. »Was wollt ihr haben?«, zischte eine heisere Stimme. »Ich hab alles, was ihr braucht. Ich meine, um in Fahrt zu kommen. Müsst nur sagen.«

»Danke, ist schon okay«, meinte Sven.

»Wie seid ihr denn drauf? Nur zugucken is nicht.«

»Also, ich bleib beim Bier«, sagte ich.

»Hey, den Tod in Venedig könnt ihr später noch spielen. Hier ist Party, okay?« Der Typ zog ein kleines Plastiktütchen aus seiner Hosentasche. »Freunde der Nacht! Ich würde sagen, für euch sind die Grünen genau die richtigen.«

»Nee, lass mal«, sagte Sven.

»Vielleicht später«, sagte ich.

»Ach, so sieht's aus.« Der Typ griente, seine Augen funkelten. »Easy. Für jeden gibt's ein erstes Mal.«

»Kenn ich eh schon«, sagte Sven. Ich sah ihn von der Seite an, aber er hielt den Kopf gesenkt.

»Passt mal auf, Jungs. Ich geb euch zwei Grüne für 'nen schlappen Zwanni. Weil ihr es seid. Die Nacht ruft.« Er beugte sich vor. »Glaubt mir, ihr werdet so geil drauf sein wie noch nie.«

Der Typ presste meine Hand zu einer Faust zusammen, darin ein kleines Etwas. Sven versuchte, den Typen wegzudrücken. Er stand jetzt so dicht vor uns, dass ich seinen Atem an meinem Ohr spürte. Und ich spürte seine Hände, die an meiner Hose rumfummelten.

»Lass das«, sagte ich und versuchte, die leere Bierflasche zwischen uns zu schieben.

»Hier«, sagte Sven, und ich sah, wie er dem Typen einen Schein zusteckte. Der machte einen Schritt zurück, zwinkerte uns noch einmal zu, und schon hatte die wogende Masse ihn verschluckt.

Ich öffnete meine Hand, und zum Vorschein kamen zwei grüne Pillen. Sven nahm eine und drehte sie zwischen Daumen und Zeigefinger. Auf der Tablette war ein Smiley.

»Hast du das wirklich schon mal probiert?«, fragte ich ihn.

»Hab davon gehört. Soll nicht so gefährlich sein.«

»Ich weiß nicht.«

»Scheiß drauf«, sagte Sven, warf sich die Pille in den Mund und spülte sie mit dem Beck's runter. Er sah mich auffordernd an, und ich machte es ihm nach.

Wir stießen an, lehnten uns wieder an die Wand. Reden brauchten wir nicht, die dröhnenden Bässe umschlossen uns. Irgendwo weiter weg schwebte ein Typ über der Menge, eigenartig von unten beleuchtet, Kopfhörer mit der Schulter ans Ohr gepresst und mit den Armen in der Luft rudernd. Er war der Priester, er zelebrierte die Messe. So wurden alle erfüllt von dem Heiligen Geist und gerieten in Verzückung. Das Licht blitzte, die Gestalten im Raum erschienen und entschwanden. Ein Standbild nach dem anderen. Arme gereckt, Köpfe schief, keine Augen.

Nach einer Weile war die Wand hinter mir nicht mehr da, und auch Sven war weg, aber das machte nichts. Alles um mich herum hatte sich aufgelöst, da war nichts als der hämmernde Rhythmus, die einzelnen Töne wie Stromschläge. Ich beobachtete meine Hände, die durch die Luft wirbelten, spürte, wie meine Füße dann und wann den Boden berührten. Ich konnte nicht aufhören, wollte nicht aufhören. Alles war so easy, so easy wie noch nie. Die Beats brandeten gegen meinen Bauch, schwappten durch ihn hindurch, trieben mich auf Wellen von goldenem Licht, auf und ab. Ich ließ es geschehen, wurde leichter und leichter.

Erst allmählich nahm ich wahr, wie aus dem Nebel vor meinen Augen eine Kontur hervortrat. Ein Lächeln blitzte auf. Die Marionettenfäden zogen mich weiter, und ich musste den Kopf drehen, aber da war es wieder, das Lächeln. Ich lächelte zurück. Als ich einen Kuss auf meinen Lippen spürte, umfasste ich den Körper und zog ihn an mich heran. Eine Zunge schob sich in meinen Mund, gegen mein T-Shirt rieben zwei Brüste. Das war anders als mit Gabi, besser, heftiger. Dann war das Mädchen wieder verschwunden. Ich hatte noch den fremden Geschmack auf meinen Lippen, während ich mich um mich selbst drehte, ringsum bloß zuckende Gestalten. Auch mich hatte der Rhythmus schon wieder erfasst, und ich konnte nicht mehr sagen, was da eigentlich passiert war. Ob überhaupt etwas passiert war.

Als mich Sven irgendwann durch den Torbogen zog, hatte jemand das Licht aufgedreht. Ich beschloss, einfach die Augen zuzulassen.

»Scheiße, scheiße, scheiße!«, schrie Sven.

In meinem Kopf klopfte der Rhythmus weiter.

»Ich muss zurück!« Svens Stimme überschlug sich. »Es ist schon Morgen!«

War mir egal.

»Die Aufführung, Mann! Da muss ich dabei sein!«

»Können wir nicht wieder rein?« Ich lehnte mich an eine Laterne.

»Du kapierst nicht!« Sven packte mich an den Schultern. »Bei uns im Haus! Aufführung! Die alten Herren! Scheiße.«

Für den Moment waren das zu viele Infos auf einmal. Außerdem drang die Helligkeit unangenehm durch meine Augenlider.

»Ich muss mich umziehen!« Sven wurde immer lauter.

Mir war schummrig. Es war gut, die Laterne im Rücken zu wissen.

Sven schaltete jetzt auf Jammern um. »Die verstehen keinen Spaß. Und ich bin noch Fuchs.«

Ich machte die Augen auf. Das Licht traf mich wie ein Schlag.

»Die schlachten mich.«

»Sven«, sagte ich und hielt mich an der Laterne fest. »Du bist Sven, du bist kein Fuchs.«

»Mann, nun versteh doch! In meiner Verbindung!«

»Verbindung?«

»Studentenverbindung. Da bin ich Fuchs. Frischling. Arsch vom Dienst.«

»Fuchs, du hast die Gans gestohlen …«

»Taxi! Wir brauchen ein Taxi!« Sven machte einige Schritte auf die Straße und drehte sich im Kreis. Er hielt beide Hände in die Höhe, als wollte er die Sonne anbeten, aber in Verbindung mit dem Drehen war das wohl keine gute Idee, denn plötzlich sackte er zusammen. Nach hinten abgestützt saß er auf dem Asphalt. Ich setzte mich neben ihn.

»Was soll ich denn jetzt machen?« Er heulte fast.

Irgendetwas brummte hinter uns.

»Das kriegen wir hin«, sagte ich und wandte mich um. Ich schaute auf einen Kühlergrill. Eine Autotür wurde geöffnet, und ein Paar Stiefel kam zum Vorschein.

»Jungs!«, sagte eine Stimme. »Kann ich euch vielleicht noch was zu trinken bringen?«

»Nee, danke«, sagte ich.

»Oder die Zeitung?«

»Nein, wirklich nicht.«

Nun drehte sich auch Sven um. »Taxi«, sagte er. »Taxi!«

Der Mann beugte sich zu uns runter. »Sicher. Taxi. Steigt ein.«

Sven stützte sich auf meiner Schulter ab, um hochzukommen. Dann zog er mich hoch. Der Mann hielt uns die Tür auf, und wir rutschten auf die Rückbank.

»Wohin darf ich die Herrschaften denn kutschieren?« Der Mann blinzelte im Rückspiegel.

»Schöne-«, nuschelte Sven.

»-dings«, fügte ich hinzu.

»Schnell«, sagte Sven.

»Ist das ein Taxi?«, fragte ich.

»Für euch immer«, sagte der Mann und fuhr los.

Ich ließ die Häuser an mir vorbeiziehen.

Sven krallte sich an meinem Arm fest. »Ich muss mich noch umziehen.«

»Dein T-Shirt ist doch okay.« Nur ein bisschen fleckig vielleicht.

»Die Farben!«

»Farben?« Nee, eigentlich nur Dreck.

»Ich muss Farben tragen!«, schrie Sven.

»Und ich muss nach Warschau.«

Der Mann drehte sich zu uns um. »Was denn nun? Ihr müsst euch schon entscheiden.« Er hörte nicht auf, mir in die Augen zu schauen.

Ich war beeindruckt. Das Auto konnte alleine fahren. Dass es das schon gab.

»Scheiß auf Warschau!«, rief Sven. »Zur Aufführung!«

»Darf man fragen, was gegeben wird?«, fragte der Mann.

»Peter und der Fuchs«, sagte ich.

»... nicht der Wolf?«, fragte der Mann.

»Die Winterreise«, sagte Sven.

»Ist nicht Sommer?«, fragte ich.

»Und was hat da ein Fuchs verloren?«, fragte der Mann.

Wusste Sven auch nicht. Wir schaukelten auf der Rückbank hin und her.

»Wo sind wir überhaupt?« Sven wischte mit dem Arm über die Scheibe, dabei war die gar nicht schmierig oder beschlagen.

»Ruhig Blut, Füchschen. Wir sind im Landeanflug. Ihr müsst mir nur noch die Straße verraten.«

An die vielen Plattenbauten konnte ich mich gar nicht mehr erinnern.

»Wo zum Henker sind wir?«, fragte Sven.

»Schönefeld. Wo der Osten am schönsten ist.« Der Mann grinste uns an.

»Scheiße«, sagte Sven. »Schöne*berg* hab ich doch gesagt. Wir wollen nicht in den Scheißosten.«

»Ich schon«, sagte ich.

»Immer langsam, Sportsfreunde. Erst wollt ihr nach Schönefeld, dann nach Warschau, dann wieder nach Schöneberg. Die Herrschaften müssten sich bitte mal entscheiden.«

»Schöneberg, Berg, Berg! In den Westen, Mann. Die Aufführung geht gleich los.«

»Dann bitte ich, die Gurte anzulegen und das Rauchen einzustellen. *Ready for Take-off.*«

Die Beschleunigung drückte mich in den weichen Sitz.

Wachgerüttelt wurde ich von unserem Fahrer. Ich schaute neben mich, aber Sven war nicht mehr da.

»Zahltag«, sagte der Mann.

Ich verstand nicht.

»Einen Blauen, wenn's recht ist. Weil ihr es seid.«

Eine geöffnete Hand schwebte vor meinem Gesicht. Also durchwühlte ich meine Kameratasche, denn da musste irgendwo das Geld sein. Ich legte den 100er auf die Hand und kletterte aus dem Auto.

»Schönen Gruß auch an die Kameraden!«, schallte es noch hinter mir her.

»Tschö«, sagte ich und knallte die Autotür zu. Nun musste ich nur noch Sven wiederfinden. Ich drehte mich im Kreis und entschied dann, auf dem Gehweg weiterzusuchen.

»Thomas!«, rief Sven. Er stand in einem Hauseingang und winkte mir zu. Als ich ihn erreicht hatte, drückte er mir den Schlüssel in die Hand. »Versuch du mal.«

Ich stocherte im Schloss herum und lehnte mich gegen die Tür, bis sie ohne mein Zutun nachgab. Ein Typ im Anzug hielt sie auf. Wir zwängten uns an ihm vorbei, und als ich aufsah, begriff ich endlich Svens Problem. Es saß uns direkt gegenüber. In mehreren Stuhlreihen. Herren und Damen in feinen Klamotten, alle hatten Zettel in der Hand, und alle sahen uns mit großen Augen an. Vielleicht hätten wir die Winterreise anstimmen sollen. Ein Klavier mit aufgeklapptem Deckel stand bereit.

Ich spürte einen leichten Druck an der Schulter. Noch so ein Typ, diesmal mit Fliege, ziemlich staatstragend. Er dirigierte uns durch eine Tür hinaus. Wir fanden uns in der Küche wieder. Unser Auftritt war beendet. Applaus brandete auf.

Sven sank auf einen Stuhl, während hinter der Tür das Klavier einsetzte und eine Männerstimme fistelte: »Fremd bin ich eingezogen, fremd zieh ich wieder aus.«

Ich setzte mich auch.

»Schau mal, ob Bier da ist«, sagte Sven tonlos.

»Das Mädchen sprach von Liebe«, leierte die Stimme, »die Mutter gar von Eh.«

Ich ging zum Kühlschrank. Das Schultheiss war kalt, schmeckte aber trotzdem nicht. Wir saßen nebeneinander und schwiegen. Sven zeigte auf die Tischplatte vor sich und grinste. Er hatte Brotkrümel zu einem Smiley arrangiert.

Tarnkappe

Abends, als wir uns Frühstück machten, war Sven wieder Sven. Ohne Farben, Fuchsschwänze oder was auch immer. Während wir ein paar Stunden geschlafen hatten, waren die Stühle im Eingangsbereich weggeräumt worden. Auch der Smiley auf dem Küchentisch war verschwunden. Svens Augenlider hingen auf Halbmast. Ich hatte Kopfschmerzen.

»Ich kapier immer noch nicht«, brummte er, »was du eigentlich im Ostblock willst.«

»Warschau. Ich muss nach Warschau.«

»Sag ich doch. Ostblock.«

»Zu deiner Info: Die Mauer ist weg. Der Kapitalismus hat gesiegt.«

»Mal im Ernst: Können die das überhaupt? Wirtschaft und so? Ich meine, nicht polnische Wirtschaft, sondern hartes Geld, gute Waren.«

»Null Ahnung.«

Wir kauten weiter auf kaltem Toast herum.

Sven schob mir ein Schultheiss rüber. »Bleib doch. Hier ist schon mehr als genug Osten. Und du bist immer wieder schnell im Westen. Zumindest, wenn du Glück hast.«

Ich grinste.

»Im Ernst, was hast du in Warschau verloren?«

»Du weißt doch, mein Vater schickt mich. Es geht um unsere Firma. Deren Zukunft liegt offenbar im Osten.«

»Und warum fährt er dann nicht selbst? Du hast doch keinen Schimmer, wie es da zugeht. Und von Wirtschaft erst recht nicht. Warum sagst du ihm nicht einfach, dass du keinen Bock hast?«

Ich zuckte mit den Schultern und spülte den letzten Bissen mit einem Schluck Bier runter.

»Mann, das ist gefährlich. Das Einzige, was da schon funktioniert, ist die Mafia. Drogen, Mädchen, Kalaschnikows.«

»Und wenn schon. Davon mache ich dann Fotos.«

»Witzbold.«

»Nee, im Ernst. Eine Fotoserie. Vielleicht könnte ich sie *Der Wilde Osten* nennen.«

»Du hast 'nen Knall.«

»Eine Bestandsaufnahme, dokumentarisch und trotzdem künstlerisch, weißt du?«

»Junge, wer will denn so was sehen?«

»Vielleicht kriege ich damit eine Mappe zusammen für die Kunstakademie.« Die Kunstakademie war mein Traum, genau das, was ich wollte, wo ich meine Zukunft sah. Aber das wollte mein Vater nicht hören. Und selbst Sven schien es für eine Schnapsidee zu halten.

»Da wird sich Gabi aber freuen, dass sie in Zukunft einen brotlosen Künstler durchfüttern darf.« Er wedelte mit einer Toastscheibe. »Übernimmt *sie* dann eure Firma?«

Ich zog eine Grimasse. »Dafür muss die erst mal gerettet werden.«

»Richtig, ich vergaß. Deshalb die Expedition. Ich sag nur: *Mission Impossible.*«

»Mal seh'n. Im Übrigen habe ich ja auch eine Gouvernante.«

»Eine was?«

»Eva. Eine Bekannte von meinem Vater. Zu ihr soll ich fahren.«

»Und die soll was? Auf dich aufpassen?«

»Oder ich auf sie.«

Sven fing an zu lachen. »Verstehe! Thomas, der Rächer der Enterbten, der Beschützer von Witzen und Weizen …«

»Halt's Maul!«

»… der Stecher der weisen Witwen …«

Ich musste Sven vorübergehend in den Schwitzkasten nehmen, damit er endlich die Klappe hielt.

»Alter Schwede«, meinte Sven, als er wieder zu Atem kam. »Das ist doch alles total bekloppt. Ich sag dir, lass es. Die ganze Reise und alles, das ist keine gute Idee.«

Ich sagte nichts. Meine Flasche war leer. Ich wollte zurück ins Bett.

Die Tür flog auf, und ein Typ in einer Chevignon-Jacke kam in die Küche. War dem nicht heiß?

»Alles roger in Kambodscha?«, röhrte er und zeigte wie ein Showmaster mit beiden Zeigefingern auf Sven. »Affengeiler Auftritt vorhin! Kann man die Clownnummer auch privat buchen?«

»Arschloch«, sagte Sven.

Die Jacke hatte sich vor dem Kühlschrank aufgebaut und klapperte darin herum. Eine Bierflasche kam zum Vorschein.

Er wandte sich mir zu. »Frage: War das nicht dein Auto mit dem Bonner Kennzeichen?«

»Ja, ist meins.«

»Schicke Karre.«

»Geht so.«

»Jedenfalls gut, dass du noch mal umgeparkt hast. Mit ihrem Tor verstehen die Nachbarn keinen Spaß.«

»Wieso umgeparkt?«, sagte ich und stand auf.

Sven folgte mir.

Auf der Straße war nichts los. Wahrscheinlich saßen alle vor dem Tatort. Dicht an dicht standen Autos geparkt. Nur vor dem Nachbarhaus klaffte eine Lücke. Da, wo ein Tor in der Hauswand war. Hatte ich gestern wohl übersehen.

»Da stand er«, sagte ich. »Der Golf.«

»Wundert mich nicht«, sagte Sven und rubbelte seine Bartstoppeln.

»Wieso?«

»Na ja, wegen der Mafia. Aus dem Osten.«

»Jetzt hör doch mal auf mit deinen Geschichten. Ist wahrscheinlich abgeschleppt worden.«

»Wat schreist'n da rum?« Über mir hing ein Igel aus dem Fenster.

Ich musste den Kopf in den Nacken legen. Dichte graue Borsten bedeckten ein kreisrundes Gesicht. Darin blitzten zwei Knopfaugen.

»Entschuldigung, haben Sie was gesehen? Mein Auto ist weg. Ein Golf. Ziemlich neu.«

»Nüscht hab ich jesehen.«

»Genau hier habe ich ihn gestern geparkt.«

»Na, da biste aber jelackmeiat.«

»Also haben Sie doch was gesehen?«

»Nee, aber heut um sechse war er schon weg, wa.«

Ich spürte leichte Panik in mir aufsteigen.

»Weg is weg. Dit is amtlich.« Der Igel verschwand in der Fensteröffnung.

»Sven, ich muss meinen Patenonkel anrufen.«

»Das wolltest du doch sowieso machen.«

»Der ist Anwalt.«

»Das nützt dir auch nichts mehr. Aber so kannst du wenigstens noch ein paar Tage bleiben. Bevor du zurück nach Bonn fährst.«

Ich nickte.

Mein Patenonkel schien vor der Glotze zu sitzen, als ich ihn anrief. Im Hintergrund hörte ich eine Männer- und eine Frauenstimme, die abwechselnd etwas aufsagten.

»Wo warst du eigentlich gestern?«, fragte Onkel Manfred. »Du solltest doch hier übernachten. Auf meinem Grundstück wäre der Wagen nicht gestohlen worden.«

»Könnte doch auch abgeschleppt worden sein.«

»Ich werde das morgen abfragen, pro forma. Aber abgeschleppt in der Nacht auf Sonntag? Ich bitte dich! Thomas, das ist das neue Europa!«

»Und was soll ich jetzt machen? Weiterfahren kann ich ja nun nicht mehr.«

»Erstens: Ruhe bewahren«, sagte er. »Zweitens: Brand melden – das übernehme ich. Drittens: In Sicherheit bringen – will sagen, du kommst zu mir.«

»Ich kann bestimmt auch noch bei Sven bleiben.«

»Nimm dir ein Taxi, dann bist du in 15 Minuten bei mir.«

»Die Taxis sind etwas eigenartig hier.«

Durch den Telefonhörer hörte ich Geschrei und eine Polizeisirene. Also auch er: Tatort.

»Wie du willst. Aber morgen früh kommst du gleich in meine Kanzlei. Dann sehen wir weiter. Thomas, mach dir keine Sorgen. Wir werden das Kind schon schaukeln.«

Die Polizeisirene wurde leiser.

»Und mein Vater …?«

»Den rufen wir morgen an, wenn alles geklärt ist.«

Onkel Manfred winkte mit einem Blatt Papier, als er mich durch die offene Tür erspähte. Seine Glatze leuchtete in der Morgensonne. Ich ging grüßend an seiner Sekretärin vorbei in das turnhallengroße Büro. Vor einigen Jahren war ich schon mal hier gewesen. Normalerweise kam er zu uns, wenn es Geschäftliches zu regeln gab mit meinem Vater. Ein Samsonite in der Hand, den Trenchcoat über dem Arm, so tauchte er alle naselang bei uns auf. Dann gingen die beiden essen, blieben weg bis spät in die Nacht, und Mama hatte sich immer darüber aufgeregt. Onkel Manfred hatte diese Probleme nicht. Er war unverheiratet, lebte in einer Villa am Wannsee und gab den Casanova.

»Hier steht die Lösung!«, rief er mir entgegen.

Ich setzte mich auf einen der Ledersessel vor seinem Schreibtisch, auf dem, obwohl er die Ausmaße einer Tischtennisplatte besaß, außer der Telefonanlage und dem Powerbook nichts weiter lag. Mein Patenonkel schnellte mit seinem Kippsessel nach vorne und ließ das Papier auf die Platte gleiten. Er tippte mit dem Finger darauf, doch es war zu weit weg, als dass ich etwas hätte erkennen können.

»Zwei Anrufe und ein Fax. Das war alles«, verkündete er, und schon kippte sein Oberkörper wieder zurück in die Waagerechte. Fast hätte man meinen können, die Spitze der Gedächtniskirche, deren Turmruine hinter der großen Fensterscheibe aufragte, hätte ihn erschlagen.

»Hast du das Auto gefunden?«, fragte ich schließlich, als er weiter lächelnd in seiner Position verharrte.

»Der Golf ist futsch, Anzeige schon erstattet.«

Okay, dann würde sich jetzt jemand anderes über die Stereoanlage freuen dürfen.

Diesmal vollzog sich das Aufrichten in Zeitlupe. Oben angekommen, beugte er sich mir entgegen. »Dich mit dem beliebtesten Auto Osteuropas nach Warschau zu schicken, auf so eine grandiose Idee kann auch nur dein Vater kommen. Aber wie gesagt: Ich habe schon eine Lösung gefunden. Bist du bereit?«

Ich rutschte mit dem Stuhl ein Stück näher heran, um zu signalisieren, dass ich auch wirklich bereit war.

»Ein Citroën CX.« Mein Patenonkel strahlte.

Ich wartete ab, ob noch etwas folgte, da sich mir die Lösung noch nicht vollständig erschloss.

»Unter uns: Dahinter steht sogar noch *GTi Turbo*, aber das müssen wir ja niemandem verraten.«

»Klar.« Ich hatte keine Ahnung, wovon er redete. Sein Vortrag war ähnlich aussagekräftig wie der meines Vaters, als er mir meine Mission im Osten erklärte.

Offenbar sprach mein Gesichtsausdruck Bände, sodass sich mein Patenonkel doch noch zu einer Erklärung genötigt sah. »Pass auf, das ist ganz einfach.« Er wedelte mit dem Papier. »Dies ist die Hitliste der Autodiebstähle in Polen. Was, glaubst du, steht auf Platz eins?«

»Golf?«

»Richtig. Und hier unten? Ganz unten?« Seine Augenbrauen hoben sich. »Citroën. Ein Modell nach dem anderen. Den Franzosen traut man in Polen offenbar nichts zu.«

»Keine Ahnung.«

»Genau. Von dem Vehikel hat wirklich niemand eine Ahnung. Erst recht nicht in Polen. Dabei ist der Schimi den die ganze Zeit gefahren. Und der ist ja im Grunde auch ein halber Pole.« Onkel Manfred verschluckte ein Lachen, wurde wieder ernst. »Das musst du dir auf der Zunge zergehen lassen: ein Ein-Speichen-Lenkrad, ein Walzen-Tacho, solche Dinge. Dazu kommt das hydropneumatische Fahrwerk. Hydropneumatisch! Du fährst sozusagen auf einem Luftkissen. Das nenne ich *savoir vivre*. Wird heute leider nicht mehr gebaut.«

»Hm.«

Mein Patenonkel hatte leuchtende Augen bekommen, strahlte über das ganze Gesicht, womit er noch jünger aussah als ohnehin schon. Dabei war er genauso alt wie mein Vater, 56. Er drückte auf einen Knopf an seiner Telefonanlage und beugte sich über das Gerät. »Helga? Wie sieht's aus? Wie stehen die Aktien?«

»Ja, Herr Dr. Moltke. Ich bin eben fündig geworden. Es liegt aber ein klein wenig über Ihrer Preisvorstellung.«

»Das kriegen wir hin. Machen Sie einen Termin für heute Mittag aus. Danke.« Er ließ den Knopf los und drehte sich wieder zu mir. »Das Finanzielle kläre ich noch mit deinem Vater. Da mach dir mal keine Sorgen.«

Wenn er das sagte …

»Am Heck lassen wir *GTi* und *Turbo* abnehmen. Nicht dass doch noch jemand neugierig wird.« Er grinste breit. »Na, was sagst du?«

»Ja, gut.«

»Gut? Nur gut?« Onkel Manfred ruderte mit den Armen. »Nicht dein Ernst. Das ist ein absolut formidables Gefährt! Und trotzdem bleibst du unter dem Radar. Ich würde sagen: für deine Zwecke das Nonplusultra.«

Ich nickte, was auch immer.

Onkel Manfred hörte auf zu wippen, erhob sich und ging um seinen Schreibtisch herum. Als er endlich bei mir angekommen war, nahm er auf dem zweiten Ledersessel Platz.

»Hör mal, Thomas. Ich kann mir vorstellen, dass du keine besondere Lust hast, nach Warschau zu fahren. Die letzten Monate waren hart für dich, für euch alle.«

»Ja, schon.« Ich schluckte und wich seinem Blick aus.

»Ich kann das verstehen, glaub mir. Aber weißt du, eurer Firma geht es nicht gut. Und deinem Vater geht es auch nicht gut. Er kann das nicht so zeigen, aber auch er trauert immer noch.«

»Hm.«

»Er schafft das nicht allein. Thomas, du musst ihm helfen. Du bist jetzt die Firma. Du bist die Zukunft.«

»Scheint so.«

»Du musst den Tatsachen ins Auge schauen, daran führt kein Weg vorbei.«

»Versuch ich doch.«

»Gut.« Er lehnte sich zurück. »Also: Das Geschäft läuft nicht mehr rund. Die Baumärkte fluten den Markt mit ihrer Billigware. Keiner will mehr für Qualität bezahlen.« Er blickte Richtung Gedächtniskirche, als ob die bösen Baumärkte auch diese Ruine zu verantworten hätten. »Du weißt, ich stehe dir genauso nahe wie deinem Vater. Ich fühle mich mitverantwortlich für die Geschicke eurer Familie und eurer Firma. Und das nicht nur in meiner Funktion als Rechtsbeistand – das weißt du doch.«

»Klar.«

»Dein Vater hat dir bestimmt erklärt, dass er sich große Hoffnungen macht, was den polnischen Markt angeht.«

Ich nickte.

»In Polen steht *Made in Germany* ganz hoch im Kurs. Für Qualität ist man bereit zu bezahlen. Und gebaut wird dort viel, wirklich sehr viel. Kannst du dir vorstellen, welchen Nachholbedarf es dort gibt?«

»Geht so.«

»Ob das wirklich aufgeht, weiß ich natürlich auch nicht. Vor allem mit dieser Eva.« Er zog hörbar die Luft ein. »Kennst du sie?«

»Sie war mal bei uns zu Besuch.«

»Dein Vater hält große Stücke auf sie. Ich bin da etwas zurückhaltender, um es mal vorsichtig auszudrücken. Aber wie dem auch sei, *carpe diem*. Wir müssen lediglich einen geeigneten Vertriebspartner finden, dann steht uns der Markt offen. Dabei soll Eva uns unterstützen. Und du«, – bedeutungsvolle Pause –, »du hast die ehrenvolle Aufgabe, die ganze Sache im Blick zu behalten.«

»Wie, im Blick behalten? Was soll das denn heißen?« Was zur Hölle wollten die eigentlich von mir?

»Dein gesunder Menschenverstand ist gefragt. Nicht mehr und nicht weniger. Und du bist doch ein vernünftiger Mensch. Thomas, die Uhren da drüben ticken vielleicht noch ein wenig anders. Aber letztlich läuft alles auf eine Synchronisierung mit unseren Uhren, um mal im Bild zu bleiben, hinaus. Ich komme ja auch selbst rüber, in ein paar Tagen.«

»Ach so?« Warum sagte er das nicht gleich? Dann würde meine Mission ja doch irgendwie überschaubar bleiben –

dachte ich zu diesem Zeitpunkt noch. Wie man sich irren konnte.

»Wenn ich Zeit hätte, würde ich gleich mitfahren, glaub mir. Erst recht mit dem Citroën. Nein, im Ernst: Das Einzige, worum ich dich bitten möchte, ist, aufzupassen, dass dort nichts aus dem Ruder läuft, bis ich komme.«

»Woran würde ich das erkennen?«

»Das merkst du. Ganz bestimmt.«

»Ja, und dann?«

»Ruhe bewahren. Brand melden. In Sicherheit bringen.« Er grinste.

»Was?«

»Das meine ich ernst. Ruf mich an und pass auf, dass du nicht unter die Räder gerätst. Wenn es hart auf hart kommt, setzt du dich ins Auto und trittst das Gaspedal durch. Du hast 168 PS.« Er lachte kurz.

»Was soll denn da passieren?«

»Natürlich nichts. Wahrscheinlich trinkt ihr hier und da mal einen Tee mit irgendeiner Chefsekretärin. Und die wird schon nicht die *Internationale* anstimmen und die Rote Armee hinter sich versammeln.«

Onkel Manfred federte aus dem Sessel hoch und gab mir einen Schlag auf die Schulter. »So. Wie spät haben wir es denn?« Er schaute auf seine goldene Uhr, eine Rolex, was sonst. »Lass uns auf dem Weg zum Gebrauchtwagenhändler noch einen Kaffee trinken. Was meinst du?«

Mein Onkel kam aus der Baracke heraus und warf mir einen Autoschlüssel zu. Nun hatte ich also eine Franzosenschleuder.

»Noch einmal dreihundert runtergehandelt. So soll es sein.« Onkel Manfred klopfte aufs Autodach. »Nun setz dich schon rein.«

Die Tür stand noch offen von der kurzen Probefahrt. Ich sank auf den Fahrersitz und steckte den Schlüssel ins Schloss. Mein Onkel war gefahren und begeistert gewesen. Er hatte ernsthaft überlegt, sich selbst auch einen CX zuzulegen, dann allerdings in der Präsidentenausführung mit extra langem Radstand. In seinen 911er würde ja nichts reinpassen.

Onkel Manfred saß jetzt neben mir auf dem Beifahrersitz. »Denk immer dran: Wenn du den Motor startest, musst du abwarten, bis sich die Luftfederung aufgepumpt hat. Das Auto hebt sich ein Stück, erst dann darfst du losfahren. Beim nächsten Banküberfall solltest du den Motor also unbedingt laufen lassen.«

»Werde dran denken. Wenn sich das mit dem Geld dort überhaupt lohnt.«

Mein Onkel lachte. »Im Zweifel nimmst du ein paar Scheine mehr.«

Über sein Autotelefon erhielt Helga, die Sekretärin, noch die Anweisung, sich um die Zulassung zu kümmern. Das wäre morgen erledigt, meinte er. Ich könnte mir solange weiter die Hauptstadt des freien Westens ansehen und etwas ausspannen vor der langen Fahrt. Helga würde mir den Wagen dann nach Feierabend vollgetankt vorbeibringen, dann könnte ich am Mittwoch los, mit meinem rollenden Tarnkappenbomber.

Meister Hinkebein

Aus dem weißen Untergrund treten Buchstaben hervor, werden immer dunkler. Ich kann mehrere Wörter ausmachen, vermutlich auf Polnisch, aber eins entziffere ich. Sicherheit. *Darunter geometrische Formen, die sich als Bäume und Büsche entpuppen. Sie stehen Spalier für eine Fahrbahn, die schnurgerade in die Tiefe fluchtet. Das Ganze, Landschaft und Überschrift, wird umfangen von einem rechteckigen Rahmen. Es ist ein Schild am Straßenrand, das ich fotografiert habe, gleich hinter der Grenze. Eine Mahnung an die Autofahrer. Jetzt ist alles klar zu erkennen. Da stehen noch mehr Wörter auf Deutsch:* Sicherheit = Wohlwollen + Erwägung.

Wahrscheinlich hätte ich nicht gleich hinter dem Dorf anhalten sollen, aber ich musste wirklich mal austreten. Dass die Fahrbahn hier leicht ausgebuchtet war, hatte ich als Aufforderung zum Halten verstanden, doch der windschiefe Wellblechverschlag hätte mir zu denken geben können.

Ich stand an einer Bushaltestelle. Und der Schatten, den ich beim Anlassen des Motors neben dem Auto bemerkte, hatte offenbar auf einen Bus gewartet. Oder auf mich.

Es pochte gegen das Autodach.

Mir schoss die Anweisung meines Patenonkels für einen Banküberfall durch den Kopf. Aber wie lange musste ich warten, bis das Auto hochgepumpt war?

Zu lange. Über der Kühlerhaube bewegte sich eine Krücke wie ein übergroßer Scheibenwischer, und es klopfte noch einmal. Eine Nase drückte sich gegen die Scheibe der Beifahrertür.

»*Kolega!*«, röchelte es.

Dann wurde die Tür aufgerissen. Ein zerfurchtes, sonnengegerbtes Gesicht erschien. Die Krücke wies die Straße hinunter.

Ruhe bewahren, dachte ich, während meine Hände das Lenkrad drückten.

»Pruszków?«

Was zum Teufel wollte er?

»Pruszków!«

Sollte das ein Ort sein? Nicht mein Ziel. Ich schüttelte den Kopf. »Warschau«, sagte ich.

Das war ein Fehler.

Ein Körper plumpste auf den Beifahrersitz. Die Krücken wurden in den Fußraum gerammt, die Beine nacheinander daneben gesetzt, schließlich eine Plastiktüte verstaut. Erst danach wandte sich die Gestalt zu mir. Es war ein alter Mann, klein und sehnig. In seinem Mund, locker verteilt, einzelne Zahnstummel.

»Los!«, sagte er. Sein Ziel lag wohl auf meinem Weg.

»Sprechen Sie Deutsch?«

»Gut Deutsch, *kolega*.« Er boxte mir gegen den Oberarm und hustete ausgiebig.

Alles klar, dachte ich, das kann ja heiter werden. Ich hatte eine goldene Regel meines Vaters gebrochen: Niemals Anhalter mitnehmen! Die brachten dich um oder beraubten dich zumindest.

Der Alte lachte heiser, als könnte er Gedanken lesen, dann trommelte er auf das Handschuhfach. »Du! Los!«

Der Wagen war endlich aufgepumpt, die Straße frei. Es konnte weitergehen.

»Gut Auto«, sagte der Alte.

»Citroën«, sagte ich.

»Deutsch?«

»Französisch.«

»Nicht gut.« Der Alte kratzte an der französischen Türverkleidung.

Ihm das *GTi Turbo* zu erklären, verkniff ich mir. Obwohl die Motorisierung hier durchaus nicht verkehrt war. Es gab zwar seit der Grenze keine Autobahn mehr, doch die Landstraße hatte zusätzlich zu der einen Spur pro Richtung großzügige Seitenstreifen. Es war also insgesamt eine mindestens dreispurige Trasse. Wenn ich genau in der Mitte der Straße fuhr, konnten die langsameren Fahrzeuge, animiert durch beherzten Einsatz der Lichthupe, zu beiden Seiten ausweichen.

Als ich gerade einen Fiat mit einem Anhänger, doppelt so groß wie das Auto selbst, überholte, entdeckte der Alte den Shell-Atlas von Onkel Manfred. Tief über die Seiten gebeugt, murmelte er vor sich hin. »Pruszków«, hörte ich immer wieder.

»Okay«, sagte ich, um irgendetwas zu sagen.

»*Tu!* Pruszków.« Er stieß mich in die Rippen, während er mit dem Finger auf eine Stelle im Atlas tippte. Das Auto wiegte sich leicht.

»Warschau«, sagte ich und zeigte nach vorne.

»Warschau, Arbeit«, brummte er. »Nacht.«

»Sie arbeiten nachts in Warschau?«

»Wache.«

»Sie bewachen etwas?«

»Kiosk.«

»Aha.«

»Pruszków: Wohnen.« Der Alte hatte sich wieder über den Atlas gebeugt. »Du! Hier schauen!«

Ich versuchte, einen schnellen Blick auf die Karte zu werfen, aber das reichte meinem Co-Piloten natürlich nicht. Mit Schwung riss er die Seite heraus und hielt sie mir vors Gesicht.

»Pruszków! *Cholera.*«

Diesen Ort würde mein Patenonkel fortan nicht mehr finden. Ich hielt den Daumen hoch, woraufhin der Alte das zusammengeknüllte Blatt in die Seitenablage stopfte und den Atlas hinterher. War das also geklärt. Wenn ich auch befürchtete, dass dieser Ort erst knapp vor Warschau liegen würde. Ich atmete tief durch und konzentrierte mich aufs Fahren.

»*Policja!*«, schrie der Alte plötzlich und fuchtelte vor der Windschutzscheibe herum.

»Was?«

Ein entgegenkommendes Auto blinkte mit der Lichthupe.

»*Policja.* Achtung!«, rief er. Mit seiner Linken riss er am Steuer.

Wir schlingerten. Ich trat auf die Bremse und versuchte gleichzeitig, das Auto zu stabilisieren und die Hand des Alten loszuwerden. Dann standen wir – halb auf der Straße, halb im Gras. Motor abgewürgt.

»Verdammt!«, rief ich. »Das ist gefährlich. Tun Sie das nie wieder!«

»*Policja*«, krakeelte er und fuchtelte mit den Armen.

War mir egal. Ich wollte weiter, ließ den Motor wieder an.

»*Kontrola.*« Der Alte zeigte auf die Ortschaft vor uns. »*Mandat.* Viele Geld! Nicht gut.«

Nun sah ich den Polizisten und auch das schwarze Etwas, das er auf uns richtete. Eine Radarpistole. Als wir an ihm vorbeirollten, winkte der Alte.

Okay, dachte ich, 1:0 für ihn. Trotzdem tippte ich auf das Lenkrad und sagte: »Nicht! Bitte.« Ich gab wieder Gas.

Ob wir noch in einer Ortschaft waren oder schon dahinter, ließ sich nie so genau sagen. Es konnte sein, dass die letzten Häuser schon lange hinter einem lagen, dann aber erst ein Ortsausgangsschild auftauchte. Oder umgekehrt, dass ein Ortsschild auf freiem Feld stand, obwohl weit und breit noch keine Häuser zu sehen waren. Die Straße wurde ohnehin nie schmaler, führte einfach immer weiter geradeaus. Genau wie auf dem Schild hinter der Grenze.

Und so schossen wir dahin.

Der Alte kicherte. »Michał«, sagte er, »Michał Schumacher.«

»Michael«, verbesserte ich.

»Schnell fahren.« Er knuffte mich. »Michał. Du!«

»Ich? Nein. Thomas, nicht Michael.«

Der Alte kicherte erneut, murmelte mehrmals »Michał« und ordnete dabei seine Krücken.

Dann war der Sitz dran. Er hatte das Rädchen entdeckt, mit dem er die Rückenlehne verstellen konnte. So sank er immer weiter zurück. »Michał, *champion!*«, hörte ich von hinten. Ich fuhr weiter.

Eine ganze Weile war der Alte, wenn man von seinem Röcheln einmal absah, ruhig. Ich überholte ein Pferdefuhrwerk und umrundete einen Kipplaster, der mitten auf der Straße stand, da er wohl irgendwann links abbiegen wollte. Ab und an hatten Beerensammler ihre Ware in kleinen Körben an den Rand der Fahrbahn gestellt. Ansonsten war die Straße so leer, wie die Äcker rechts und links abgeerntet waren. Flaches Land, so weit der Blick reichte. Ich versuchte zu überschlagen, wie lange ich für die verbleibenden 400 Kilometer brauchen würde.

Aber offenbar gab es zunächst ein drängenderes Problem.

»*Piwo*«, tönte der Alte, der auf einmal wieder aufrecht saß – auch ohne Lehne.

Ich sah kurz zu ihm rüber. Mehr Erklärung war natürlich nicht zu erwarten.

Stattdessen schlug er gegen meinen Arm, wollte ihn vom Lenkrad wegziehen. »*Stop!*«, rief er.

Nicht schon wieder, dachte ich. Besser ich hielt diesmal gleich an. Eine Staubwolke umhüllte das Auto, als ich neben der Fahrbahn zum Stehen kam.

Der Alte stieß die Tür auf, hob seine Beine nach draußen, lehnte die Krücken an die Tür und drückte sich brummend aus dem Sitz hoch. »Komm«, befahl er, und als ich nicht reagierte, steckte er den Kopf noch einmal zurück ins Innere. »Du, Michał, komm! *Piwo* kaufen.«

Also folgte ich dem hinkenden Alten zu einer grün angestrichenen Bretterbude mit blinkender Leuchtschrift. *Bar 24h* stand da. Der Alte hatte die mit einem Gitter verstärkte Tür schon aufgerissen und hielt sie mit seiner Krücke auf.

»*Piwo!*«, bellte er quer durch den düsteren Raum einer Frau zu, die hinter einem Tresen lehnte.

Die Frau verzog keine Miene. In größter Gelassenheit legte sie einen Stift aus der Hand, bückte sich und zauberte eine Flasche hervor, die sie mit schnellem Handgriff öffnete. Ein vorbeidonnernder Lastzug ließ die Gläser im Regal klirren.

»*Piwo*«, wiederholte der Alte, inzwischen selbst am Tresen angekommen, und zeigte auf mich. Ich konnte gerade noch das Öffnen der zweiten Flasche verhindern.

Die Frau hob die Augenbrauen.

»Cola?«, fragte ich.

»Pepsi«, erwiderte die Frau.

»Nicht gut«, meinte der Alte.

»Pepsi«, sagte ich.

»Du! Zähne kaputt.« Zum Beweis präsentierte der Alte seine Gebissruine.

»*Cold*«, sagte ich.

Die Frau nahm eine kleine Flasche aus dem Regal hinter sich.

»*Cold!*«, wiederholte ich.

»Pepsi«, sagte die Frau.

Ich versuchte es anders, fächerte mir Luft zu und wischte mir imaginären Schweiß von der Stirn. »*Hot outside, cold drink.*«

Die Frau öffnete die Pepsi-Flasche. Da war wohl nichts zu machen.

Der Alte warf ein paar Scheine auf den Tresen und nahm einen langen Zug aus seiner Flasche. Dann traten wir den Rückzug an.

»Gut?«, fragte ich, als wir draußen waren.

»Gut«, antwortete er und nahm noch einen Schluck. »Gut *piwo* in Polska.«

»Gut«, bestätigte ich und trank die Pepsi.

Der Alte lehnte vorn übergebeugt auf seinen Krücken.

»Weiter?«, fragte ich.

Er sah mich an.

»Pruszków?«, fragte ich.

»Pruszków«, sagte er, und wir stiegen ein.

Die leere Flasche warf er in den Fußraum, dann rülpste er ausgiebig. Ich konzentrierte mich auf die Straße.

Hinter einer Kurve musste ich abbremsen, weil sich ein Laster schaukelnd über einen Bahnübergang quälte. Schranken gab es keine, nur ein Andreaskreuz mit roter Warnlampe. Darunter baumelte ein Schild, dessen Text mit einem Ausrufezeichen endete.

Offenbar war der Alte meinem Blick gefolgt. »Kaputt«, sagte er fröhlich.

»Kaputt?«

Im Vorbeirollen zeigte er erst auf das Schild, dann auf das Blinklicht und sagte noch einmal: »Kaputt.«

Vor Schreck würgte ich den Motor ab. Wir standen mitten auf den Gleisen. Ich sah schnell nach links und rechts.

»Los!«, rief der Alte. »Michał, fahren!«

Hektisch drehte ich den Zündschlüssel und trat das Gaspedal durch. Wir federten in unseren Sitzen auf und ab. Die Betonplatten zwischen den Schienen schwankten, endlich lag der Citroën wieder ruhig auf der Straße. Nun schwitzte ich wirklich. Der Alte lachte immer noch.

»Polska, kaputt«, posaunte er.

»Sehr komisch.«

»Alles kaputt.«

»Kann man das nicht reparieren? Straßenmeisterei – noch nie was von dem Wort gehört?«

Der Alte knisterte mit seiner Plastiktüte und kicherte vor sich hin. »*Majster*«, sagte er.

»Was?«

»*Majster.*« Er schlug sich mit einem Zollstock gegen die Brust. »*Majster.*«

»Meister?«

Er nickte. »*Majster.*«

Ich zeigte auf mich. »Ich auch. Ich heiße Meister.«

Er bohrte mir den Zollstock in den Arm. »Du? *Majster?*«

»Nur mein Name. Thomas Meister.«

»Gut.« Er lachte heiser. »Tomasz Majster.«

»Ja.«

Ein Falter hinterließ einen fünfmarkstückgroßen Fleck auf der Windschutzscheibe. Zusätzlich zu dem immer dichter werdenden Muster aus Sprenkeln und Schlieren. Über kurz oder lang würde mir das Scheibenwischwasser, das zumindest bei frischen Insektenaufschlägen noch seinen Zweck erfüllte, ausgehen. Wir würden an einer der kleinen, bunten Tankstellen, die lustige Namen wie *Prem* oder auch nur *N* trugen, halten müssen. Aber ich wollte nicht anhalten, sondern einfach nur fahren. 120, 130, 140 km/h, in der Mitte der Fahrbahn, während die Höfe, Dörfer, Wälder an uns vorbeiflogen. Der Fahrtwind dröhnte durch die geöffnete Fensterspalte. Ich fühlte mich frei.

»Du!«, meldete sich der Alte wieder.

Ich sah kurz zu ihm rüber.

»Keine Frau?« Er hustete.

»Was? Ich?«

Der Alte tippte auf meinen Ringfinger.

»Nein, das heißt, doch. Also eine Freundin, ja.« Gabi. Sie war wahrscheinlich gerade bei Ikea und suchte unsere neue Couch aus. Ihr schwebte etwas Lavendelfarbenes vor. Gabi liebte Pastelltöne. Die wunderbare Leichtigkeit, mit der ich eben dahingeflogen war, war fort.

»Gut Frau?«

»Ob sie …?« Ich überholte gerade einen schief hängenden Laster und musste sehen, dass ich vor dem entgegenkommenden Bus wieder einscherte. »Sie wollen wissen, ob wir … wie sie …?«

Ich spürte den Blick des Alten auf mir. »Ist kompliziert.«

»Kompli-?«

»Na ja, schwierig. Obwohl ja eigentlich alles okay ist. Wir kennen uns seit der Grundschule, und seit der Zehnten sind wir zusammen. Also auch schon verdammt lang. Fast wie verheiratet. Aber das ist genau der Punkt. Irgendwie ist alles schon so festgefügt.«

Der Alte murmelte etwas.

»Beim Zivildienst, da habe ich Leute kennengelernt, die waren anders drauf. Die hatten keine Kohle und trotzdem Spaß. Die sind auch mal spontan nach Amsterdam gefahren, um Gras zu kaufen.«

»Gras«, echote der Alte.

»Ja, und nicht zum Shoppen nach Paris oder wer weiß wohin, was Gabi so einfällt. Und jetzt will sie unbedingt, dass wir zusammenziehen. Mit Einbauküche und allem. Nur weil wir beide in Bonn einen Studienplatz haben. Studieren, verstehen Sie? An der Universität.«

»*Uniwersytet?*« Ein Grunzen folgte.

»Ja, klar. Studieren halt. Was sonst.«

»Arbeit!«

»Erst studieren.«

Er sah mich skeptisch an. »Was Arbeit? Später?«

»Was ich mal machen will? Na ja, das ist auch nicht so einfach. Wenn's nach meinem Vater geht, werde ich Farbenfuzzi. Betriebswirt, würde er sagen. Aber eigentlich interessiert mich …«

Die Kelle sah ich nur aus dem Augenwinkel.

»… Fotografie.«

Die Kelle winkte hektisch. Dahinter ein blaues Auto mit einem weißen Streifen. Ich machte eine Vollbremsung, die Reifen blockierten, wir rutschten ein Stück, schließlich standen wir. Der Alte fiel zurück in seinen Liegesitz. Im Außenspiegel beobachtete ich, wie der Polizist, dem die Kelle gehörte, sich näherte. Neben dem Auto angekommen, legte er die Hand aufs Dach und beugte sich zu mir runter.

Ich kurbelte die Scheibe ganz nach unten.

»*Dokumenty*«, sagte er.

Ich zog Pass, Führerschein und Fahrzeugpapiere hervor und reichte sie ihm. Wortlos blätterte er darin herum, gab sie schließlich zurück. Leider war es damit noch nicht getan, denn als Nächstes hielt mir der Polizist ein Gerät vor die Nase, auf dem eine Digitalanzeige leuchtete: 135 km/h. Der Alte beugte sich vor, kniff die Augen zusammen und begann zu keuchen.

»*Majster*«, sagte er und klopfte mir auf die Schulter.

»*Mandat*«, sagte der Polizist und malte mit dem Finger eine Eins und fünf Nullen auf seine Handfläche.

Aber das ließ der Alte nicht auf sich sitzen. Er rückte seine Krücken zurecht, hustete, dann folgte ein Wortschwall, aus dem immer wieder »*majster*« hervorstach. Nachdem der Alte endlich verstummt war, erschien wieder die Hand. Diesmal malte der Finger nur noch vier Nullen hinter die Eins.

Wieder ein Husten, ein Röcheln, viele Worte. Es hörte gar nicht mehr auf. Der Alte fuchtelte mit seinem Zollstock umher. »*Majster!*«, rief er, zeigte auf mich, auf sich, wieder auf mich. Der Polizist guckte durchs geöffnete Fenster. Jetzt war der Zollstock auf ihn gerichtet.

Der Polizist zog seine Hand zurück. Er klopfte aufs Autodach und ging.

Der Alte stieß mich in die Seite. »Los, *majster!*«, sagte er.

Was ich mir nicht zweimal sagen ließ. Als ich noch einmal in den Rückspiegel schaute, war der Polizist in einer Staubwolke verschwunden. Pruszków, dachte ich, während wir mal wieder einen winzigen Fiat überholten, konnte gerne erst kurz vor Warschau liegen. Der Alte wusste, wie man durch Feindesland kam. War nicht verkehrt.

Irgendwann, nach endlos vielen Dörfern, einigen wenigen größeren Ortschaften, vielleicht sogar Städten, schrie mein Beifahrer dann auf freier Strecke plötzlich: »Pruszków!«

Ich begriff nicht gleich, aber als er wie gehabt an meinem Arm riss, da wusste ich, dass ich genau hier anzuhalten hatte. Wir kamen neben zwei Milchkannen zum Stehen.

Der alte Mann drückte mir die Hand, bevor er seine Beine aus dem Auto schwang, sich auf den Krücken hochdrückte und die Autotür zuschmiss. Vornübergebeugt, das eine Bein leicht nachziehend, stakte er einen Weg entlang, an dessen Ende ein kleines Holzhaus kauerte.

Ich wollte gerade anfahren, da drehte er sich noch einmal um. Meister Hinkebein hob eine Krücke und winkte damit zum Abschied. Dass ich ihn am Ende meiner Reise noch einmal wiedersehen würde, konnte ich zu diesem Zeitpunkt natürlich noch nicht ahnen.

Krasnobrodzka

Die Schlaufen der Adidas-Tasche fest umklammert, die Kameratasche über der Schulter, schritt ich den schmalen Korridor hinunter. Es roch leicht säuerlich. Eine einzelne Glühbirne, die seitlich aus der Wand ragte, verbreitete kaum mehr als Dämmerlicht. Vielleicht damit nicht so auffiel, dass der Linoleumboden Wellen schlug. Wo war ich hier nur gelandet? Im Aufzug hatte ich kaum den Knopf für die achte Etage drücken können, so verformt war er – hatte offenbar mal jemand angezündet. Zumindest die Kabinentür war sicher vor Vandalismus. Sie fehlte nämlich. Während der Fahrt sah man abwechselnd die Mauer und die Türen der einzelnen Etagen vorbeiziehen.

Irgendwie schien mir der Wohnblock, einer von vielen in einer schier endlosen Reihe, gut zu einer Straße zu passen, deren Name *Krasnobrodzka* lautete. Keine Ahnung, ob das was Konkretes bedeutete, aber es hörte sich so an, wie es hier aussah: krass. Wobei das Wort *Straße* etwas übertrieben schien für eine Piste, deren Schlaglöcher die wenigen Autos zum Fahren von wüsten Schlangenlinien zwangen. Aber das Gesamtbild wirkte stimmig. Alles war aus Beton gegossen, einfach alles: Häuser, Laternenmasten, Gehwegplatten, Müllkübel. Selbst den Autos schien ihre Farbe entzogen. Nur mein Citroën strahlte in schönstem Himmelblau.

Hier also sollte ich hin, das sagte die Adresse auf Vaters Notizzettel, der oben mit unserem Firmenlogo geschmückt war. Hausnummer 113, Wohnung 87. Es war die einzige Metalltür im Flur, dafür aber mit einem *Solidarność*-Aufkleber verziert. Auf Augenhöhe ein Spion.

Ich drückte den breiten Taster. Hinter der Tür ertönte ein Schnarren, danach war alles wieder ruhig. Oder hörte ich einen Hund? Ich wollte schon ein zweites Mal drücken, als es zu rappeln und scheppern begann und mir schließlich die Tür entgegenflog. Ich sprang zur Seite, atmete durch. Im Türrahmen erschien ein Gesicht, das ich zuletzt vor ich weiß nicht wie langer Zeit gesehen hatte. Es war Eva, und sie schaute einigermaßen verdutzt aus der Wäsche. Die in ihrem Fall lediglich aus einem über der Brust verknoteten Badetuch bestand.

»Thomas!« Ihre Züge lösten sich zu einem Lächeln. »Erwarte ich dich!«, flötete sie und drückte mir drei Küsschen auf die Wangen, rechts, links, rechts. Ihre nassen Haare kitzelten mein Ohr.

Mir hatte es die Sprache verschlagen. Dass ich in Berlin aufgehalten worden war, wusste sie, glaube ich, gar nicht. Eigentlich hätte ich ja schon vor drei Tagen hier eintrudeln sollen. Aber bevor ich zu einer Erklärung ansetzen konnte, zog sie mich in die Wohnung.

»Junge, bist du noch dünner geworden.« Sie strich mir über die Wange.

»Glaube nicht.«

»Schätzchen, gehst du ins große Zimmer. Schon ich mache dir zu essen.« Sprach's, drehte sich um und verschwand. Das Handtuch bedeckte nur knapp ihren Hintern. Meinem Vater zufolge sollte sie um die fünfzig sein – dafür sah sie ganz passabel aus. War mir bei ihrem letzten Besuch in Bonn gar nicht so aufgefallen.

Da ich in dem engen Flur nicht schimmelig werden wollte, ging ich ins angrenzende Zimmer und ließ mich, nachdem ich einen Stapel Klamotten zur Seite geschoben hatte, auf einer gepolsterten Bank nieder.

Aus dem Weiß treten Schemen hervor, kleinteilig über die gesamte Fläche verteilt. So viele Details, an die ich mich sofort wieder erinnere. Der ausladende Sekretär zeichnet sich ab, obendrauf thronend das riesige Panasonic-Telefon-Fax-Kombigerät. In der Mitte des Raums der ovale Tisch, begraben unter Papieren, Aktenordnern und Büchern. Daneben die Bank. An der Stelle, an der ich in den letzten zwei Wochen so oft gesessen habe, ist sogar das Streifenmuster ihres Polsters zu sehen. Ansonsten liegen ohne Ende Klamotten herum: auf der Bank, auf den Stühlen, auf dem Schlafsofa, auf dem Boden. Und die Kleiderstange, die vor dem Bücherregal steht, ist natürlich auch so dicht wie möglich behängt. Sogar der Gummibaum ist ausstaffiert: zwischen seinen Blättern baumelt ein BH.

Ich war verdammt müde. Und hungrig. Insofern hatte Eva richtig gelegen. Nur wo war sie geblieben? Außer permanentem Hundegekläffe war nichts zu hören. Und ich saß auf der Bank und wartete. Worauf, wusste ich eigentlich selbst nicht recht.

Als Eva endlich wieder aus der Tiefe des Flurs auftauchte, trug sie einen roten Jogginganzug; das Handtuch hatte sie jetzt um ihre Haare geschlungen. Sie warf mir ein Lächeln zu, dann bog sie zur Seite ab, offenbar in die Küche, denn ihr nächster Auftritt im *großen Zimmer* bescherte mir eine Suppe. Während Eva weiter irgendwo in der Wohnung rumorte, löffelte ich die milchige Flüssigkeit. Aus dem Hausflur hörte ich Türschlagen.

Mit wiedererwachenden Lebensgeistern löste ich mich aus dem Polster, um den leeren Teller in die Küche zu bringen. Kaum aber stand ich, schlug etwas gegen mein Bein. Ein Dackel tollte um mich herum. Wo war der denn plötzlich hergekommen? Der Hund verbiss sich in meinen Jeans, zog daran mit aller Kraft, laut knurrend. Von irgendwo aus den Tiefen der Wohnung rief Eva. Den Teller in der Hand, den

Hund an meinem Hosenbein, arbeitete ich mich in Richtung ihrer Stimme vor. Der Dackel ließ sich mitschleifen.

»*Nie wolno*«, sagte Eva und huschte an uns vorbei in die Küche. Was wohl ein Befehl an den Hund war, diesen aber nicht im Geringsten beeindruckte. Mit ungebremstem Eifer beschäftigte er sich weiter mit der Hose. Erst als Eva in die Hocke ging und den Hund bei beiden Ohren packte und kraulte, beruhigte er sich etwas.

»Gleich du bekommst Bigos«, verkündete Eva, ohne von den Dackelohren abzulassen.

»Bigos?«, fragte ich. War das nicht was Russisches?

Eva hob ihren Dackel hoch, nahm ihn unter den Arm und verließ die Küche. Nach einem Türknallen, das dem Hund offenbar endgültig eine Grenze gesetzt hatte, stand sie auch schon wieder vor dem Herd und hantierte mit einem Löffel und dem Suppenteller, den sie mir aus der Hand genommen hatte. Ehe ich mich versah, hatte sie mich auf einen Hocker gedrückt und den nun mit einem Kraut-Fleisch-Gemisch versehenen Teller vor mir abgestellt.

»Müssen wir noch mit Tofik raus«, erklärte sie im Wegdrehen, doch das Essen zog meine ganze Aufmerksamkeit auf sich. Es schmeckte großartig. Erst nach einer Weile dämmerte mir, dass mit Tofik der Dackel gemeint sein musste. Eva kramte im Schummerlicht des Flurs herum, führte ein Telefonat, in dem von ihrer Seite ausschließlich Wörter mit nur einer Silbe zu hören waren, um dann den Kopf wieder in die Küche zu stecken und zu rufen: »Gehen wir!« Dabei winkte sie mit der Hundeleine.

Noch im Aufstehen schaufelte ich mir den letzten Bigosbissen in den Mund, warf einen Blick auf die Küchenuhr, deren Sekundenzeiger zuckte, ohne sich weiterzubewegen, und eilte Eva hinterher. Die stand bereits im Hausflur und bemühte sich, dem kläffenden und sich wie ein Aal windenden Dackel die Leine anzulegen. Als das endlich geglückt war, mussten unter Zuhilfenahme mehrerer absurd großer Schlüssel erst eine innere, dann eine äußere Wohnungstür verschlossen werden. Währenddessen schimpfte Eva unablässig auf den an der Leine zerrenden und auf dem glatten Linoleumboden auf der Stelle rennenden Tofik ein.

Unten angekommen, peste der Hund an seiner endlos ausziehbaren Leine über die braune Rasenfläche vor dem Block. Wie eine Schlafwandlerin zog Eva ihre Bahn über die Betonplattenwege, ich immer neben ihr. Erst als der Dackel eine offenbar passende Stelle gefunden hatte, um sein Geschäft zu verrichten, blieb Eva das erste Mal stehen. Den Müllkübel neben uns hatte jemand mit blau-gelben Streifen verziert.

»Kaufen wir ein«, sagte Eva, als es weiterging, und hakte sich bei mir unter.

Vor dem nächsten Block knotete sie Tofiks Leine an ein Fenstergitter und zog mich durch eine ebenfalls vergitterte Tür.

Es war ein Supermarkt. Der Supermarkt der braunen Produkte. Eier wurden in Tüten aus Packpapier angeboten, lose hineingelegt, oben zweimal umgefaltet. Körner und alles, was sich streuen ließ, sowieso. Brotlaibe lagen lose im Regal, auf dem Boden davor standen Bierflaschen. Braun mit grauem Etikett.

Hier griff ich zu. Eva redete derweil schon auf die nylonbeschürzte Kassiererin ein, der sie einen ganzen Packen Geldscheine übergab und für das Bier noch einmal drauflegen musste.

»Wie teuer war das denn?«, fragte ich draußen.

»Nicht teuer. 35«, sagte Eva.

»35 Złoty? Und warum dann so viele Scheine?«

»Sind das tatsächlich 35.000.«

»35.000 für die paar Sachen?« Ich hätte mir wohl besser zu Hause schon mal den Wechselkurs ansehen sollen.

»Das ist das alte Geld.«

»Und gibt es auch neues Geld?«

»Gibt es seit Anfang des Jahres. Wegen der Inflation.«

»Und wie heißt das neue Geld?«

»Nennt sich auch Złoty, aber mit weniger Nullen. Gibt es auch Münzen.«

Tofik strangulierte sich beinahe selbst an seiner Leine, weil Eva nicht weiterging.

»Dann meintest du 35 neue Złoty? Unser Einkauf eben waren 35 neue Złoty?«

»Warte. Nein.« Sie kratzte sich am Kopf. »3,50.«

»Aber du redest doch die ganze Zeit von 35!«

»Ja.« Eva strahlte.

»Was denn nun?«

»Geht das beides.«

»Wie?«

»Verstehst du das nicht.«

»Nein.«

»Gehen wir.«

Ich gab auf. Das Bier war bezahlt. Früher oder später würde ich schon noch dahinterkommen, wie das lief mit dem polnischen Geld, alt oder neu, Nullen oder nicht.

Kurz darauf saß ich wieder auf der gepolsterten Bank, den schnarchenden Dackel quer über meinen Füßen liegend. Eva pendelte zwischen Küche und *großem Zimmer* hin und her, trug mal was rein, mal was raus, ohne dass sich das Gesamtbild erkennbar veränderte, kramte herum, fragte, ob ich noch Hunger hätte, verschwand, ohne eine Antwort abzuwarten, kam mit leeren Händen wieder und verschwand abermals. Ich saß einfach nur da, trank mein Bier, auch wenn es nicht wirklich kalt war.

Der Fernseher lief, eine strenge ältere Dame verlas die Nachrichten. Ich ließ mich einlullen vom an- und abschwellenden Zischen ihrer Worte. Nur gelegentlich wechselte das neben ihr eingeblendete Foto – ein zäher Strom mir unbekannter Gesichter und Namen. Aber das schien ja ohnehin niemanden zu interessieren. Eva jedenfalls würdigte den Fernseher keines Blickes, wenn sie gerade einmal im Zimmer umherwirbelte. Bei uns in Bonn hatte sich – zumindest, solange Mama noch da war – die ganze Familie kurz vor acht vor dem Fernseher versammelt, um mit dem Tagesschau-Gong erst die Ganggenauigkeit der Armbanduhren zu überprüfen und dann den Fernsehabend zu beginnen. Aber Evas Uhr in der Küche war ja ohnehin stehengeblieben. Die Vorstellung, von diesem Ort aus die Rettung unserer Firma in Angriff zu nehmen, verlor sich in immer weiteren Fernen, bevor sie überhaupt jemals Gestalt angenommen hatte.

Irgendwann setzte Eva sich an den Tisch. Ein Bier hatte ich für sie auf dem einzigen stabilen Platz, einem Stapel Bücher, bereitgestellt. Sie lächelte mir zu und sagte: »*Na zdrowie.*«

»Prost«, erwiderte ich.

Wir saßen schweigend und tranken das Bier.

»Willkommen in Warschau«, sagte sie schließlich.

Ich wollte von der Fahrt erzählen. So viel lag hinter mir, in Berlin und mit Meister Hinkebein, dass ich gar nicht recht wusste, wo anfangen. Nur war Eva schon wieder aus dem Zimmer gegangen.

Das Telefon klingelte. Aber was heißt schon klingeln: Es schrillte so laut, dass bestimmt die gesamte Krasnobrodzka-Straße etwas davon hatte. Lauter als der Feueralarm in Vaters Firma, der alle halbe Jahre getestet wurde. Ich saß aufrecht auf dem Schlafsofa und wartete, dass jemand kam. Es kam aber niemand. Es war zehn Uhr durch. Wo steckte Eva nur? Das Telefon beruhigte sich wieder, und aus der Wohnung war weiterhin kein Laut zu vernehmen. Nur eine Autoalarmanlage, unten vor dem Haus, war ausgelöst worden.

Ich steuerte die Küche an, um zu frühstücken. Was sich allerdings als nicht ganz so einfach herausstellte. Also das Frühstücken. Denn erst mal galt es, überhaupt etwas noch nicht komplett Verdorbenes zu identifizieren. Das, was sich in den diversen Töpfen, Pfannen, Schüsseln oder auch auf den über die Arbeitsplatte verteilten Tellern befand, hatte seinen Aggregatzustand bestimmt schon mehrmals gewechselt. Im Kühlschrank das gleiche Bild: Einweckgläser undefinierbaren Inhalts, verschrumpelte Gurken, so Zeug. Dahinter aber fand ich ein Nutellaglas zur WM 1990. Zucker, dachte ich, würde ja nach fünf Jahren noch nicht schlecht geworden sein, und meißelte mir einige Brocken heraus.

Kaum saß ich, da rappelte es im Flur. Ich hatte schon Tofik im Verdacht, als sich die innere Wohnungstür öffnete, die ich von meinem Platz aus im Blick hatte. Ein Mann mit Schnurrbart und schütterem Haar stand im Flur. Er hatte mich noch nicht gesehen, legte den Schlüsselbund auf eine Ablage. Erst als ich mich räusperte, blickte er zu mir herüber.

»Guten Tag«, sagte er mit schwerem Akzent und kam auf mich zu. »Du bist Tomasz.«

»Ja, Thomas. Genau.« Wir gaben uns die Hand. »Hallo.«

»Ich bin Grzegorz. Auf Deutsch Gregor.« Er legte eine Zeitung und eine Schachtel Mentholzigaretten auf den kleinen Küchentisch. Dann wandte er sich einer mir bislang verborgen gebliebenen Kaffeemaschine zu, die er mit wenigen Handgriffen in Gang setzte. Mir dämmerte, dass dieser Gregor wohl zu Eva gehörte. Sie hatte gar nichts von ihm erzählt.

Gregor saß mir jetzt dicht gegenüber, war allerdings hinter seiner Zeitung versteckt. Von Zeit zu Zeit blätterte er eine Seite um, nahm einen Schluck Kaffee und blies Rauch Richtung Zimmerdecke. Schließlich drückte er den Zigarettenstummel in einem Kronkorken aus, faltete die Zeitung wieder sorgfältig zusammen und sah mich an. Der Anflug von einem Lächeln huschte über sein Gesicht.

»Ewelinka schläft?«

»Wer?« Ich lutschte immer noch an einem Nutellastück.

»Ewa.«

»Oh. Ich glaube, ja.«

Gregor nickte. »Willkommen in der Krasnobrodzka.«

»Ja. Danke.«

Gregor leerte seinen Kaffeebecher. »Du bist hier für Geschäfte?«

»Mein Vater hat mich geschickt.«

»Schwierig.«

»Wie bitte?«

»Alle wollen Geschäfte. Oder Mädchen. Oder beides. Meistens beides.« Er sah mich unverwandt an.

Wovon redete er? Was dachte er, was ich hier vorhatte?

»Alle denken, Warszawa ist einfach.« Gregor zog mit spitzen Fingern eine frische Zigarette aus der Packung und zündete sie an. »Aber ist nicht.«

»Bestimmt nicht.«

»Du musst aufpassen.«

»Ja, klar.«

Er blies den Rauch nach oben. »Alle wollen graben Gold. Problem ist, sie sind blind.«

»Blind?«

»Du wirst sehen.« Gregor zog konzentriert an der Zigarette und starrte an die Decke. Schließlich fragte er im Aufstehen: »Also, was möchtest du hier?«

»Ich?«

»Du.«

»Das ist nicht so einfach.«

»Was möchtest du?«

»So genau … Keine Ahnung.« Tatsache war, ich wusste es noch nie weniger als an diesem ersten Morgen in der Krasnobrodzka-Straße.

»Du musst herausfinden.«

Dann war Gregor wieder verschwunden.

Vernissage

Es wurde früher dunkel als in Bonn. Eva hatte gesagt, wir hätten einiges vor und müssten uns beeilen. Das war mittags gewesen. Jetzt war es schon neun. Wir standen vor einem großen, fensterlosen Backsteingebäude, und ich fragte Eva, was wir hier eigentlich wollten. Um die Zeit ein Fabrikbesuch?

Eva nahm meine Hand. »Sind wir eingeladen, sind hier wichtige Leute!«

»Wo sind wir denn hier?«

»Schätzchen, wirst du sehen.«

Na klar. Ich trottete hinter ihr her. Eva zog eine Stahltür auf, durch die wir ins Innere schlüpften. Wir fanden uns in einer großen Halle wieder, angefüllt mit Menschen. Doch Arbeiter waren das ganz sicher nicht, dafür waren die Klamotten viel zu bunt und die Stimmung zu ausgelassen. Überall hingen Bilder an Drähten von der Decke, meist mehrere übereinander. Auch sie waren bunt, sehr bunt sogar. Zum Ausgleich hatte man einzelne, rostige Maschinen in der Halle gelassen.

Die Leute standen in Gruppen zusammen und unterhielten sich in einer Lautstärke, als müssten sie die Maschinen übertönen. Gläser klirrten, Lachen schallte durch den Raum. Ich wollte Eva fragen, wen sie denn hier kannte, aber sie stand nicht mehr neben mir. Ich blickte mich um, sie blieb verschwunden. Nun gut, würde ich mich eben allein ins Getümmel stürzen.

Ich umrundete die erste Gemäldekaskade und hatte gleich die nächste Leinwand vor der Nase. Sie zeigte einen roten, fünfzackigen Stern, von einem Lasso aus dem Gleichgewicht gezogen. Ich musste einen Schritt zurücktreten, um auch das Bild darüber betrachten zu können. Hier standen sich zwei Männer gegenüber, einer gänzlich rot, einer schwarz. Beide hatten die Münder weit aufgerissen und gestikulierten mit erhobenen Armen.

Eine durchdringende Stimme ließ mich zusammenzucken. Ein Bär von einem Mann hatte sich neben mir aufgebaut. Über einem giftgrünen T-Shirt trug er ein zerschlissenes Leinen-Jackett. Er sagte etwas, was ich nicht verstand.

»*English?*«, fragte ich.

Er nickte und zeigte auf das Bild mit den schreienden Männern. »*Conflict*«, sagte er.

»*I see*«, sagte ich.

»*But that history. Communist times. Over.*«

Ja, deshalb war ich hier, in Polen. Jetzt kamen goldene Zeiten und was weiß ich noch. Das war aber fürs Erste zu schwierig auf Englisch.

»*I am Roman.*« Das R rollte tief und kehlig. Er streckte mir seine dunkel behaarte Pranke entgegen. Ich erklärte vorsichtshalber, dass ich mit Eva hier sei.

»*Yes, yes*«, sagte er, fasste mich am Oberarm und zog mich zu einem anderen Gemälde. »*This my picture, too.*«

Ich sah drei nackte Ärsche. Mädchen, Frauen, die ihre Hintern aus dem Bild streckten. Köpfe hatten sie nicht, zumindest waren sie nicht abgebildet. Rings um sie herum liefen bunte Schlieren über die Leinwand.

»*Do you like?*« Roman fuhr mit der Hand die Umrisse der Körper nach.

War mal was anderes. Wenn auch nicht unbedingt für übers Sofa.

»*New picture*«, erläuterte Roman und zündete sich, nachdem ich abgelehnt hatte, eine Zigarette an.

»*Different*«, sagte ich schließlich.

»*Yes, yes. You see.*« Seine Hand lag schwer auf meiner Schulter. Er schien in der Betrachtung seines eigenen Bildes zu versinken, während der Zigarettenrauch uns einhüllte.

»*Come!*«, brummte er schließlich.

Er zog mich ein paar Schritte weiter zu zwei Männern, die am Rand der Halle dicht beieinanderstanden. Sie hielten Gläser in der Hand. Die Flüssigkeit war annähernd klar, aber eben nicht klar genug, um als Wasser durchzugehen.

Kaum hatten mir alle die Hand gedrückt, bekam auch ich ein Glas, das aus einer grünen Flasche befüllt wurde. Roman stieß mir aufmunternd in die Seite.

»*Na zdrowie*«, kam es von den Männern wie aus einem Munde.

»Prost«, sagte ich.

»Poost«, wiederholten sie lachend und leerten ihre Gläser.

Auch ich probierte vorsichtig einen Schluck. Was nun in meiner Kehle passierte, ließ mich zweifeln, ob ich je wieder würde schlucken können.

»*Mocne?*«, sagte einer der drei, klein und kahlrasiert. Er sah mich mitfühlend an.

Ich drehte mich hilfesuchend zu Roman, der mit rollendem R deklamierte: »*Strong!*« Wieder lachten alle.

»*Mocne*«, bestätigte ich und versuchte, den Husten zu unterdrücken.

»*You learn Polish*«, sagte Roman und hielt mir wieder die zerknautschte Zigarettenpackung vor die Nase. Ich schüttelte den Kopf.

Der dritte Typ, langhaarig, Bartstoppeln, lehnte sich gegen meine Seite. »*You like art?*«, nuschelte er.

Ich erwiderte irgendetwas auf Englisch. Die viele Farbe und überhaupt.

Der Langhaarige gab zustimmende Geräusche von sich. Dann gab er mir noch einmal die Hand. »*Not a lot of people understand.*«

»*Yes*«, sagte ich.

Wir verstanden uns. Ich spürte seinen Kopf auf meiner Schulter.

Doch Roman war auch noch da. Er machte einen halben Schritt auf den Langhaarigen zu und pustete ihm Rauch ins Gesicht. »Krzyszu! *You. Wake up!*«

Das war ja mal ein Name. Ich sah mich außerstande, ihn zu wiederholen. »*What's your name?*«, fragte ich.

»Krzyszek.«

»*And I am Zdzieszek*«, sagte der Kahlköpfige.

Ich gab auf und merkte mir Z. und K.

Roman schenkte wieder aus, eine runtergebrannte Fluppe zwischen den Lippen. Z. und K. streckten ihm brav ihre Gläser entgegen. Obwohl meines noch voll war, wurde auch ich berücksichtigt. Ich musste schnell einen Schluck abtrinken, um nichts zu verschütten. Erstaunlicherweise war es nicht mehr ganz so schlimm.

Roman grinste. »*Good?*«

Ich nickte.

»*Polish*«, sagte er.

»Okay.«

K. hatte sein Glas schon wieder ausgetrunken und versuchte, Roman die Flasche aus der Hand zu winden.

Roman lachte. »*Be careful*«, sagte er, den Zeigefinger auf K. gerichtet, und zu mir gewandt: »*He is mad man.*«

Ich nickte grinsend. War lustig hier. Meine Geschäftsreise versprach um einiges unterhaltsamer zu werden als befürchtet. Lachen, trinken, Schulter klopfen. Obwohl ich immer wieder mal einen Schluck nahm, wurde mein Glas nicht leerer. Konnte man sich dran gewöhnen.

»Da bist du ja«, hörte ich hinter mir.

Ich drehte mich um. Da stand Eva. Doch mein Blick blieb an der Person haften, die sich bei ihr eingehakt hatte: ein Mädchen mit wilden braunen Locken und leuchtend grünen Augen. Sie lächelte, was kleine Grübchen auf ihre Wangen zauberte.

»Das ist Maria«, trällerte Eva. »Kann sie gut Deutsch.«

Ich sagte nur »Ah« oder »Ja« und dann wohl »Hallo«.

»Hallo«, sagte auch Maria. Ihre rote Bluse machte mich fast blind.

»Interessiert sich Thomas für Kunst«, flötete Eva und zeigte auf die Ärsche.

»Ähm, na ja«, sagte ich.

K. machte sich wieder an meiner Schulter zu schaffen. »*He understands!*«, rief er in die Runde. »*He likes.*«

»Wird er auch Polnisch lernen«, ergänzte Eva.

Maria sah mich erstaunt an. »Wirklich? Wie schön.« Es klang wie Gesang.

»Polnisch, ich?«, berappelte ich mich. »Weiß nicht. Ich meine, wäre natürlich toll, aber wird die Zeit wohl nicht für reichen.«

»Arbeiten wir nämlich zusammen«, erklärte Eva. »Machen wir Geschäfte.«

»Geschäfte?« Maria pustete sich eine Strähne aus dem Gesicht. »Welche Geschäfte sind das?«

»Ist noch nicht so ganz klar.« Ich hielt das Wodka-Glas hinter meinem Rücken und hoffte inständig, dass ich keine Fahne hatte.

»Doch«, sagte Eva, »weil sein Vater, der ist Direktor.«

Bevor Eva sich da weiter reinsteigerte, fragte ich schnell: »Und du? Was machst du so?«

Ihre grünen Augen blitzten. »Du fragst besser: Was möchte ich machen.«

»Okay, was möchtest du machen?«

»Deutsch studieren.«

»Deutsch?«

»Das heißt Germanistik.«

»Ja, klar. Ich meine: wow.«

»Aber ich muss zuerst arbeiten. Leider kostet das Studium sehr.«

»Und was? Was arbeitest du?«

»Ich bin die Assistentin von Roman.«

»Echt?« Ich blickte mich nach ihm um, aber er war nicht mehr da.

»Ich arbeite in seiner Galerie. Wenn du dich für Kunst interessierst, solltest du einmal vorbeikommen.«

»Ja. Beides.«

»Beides?« Ihre Stirn kräuselte sich leicht, was sehr süß aussah.

»Ich interessiere mich für Kunst, und klar, ich komme gerne mal in die Galerie.«

»Welche Kunst interessiert dich?«

»Eigentlich am meisten Fotografie. Also als Kunst. Ich fotografiere auch selbst.«

»Oh, du bist Künstler? Wie Roman?«

»Maria!« Wie aufs Stichwort war Roman wieder da. Er zog Maria zu sich und gab ihr, rechts, links, rechts, drei Küsschen. Mit vorgebeugtem Kopf brummte er dann noch etwas, worauf sie in helles Lachen ausbrach und den Kopf in den Nacken warf. Ihre Locken schwangen mit.

Roman zwinkerte mir zu. Er nahm K. die grüne Flasche ab und begann bei Eva mit dem Ausschenken einer neuen Runde. Ich überlegte, wie ich mein Glas loswerden konnte, und machte ein paar Schritte rückwärts, bis ich an ein Gemälde stieß. Schnell stellte ich das Glas auf den Boden und hielt das Bild mit beiden Händen fest, um das Trudeln der darüber hängenden Leinwände zu stoppen.

Als ich wieder zu der Gruppe hinübersah, lag Eva in Romans Armen. Unsere Blicke trafen sich.

»Roman!«, entrüstete sie sich und stieß sich von ihm ab. Roman lachte, während Eva in den Fängen von Z. landete, ihm irgendetwas ins Ohr flüsterte, wofür der sich mit einem Klaps auf Evas Hintern revanchierte. Eva kicherte ohne Unterlass, warf mit Kussmündern um sich. Z. und K. stolperten um sie herum, die Gläser über ihren Köpfen haltend. Erst jetzt bemerkte ich, dass Maria verschwunden war. Überall um mich herum palaverten irgendwelche Künstlertypen, aber sie war nirgendwo zu sehen.

Roman stand jetzt neben mir, und gemeinsam beobachteten wir, wie Eva und Z. einige Walzerschritte versuchten.

»*You have a girl?*«, fragte er.

Noch bevor ich mir eine Antwort zurechtgelegt hatte, sagte er: »*You find here.*«

»*No*«, sagte ich.

»*Yes, yes*«, gab er zurück und wollte mir zuprosten.

Ich brauchte eine Weile, bis ich mein Glas wiedergefunden hatte. Es war noch ein Rest Wodka drin.

»*Good*«, sagte Roman, und ich fragte mich, worauf sich das bezog.

In der Tanzschule, die wir schon in der Mittelstufe mit der kompletten Klasse besucht hatten, wäre inzwischen eingegriffen worden; was Eva und Z. da veranstalteten, hätte als Ringkampf durchgehen können.

Den Tanzlehrer spielte heute Roman. »*Stop!*«, rief er. »*Stop it!*«

Die beiden schwankten, dann fingen sie sich und stützten sich kichernd aufeinander.

Roman stieß Z. in die Seite. »*Mister Miller!*«, zischte er und streckte, das Glas in der Hand, den Zeigefinger aus.

Ich wusste sofort, wen er meinte. Ein fliederfarbenes Hemd stach aus dem Gewusel hervor. Die Menge schien sich für ihn zu teilen und eine Gasse zu bilden, während der Mann mit wiegendem Schritt und breitem Grinsen die Halle durchquerte. Ich glaubte sogar, das Schmatzen seiner Schuhsohlen zu hören.

Dann sah ich Maria. Sie lief schräg vor ihm her und zeigte auf Roman. Der ließ den Zigarettenstummel fallen, drückte mir sein Glas in die Hand und machte einen Schritt auf die beiden zu.

»*Mister Miller*«, tönte er und streckte ihm die Hand entgegen.

Das Hemd flatterte immer noch, obwohl sein Besitzer längst zum Stehen gekommen war. Maria hatte sich seitlich aufgestellt.

»*It's Liam*«, sagte Mister Miller, immer noch das Grinsen im Gesicht. Seine Stirn glänzte. Er war älter als Roman, aber nicht sehr viel.

»*I am Roman.*«

»*The artist*«, bestätigte Mister Miller und nickte.

Roman nickte auch, nur etwas entschiedener. Anscheinend hatte Maria da einen Kaufinteressenten herangeschafft für ihren Chef. Der machte jetzt eine ausladende Bewegung zur Seite, wo die drei Hintern von der Decke baumelten. »*New picture*«, posaunte er.

»Soll er besser die alten zeigen.« Eva wies in Richtung des roten Sterns und der beiden Schreienden.

Doch Mister Miller folgte Romans Geste, wenn auch sein Blick auf halber Strecke hängen blieb. Denn da stand, in jeder Hand ein Glas, ich.

Mister Miller grinste. »*Na zdrowie*«, sagte er und zwinkerte mir aufmunternd zu. Peinlich, ich musste aussehen wie der letzte Penner.

Maria wandte sich wieder flüsternd an ihn. Die beiden schienen sich ja schon gut zu kennen.

»Okay«, sagte er und hüstelte. »Du bist also Deutscher.« Er zerkaute die Buchstaben.

»Ja«, sagte ich.

Er streckte mir die Hand entgegen, und ich stellte schnell die Gläser zurück vor das Gemälde. Seine Hand war feucht.

»Ich bin Liam. Wie geht es dir?«

»Äh. Gut. Thomas.«

»Liam spricht gut Deutsch«, sagte Maria. »Es ist unsere gemeinsame Sprache. Eine Polin und ein Engländer. Lustig, nicht?« Sie wandte sich wieder an Liam. »Thomas will Polnisch lernen.«

»Aber das ist wunderbar«, sagte Liam und zog dabei eine Augenbraue hoch.

»Eigentlich habe ich nicht mal angefangen.«

Die Augenbraue blieb an ihrem Platz. »Aber was tust du dann in Warszawa?« Liam ließ seinen Blick zwischen mir und Maria hin- und herwandern.

»Sein Vater, der ist Direktor«, krähte Eva. »Macht er in Polen Geschäfte. Expandiert er nach Polen. Bereiten wir das vor, ich und Thomas.«

»Wie interessant«, sagte Liam. Dabei sah er mich durchdringend an. »Das ist sehr gut zu wissen, wirklich.« Er wandte sich an Maria. »Wir behalten ein Auge auf dem.«

Maria senkte den Blick. Ihre Locken schienen kurzzeitig ihren Glanz verloren zu haben.

»Warszawa ist voller Möglichkeiten«, fuhr Liam fort. »Du kannst alles tun. Alles.«

»Zum Beispiel Kunst anschauen«, sagte ich.

»Nun, so es fängt an. Aber es ist wichtig, wie es weitergeht.«

»Ja, mal seh'n.«

»Du bist gekommen zu der richtigen Zeit, wirklich.« Liam grinste, und ich meinte, ein Augenzwinkern in Richtung von Maria gesehen zu haben. Sie verzog den Mund.

Liam schob beide Hände in die Hosentaschen. »So du bist Expat«, sagte er.

»Was bin ich?«

»Expat. Weg von deine Heimat. So wie ich.«

»Ach so.«

»Expats hier in Warszawa, das ist eine Gemeinschaft, wir stehen zusammen.«

»Okay.«

»Schau, es gibt jede Woche ein Treffen von den Expats. Viele Briten, auch Deutsche. Alle machen Business. Manchmal Maria ist auch mit uns. Vielleicht ihr kommt beide mal.«

»Ja, klar. Warum nicht.« Ich schaute zu Maria, aber sie senkte den Blick.

»*New picture*«, versuchte Roman es noch einmal. Und tatsächlich drehte Liam sich nun weiter in Richtung der Leinwand. Roman hielt immer noch seinen Arm ausgestreckt.

Liam wippte auf den Fußspitzen. Dann rieb er Daumen und Mittelfinger aneinander. »*How much?*«

Roman ließ seinen Arm sinken. »*You see …*«, begann er.

»*How much?*«, wiederholte Liam, etwas lauter.

Roman kratzte sich am Hinterkopf. »*10 Million*«, meinte er schließlich.

»*Dollar? 10 Million Dollar?*« Das Hemd bebte.

»*Złoty. Old Złoty*«, korrigierte Roman schnell. »*1.000 new Złoty.*«

Liam zog die Augenbrauen zusammen. »*500.*« Er zog ein paar Geldscheine aus seiner Hosentasche und wedelte damit vor Romans Gesicht.

Roman schaute hilfesuchend zu Maria. Sie hatte ihr Lächeln wiedergefunden.

»*Good*«, befand er schließlich.

Liam verzog keine Miene. Er blätterte in aller Ruhe fünf glänzend neue Scheine in Romans geöffnete Hand und legte ein Visitenkärtchen oben drauf. So machte man hier also Geschäfte.

»*Thank you*«, sagte Roman. »*I bring it.*«

Aber Liam hatte sich schon weggedreht und verschwand in der Menge. Roman sah ihm nach.

In die Gruppe der Künstler kehrte das Leben zurück, denn K. schenkte erneut aus. Roman brauchte erst mal eine Fluppe.

»Bravo!«, rief Eva und kippte das Glas in einem Zug. Sie lachte und verlangte gleich nach der nächsten Runde. »Siehst du?«, sagte sie zu mir. »Habe ich dir gesagt.«

»Was?«

»Sind hier wichtige Leute.«

Was mir in diesem Moment am wichtigsten war: Maria. Weiter mit ihr zu reden. Ihr in die Augen zu schauen. Aber es war wie verhext, sie war schon wieder verschwunden.

»Poost«, sagte Roman und schob sein Glas nach vorne, um sich nachschenken zu lassen. Doch auch K. war plötzlich weg. Und Z. auch. Die grüne Flasche stand vor dem Bild mit dem roten Stern auf dem Boden.

Ich musste mich vorübergehend an einen der Stahlträger lehnen. In meinem Kopf herrschte irgendwie Überdruck. Ich hörte noch, wie Eva sagte: »Gehen wir«, und spürte, wie sie mich am Arm fasste.

Als wir dann in Romans Mini-Van durch das düstere Warschau brausten und Roman und Eva bei weit heruntergelassenen Fenstern unablässig rauchten, lautstark gegen das plärrende Autoradio anredeten und in ausladenden Bewegungen gestikulierten, gab ich mich dem Schaukeln des Fahrzeugs hin und dachte an das Mädchen mit den braunen Locken und den grünen Augen.

Polonaise

Eva erschien gegen Mittag. Sie frühstückte stehend im Nachthemd – wenn man das Herauskratzen von Essensresten aus den diversen Töpfen frühstücken nennen konnte. Ich sollte schon mal mit Tofik rausgehen und, ausgestattet mit einem 10.000 Złoty-Schein, dabei gleich Brot besorgen im Krasnobrodzka-Laden, wo ich mich ja schon auskannte. Im Laufe des Vormittags hatte ich immer wieder an Maria denken müssen und schwankte zwischen dem Drang, sie wiederzusehen, und dem schlechten Gewissen Gabi gegenüber.

Als ich mit einem Laib Brot, einigen Tausendern Wechselgeld und dem unablässig kläffenden Tofik zurück war, zog Eva einen Mantel über das Nachthemd, um mit mir, wie sie es ausdrückte, mein Auto zu sichern. An der Straße könne es nicht länger stehen bleiben, egal, was mein Onkel gesagt hätte. Sie dirigierte mich hinter dem nächsten Block in eine Einfahrt, wo wir vor einer Schranke warten mussten. Ein bärbeißiger Mann kletterte aus einer Bretterbude und beugte sich zu meinem Seitenfenster herunter. Nach einer längeren Erklärung seitens Evas zog er die Schranke hoch und bedeutete mir, ihm zu folgen. Und so rollten wir im Schritttempo zu einer Parklücke, die sich im hintersten Winkel des eingezäunten Areals befand – bestimmt, weil das der sicherste Platz war.

Wir waren gerade vom Parkplatz runter, da fiel Eva ein, dass wir, wenn wir einmal da waren, doch gleich ihr Auto mitnehmen könnten, um in die Stadt zu fahren. Also tauchten wir unter dem Schlagbaum hinweg, der natürlich schon wieder unten war. Evas Auto, ein fahlgraues Etwas, war ein Polonez, wie sie mich aufklärte. Polonez wie Polonaise, der Tanz.

Eva steuerte den Wagen vom Parkplatz und dann auf den Gehweg bis direkt vor den Eingang ihres Blocks. »Warte hier«, sagte sie und verschwand. Als sie wiederkam, hatte sie ein Kleid an, das genauso aussah wie ihr Nachthemd. Egal, Hauptsache, wir kamen hier weg. Fast hätten wir noch einen Pinscher erwischt, der mit seinem Herrchen im Schlepptau gerade des Weges kam.

»Wo fahren wir hin?«, fragte ich. Schließlich hatte mein Patenonkel mir aufgetragen, die Sache im Blick zu behalten.

»Zu der Mama.«

»Mama?«

Eva musste etwas an ihrem Nachthemdkleid sortieren, und der Wagen kam ins Schlingern. Ich griff nach dem Lenkrad und versuchte, ihn auf der Fahrbahn zu halten.

»Welche Mama?«, setzte ich noch einmal an.

Eva schien mit dem Arrangement ihrer Textilien zufrieden zu sein und übernahm wieder das Steuer. »Ach so. Bekommen wir etwas zu essen. Wirst du sehen.«

»Klar.« Nichts war klar.

»Aber erst wir müssen noch bei meiner Bekannten vorbei. Im Laden.«

»Wenn du meinst.«

»Und in die Werkstatt. Die Bremsen, weißt du.«

Ich sagte nichts mehr.

»Vielleicht«, fügte sie hinzu, »können wir auch noch in die Galerie.«

»Romans Galerie?«

»Ist die in der Altstadt.«

»Okay. Cool.« Ein Wink des Schicksals. Ich würde Maria wiedersehen! Sofort stand mir ihr Lächeln vor Augen, eingerahmt von den braunen Locken. Die Frage war nur, wann wir dort ankamen.

Zunächst wurde nämlich mitten auf dem Gehweg vor einer Reihe von blinden Schaufenstern geparkt. Eva verschwand, ohne noch etwas gesagt zu haben. Geraume Zeit später schleppte sie zwei Müllsäcke zum Kofferraum. Wortlos setzte sie sich ans Steuer, und der Polonez fand rumpelnd zurück auf die Straße.

Als Nächstes hielten wir an einer kleinen Tankstelle mit angeschlossener Werkstatt. In der Hoffnung, die Sache vielleicht beschleunigen zu können, stieg ich mit aus. Eva marschierte zielstrebig in ein Hinterzimmer, wo sie mir ihren alten Bekannten Mateusz, einen Quadratschädel im Blaumann, vorstellte. Eva redete, Mateusz fingerte an einer Zündkerze herum, ich verstand nur Bahnhof. Zur Verabschiedung gab es für Eva drei Küsschen und eine Flasche Motoröl, für mich eine ölverschmierte Hand. Ich war mir nicht sicher, ob ich Eva an die Bremsen erinnern sollte. Ich wollte zu Maria.

Der nächste Halt war vor einem lang gestreckten Wohngebäude mit zwei Etagen. Eva stiefelte die Treppe hoch, und ich folgte. Auf ihr Klingeln öffnete eine ältere Dame in einem Kleid aus den Fünfzigern, das aussah wie neu. Es dauerte eine Weile, bis ich begriff, dass wir bei Gregors Mutter waren, und das ausschließlich deshalb, um uns eine warme Mahlzeit servieren zu lassen. Ohne viele Worte folgten drei Gänge aufeinander: Suppe, Fleischgericht und Pudding-Dessert, dazu ein selbst gemachter Traubensaft, den sie *kompot* nannte. Bei der Hauptspeise musste ich einen Nachschlag akzeptieren, ich sei schließlich so dünn, übersetzte Eva. Erst bei den Heißgetränken zum Abschluss durfte ich wählen: *herbata* oder *kawa*, Tee oder Kaffee, wie Eva erklärte.

»*Herbata*«, entschied ich.

Als der Tee kam, hatte die alte Dame das erste Mal auch an sich selbst gedacht. So saßen wir drei da, vor uns henkellose Gläser, randvoll mit heißem Tee. Trinken war offenbar nicht vorgesehen – wie sollte ich das Glas auch anfassen? Ich rührte vorsichtig.

»Es hat übrigens ganz hervorragend geschmeckt«, sagte ich, in der Hoffnung, dass wir nun bald gehen konnten. Ich schielte zu Eva hinüber, die einen an Mama gerichteten Vortrag begann, der, je länger er wurde, immer weniger mit meinem Kompliment zu tun haben konnte.

Mama schien sich nicht wirklich zu freuen über das Gesagte. Jedenfalls redete sie nun ihrerseits auf Eva ein, die Rührbewegungen im Tee wurden heftiger. Als sie schließlich verstummte, bestand Evas Erwiderung aus kaum mehr als einem Zischlaut. In den Gläsern klapperten weiter die Löffel.

Schließlich wandte Mama sich wieder an mich. Sie wirkte ernst, aber nicht unfreundlich.

»Die Mama«, erklärte Eva, »fragt nach deinen Eltern. Sag ihr, dein Vater ist Direktor.«

»Er führt das Familienunternehmen«, sagte ich.

»Ist er doch Direktor.«

»Sicher.«

»Arbeite ich jetzt auch für ihn.«

»Das musst du ihr aber erklären.« Oder besser nicht. Wir wollten ja auch mal weiter.

»Eigentlich wir arbeiten die ganze Zeit.«

»Geht so.«

Mama nickte, aber jetzt sagte Eva etwas auf Polnisch, woraufhin Mama vom Nicken ins Kopfschütteln überging. Wieder wurde gerührt, was das Zeug hielt.

Schließlich sprach Eva die erlösenden Worte: »Gehen wir.«

Erleichtert stand ich auf, doch unser Aufbruch wurde jäh durch das Klingeln des Telefons gestoppt.

Mama riss den Hörer von der Gabel. »*Tak!*«, rief sie, dann reichte sie den Hörer weiter.

»*Tak*«, sagte Eva, dann flötete sie: »Hubert!« Es war mein Vater.

Die alte Dame verschwand in der Küche.

»Hat dir Grzegorz die Nummer …? Wie …? Ja, arbeiten wir die ganze Zeit … Doch … ja … Moment.« Sie übergab an mich.

»Hallo?«

»Thomas, mein Gott! Wo steckst du nur?«

»Bei Mama«, sagte ich und biss mir auf die Lippe.

»Wie bitte?«

»Also, wir sind zu Besuch. Aber gleich fahren wir weiter in die Stadt. Wir haben nur kurz etwas gegessen.«

Eva riss mir den Hörer aus der Hand. »Hubert?«, rief sie. »Hör! Läuft alles nach Plan. Arbeiten wir hart, meine Kontakte, weißt du …? Ja, Moment. Schon ich gebe.«

Ich durfte wieder an den Hörer. »Hallo?«

»Thomas, warum meldest du dich nicht? Es ist zum Verrücktwerden. Erst lässt du dir den Golf klauen, und dass Manfred dich in Schutz nimmt, macht die Sache nicht besser. Dann vergeht die Woche, du bist offensichtlich schon in Warschau, lässt es dir gut gehen, und ich höre nichts. Gar nichts! Was, in Gottes Namen, ist da eigentlich los?«

Das wusste ich selbst nicht so genau. »Nichts«, sagte ich.

»Nichts! Das genau ist das Problem!« Ich hörte ihn schnauben. »Pass auf, ich will einen Bericht von Eva, schriftlich und ausführlich. Über ihre Kontakte, die potenziellen Vertriebspartner, du weißt schon. Sag ihr das!«

»Mache ich.«

»Das will ich auch hoffen! Du weißt genau, was auf dem Spiel steht.«

»Sicher.« So ungefähr jedenfalls.

»Ich muss mich auf dich verlassen können! Zumal Manfred bald kommt.«

»Ja. Wann ist er denn hier?«

Im Hintergrund hörte ich eine Stimme, wohl einer seiner Mitarbeiter.

»Thomas, ich muss Schluss machen. Wir sprechen morgen, dann habe ich mehr Zeit. Ihr wisst, was zu tun ist.«

»Aber wann kommt er denn nun?«

»Das, mein Sohn, hängt unter anderem davon ab, wie ihr in Warschau vorankommt. Deshalb der Bericht. Also sieh zu!«

Eva wühlte in ihren Haaren. »Was hat er gesagt?«, fragte sie, noch bevor der Hörer auf der Gabel lag.

»Dass wir morgen wieder telefonieren. Und dass er einen Bericht will.«

»Ach, der Bericht. Machen wir das noch. Aber jetzt fahren wir.«

Wir hatten ja noch was vor.

Aus dem Nichts taucht ein Herr auf, sehr adrett, sein Schnäuzer hübsch geschwungen, den Blick ins Nirgendwo gerichtet. Die große Eins neben ihm scheint ihn nicht zu interessieren, ebenso wenig der übergroße Zeigefinger, der auf die Eins gerichtet ist. Hinter dem Finger gucken weitere Zahlen hervor, Nullen, vier Nullen. Eigentlich steht da also die Zahl 10.000. Es ist ein Geldschein, den der Finger teilweise verdeckt. Das Ganze abgebildet auf einem offiziellen Werbeplakat für das neue Geld. Links vom Geldschein schwebt eine Hand, die eine Münze zwischen Daumen und Zeigefinger hält, eine Münze mit einer Eins darauf. Zwischen Geldstück und Geldschein steht ein Gleichheitszeichen. Und darunter das Wort Złoty.

Man musste, so viel war bis hierher klar, vier Nullen wegnehmen, um vom alten zum neuen Geld umzurechnen.

10.000 alte waren ein neuer Złoty. Das hatte ich verstanden. Aber dann machte mir Eva deutlich, dass eigentlich jeder noch mit dem alten Geld rechnen würde, da hätte man sich dran gewöhnt, und das wäre ja auch noch im Umlauf, und wenn man 100 sagte, dann meinte man 100.000, die Tausender würden der Einfachheit halber weggelassen. Also minus drei Nullen. Ich dachte, ich kriegte die Motten.

Der Mann hinter der Glasscheibe brauchte keinen Zeigefinger. Er ließ die Scheine von einer Hand in die andere rauschen, ohne dass ich recht erkennen konnte, ob es alte oder neue, welche mit vielen oder wenigen Nullen waren. Am Ende hatte ich eine bunte Mischung, die sich recht unterschiedlich anfühlte und damit die Orientierung erleichterte: speckig war alt, stumpf war neu. Ein paar Münzen hatte der Mann auch noch obendrauf gelegt.

Die Wechselstube namens *Kantor* lag gleich hinter der Stadtmauer, die blinkende Leuchtschrift war nicht zu übersehen. Wir waren inzwischen zu Fuß unterwegs. Die Nachmittagssonne ließ die Ocker-, Orange- und Pastelltöne der Fassaden aufleuchten. Eine Kutsche rumpelte über das Kopfsteinpflaster. Selbst die Menschen wirkten altertümlich. Dabei war alles nach dem Krieg wieder aufgebaut worden – nachdem die Nazis, wie mein Vater mir noch erklärt hatte, die ganze Stadt vor dem Abzug dem Erdboden gleichgemacht hatten.

Wir überquerten den Marktplatz, Eva steuerte zielstrebig auf einen Hauseingang zu. Dem gleißenden Licht im Freien folgte muffige Düsternis. Wir drückten uns an mehreren Prospekt- und Postkartenständern vorbei, bogen in einen dunklen Gang und gelangten schließlich in einen fensterlosen Raum. Vorne saßen an einem Holztisch drei ältere Herren, eifrig damit beschäftigt, sich gegenseitig abgegriffene Prospekte zuzuschieben, fast so, als wäre es ein Kartenspiel. Hinter ihnen fiel mein Blick auf die mir schon von der Vernissage bekannten Ärsche – kleine, große, bunte, weniger bunte, eine ganze Serie, reihum verteilt an allen Wänden. Der Geruch von Terpentin hing in der Luft.

»Die Galerie«, erklärte Eva mit einer so triumphal ausladenden Geste, als wäre sie die Besitzerin.

»Und was machen die alten Männer da vorne? Arbeiten die hier?«

»Ist das ein Fremdenverein«, meinte Eva. »Nein, warte.« Sie sortierte ihre Haare. »Fremdenvereinsverkehr.«

»Du meinst: ein Fremdenverkehrsverein?«

»Sage ich doch.«

»Also doch keine Galerie?«

»Die Wände. Roman nutzt die Wände.«

Ich schaute erneut zu dem Tisch hinüber, wo die drei Alten unbeeindruckt ihre Papiere stapelten. In der Ecke dahinter hing ein weiteres Bild. Es zeigte einen Kopf mit weit aufgerissenem Mund und ebenso weit aufgerissenen Augen.

»Auch von Roman?«, fragte ich.

»Von früher.«

»Wann früher?«

»Aus politischer Zeit, Kriegsrecht, Kommunismus, weißt du.«

»Sicher.« So ganz genau natürlich nicht.

»Haben wir Künstler gekämpft mit unserer Kunst. Haben wir zusammengestanden, egal ob Malerei, Theater, Film. Wir alle, Roman, ich, andere.« Sie zeigte auf die Parade der Ärsche. »Macht er das heute«, sagte sie. »Besser zu verkaufen.«

»Hab ich schon mitbekommen.« Ich schaute noch einmal das Bild in der Ecke an. Es hing schief.

»Roman ist auch hier?«, fragte Eva.

Die Frage galt nicht mir. Über drei Stufen stieg aus einem Nebenraum Maria zu uns herab. Ihre Locken wippten im Takt.

Als sie mir die drei obligatorischen Küsschen gab, ließ ihr blumiges Parfum das Terpentin für einen Moment vergessen.

»Er kommt gleich«, sagte sie. »*Herbata?*«

»*Herbata*«, entschied Eva.

Und schon war Maria wieder weg. Ohne Tee ging hier gar nichts.

»*You like her?*« Ich fuhr herum; da stand Roman und grinste mich an.

Eva kicherte.

Ich wusste nicht, was ich sagen sollte. Die Frage war wohl eher, wie sehr Roman Maria mochte, denn als sie den Tee brachte, fasste er ihr um die Taille. Maria lachte und verschwand aufs Neue.

Wir saßen am freien Ende des Tisches und rührten in unserem Tee. Es waren wieder die henkellosen Gläser, die man nicht anfassen konnte. Vielleicht tranken deshalb alle lieber Wodka.

»Fragt Roman«, unterbrach Eva den ansonsten auf Polnisch geführten Dialog, »ob du auch sein Atelier kennenlernen willst.«

»Was, jetzt?«

»Wenn wir nicht arbeiten. In den nächsten Tagen.«

»Aha.«

Aus dem Nebenraum hörte ich Marias Stimme. Offenbar telefonierte sie.

»Bringen wir dann Essen von der Mama, hat Roman bestimmt etwas zum Trinken.« Eva rührte immer schneller. »Wird das lustig, wirst du sehen.«

Roman leerte seinen Tee in einem Zug.

Ich fragte mich, ob Maria ihm auch im Atelier assistierte.

»Können wir«, sagte Eva, »dort viele Bilder sehen.« Sie wippte auf ihrem Hocker vor und zurück. »Hat er die besten im Atelier.«

Roman brummte irgendetwas und drückte sich mit beiden Händen vom Tisch hoch. Eva stellte ihr volles Glas zurück auf den Tisch und sprang ebenfalls auf, um zusammen mit Roman im Korridor zu verschwinden.

»Ihr geht?«, fragte Maria auf der Treppe stehend.

»Glaube ja.«

»Was heißt das, du glaubst?«

»Weiß nicht.«

»Du weißt nicht?«

»Eva macht die Pläne.«

»Und du? Machst du nicht Pläne?«

»Ist schwierig. Zumindest hier.«

»Sonst ist es nicht? In Deutschland?«

»Geht so. Nicht alles kann man allein entscheiden.«

»Was denn?«

»Na ja …«

Maria nickte mir aufmunternd zu. Sie interessierte sich anscheinend wirklich für meine Antwort.

»Zum Beispiel das Studium. Du willst Germanistik studieren. Ich weiß ja nicht, ob deine Eltern dich dabei unterstützen. Ich würde jedenfalls gerne Fotografie studieren. Aber das will mein Vater nicht. So viel zu meinen Plänen.«

Ihre grünen Augen funkelten. »Vielleicht habe ich auch Pläne für dich.«

»Pläne? Für mich?«

»Ein Treffen.«

»Treffen?«

»Wenn du willst.« Die Grübchen, da waren sie wieder auf ihren Wangen.

»Ob ich … Ich meine …« War ich behindert? »Ja«, sagte ich schleunigst.

Maria lächelte. »Vielleicht morgen Abend?«

Eva steckte noch einmal den Kopf durch die Tür. »Gehen wir!«

»Gleich!«, rief ich ihr zu. »Ja, klar«, sagte ich zu Maria.

»Dann erwarte ich dich hier. Morgen um sieben.«

Als sie mir die drei Küsschen gab, drohte ich tatsächlich rot zu werden. Ich ging schnell in den dunklen Gang bis zu den Prospektständern, hinter denen mich das gleißende Nachmittagslicht erwartete.

Da stand ich, etwas außer Atem, bis ein Arm nach mir griff. Es war Eva, die verkündete, dass wir jetzt aber schnell losmüssten: weiterarbeiten.

Autoalarm

Die Chose war natürlich typisch Eva. Völlig durchgeknallt. Auf so was konnte nur sie kommen. Ich war dagegen gewesen, aber das half erwartungsgemäß nichts. Denn wenn es für sie schon ein Problem darstellte, dass ich ein Hemd bügeln wollte, was konnte man da erwarten? Dabei hatte ich immerhin schon ein Bügelbrett gefunden – hinter einer Rolle Maschendraht auf dem schmalen Balkon. Die Sache mit dem Autoalarm stand mir da noch bevor.

Gregor machte an diesem Tag keine Anstalten, aufzubrechen. Er blieb einfach am kleinen Küchentisch sitzen, trank Kaffee, rauchte, las Zeitung. Es war ja auch Samstag. Als Eva auftauchte, zeigte sie sich trotzdem einigermaßen überrascht, ihn in der Küche vorzufinden. Wenigstens kam sie so zu etwas Kaffee, den sie sich in eine aus dem Spülbecken geangelte Tasse goss. Während sie am Kaffee nippte, kam ich aufs Thema Bügeln zu sprechen.

Eva ließ die Tasse sinken. Warum, wollte sie wissen, bräuchte ich denn bei diesem Wetter, in dieser Hitze ein Hemd?

»Eigentlich brauche ich es erst heute Abend. Es sei denn«, fügte ich hinzu, »wir arbeiten vorher mal. Ich meine, mit einem richtigen Termin oder so.«

»Arbeiten wir die ganze Zeit.«

»Nicht wirklich.«

»Schon wir schreiben den Bericht.«

»Wäre echt gut.« Der nächste Anruf meines Vaters würde nicht lange auf sich warten lassen.

Sie nahm schlürfend einen weiteren Schluck Kaffee. »Brauchst du dazu aber kein Hemd.«

»Dazu nicht.«

»Gut.«

»Hast du trotzdem mal ein Bügeleisen?«

Eva runzelte die Stirn. »Warum?«

»Weil ich verabredet bin.«

»Wann?«

»Heute Abend.«

»Mit wem?«

»Ist das nicht egal?«

»Tomasiu!«

War ja schlimmer als bei meiner Mutter, also früher.

»Nun sag schon«, zirpte sie.

»Na ja, mit Maria.« Ich schaute auf meine Casio. »Um sieben. Ist ja so lange auch nicht mehr hin.«

Eva begann, ihre zerzausten Haare zu ordnen. »Ist unser Tomasz verliebt.«

Gregor ließ die Zeitung sinken, blies Rauch Richtung Decke, dann schüttelte er den Kopf. Hatte er verstanden?

»Ist das nicht süß?«, sagte Eva.

»Ein Treffen, hat sie gesagt, mehr nicht. Was trinken vielleicht.«

»Nur Roman«, sagte Eva, »muss sie freigeben.«

»Du meinst *ihr* freigeben. Ist schon geregelt. Ich soll sie um sieben in der Galerie abholen. Dann wird sie freihaben.«

»*Nie wolno!*«, rief Eva plötzlich. Der Dackel war wie aus dem Nichts aufgetaucht und sprang an ihr hoch. Eva drehte Pirouetten, was Tofik, der kläffte wie verrückt, augenscheinlich großen Spaß machte. »*Nie wolno!*«, rief sie immer wieder, bis Gregor mit der zusammengerollten Zeitung ausholte. Aber bevor er zuschlagen konnte, trollte sich der Hund, nur um, kaum dass er außer Reichweite war, umso lauter zu bellen.

»Müssen wir rausgehen mit ihm!«, schrie Eva gegen den Lärm an.

»Ja, klar«, sagte ich. »Wenn du mir vorher noch eine Kneipe für heute Abend sagen kannst? Also für Studenten oder so.«

Eva hatte irgendwo ein Stück Wurst gefunden und warf es in den Flur. Das Bellen verstummte.

»Brauchst du erst Alarm«, sagte sie.

Damit ging's los.

»Was brauche ich?«

»Hat das jeder.«

»Ja, was denn?«

»Autoalarm. Für dein Auto, du Dummerchen. Kannst du sonst nicht in die Stadt fahren.«

»Warum denn das nicht?«

Tofik war wieder da und schnappte nach dem Frotteegürtel ihres Morgenmantels. Diesmal trollte sich Gregor, wenig später fiel die Wohnungstür ins Schloss.

»Den Citroën«, sagte ich, »wird schon niemand klauen.«

»Hast du aber deutsche Nummern.« Tofik hatte den Gürtel erwischt und zog mit aller Kraft daran. »Dein Nummernschild, versteh doch. Kann jeder sehen: ein Deutscher. Vielleicht ist Geld im Auto, D-Mark. Passen Deutsche nicht so auf. Zu gefährlich.«

»Gibt's keinen Bus?«

Eva machte eine wegwerfende Handbewegung. »Brauchst du Autoalarm. Machen wir das heute. Mateusz macht das. Mateusz von der Tankstelle, weißt du?«

»Ja, sicher.« Der Typ mit dem Motoröl. »Gibt es wirklich keinen Bus?«

Der Stoff um Evas Hüfte war inzwischen wie eine Ziehharmonika zusammengezurrt, doch jetzt startete sie den Gegenangriff, zog zurück und legte dabei den Rückwärtsgang ein, sodass der Hund auf seinem Hinterteil über den

Linoleumboden glitt, die Beine weit gespreizt, bis in den Flur.

Und so blieb ich allein in der Küche zurück. Es war, zumindest auf meiner Uhr, schon kurz nach eins, also selbst für Evas Verhältnisse relativ spät. Dabei hatte sie sich noch nicht einmal angezogen, was erfahrungsgemäß auch keine Sache von fünf Minuten war.

»Thomas, Schätzchen. Hilf mal!«, hörte ich Eva rufen.

Ich fand sie im *großen Zimmer*, wo sie mit der flachen Hand auf den Tisch einschlug. Erst im Näherkommen erkannte ich, dass ihr Furor sich gegen eine Papierrolle richtete, die sich immer wieder zusammenkringelte. Ein Fax.

Ich schnappte mir die Rolle und zog sie auseinander. Dann nickte ich kurz in Richtung zweier Bierflaschen, und Eva verstand. Sie nahm die leeren Flaschen und beschwerte damit die Enden des Papiers.

»Arbeit«, erklärte sie.

»Das Fax? Was denn für Arbeit?« Doch nicht etwa für meinen Vater?

»Moldor.«

»Wie?«

»Moldor. Machen die Motoren. Dieselmotoren.«

»Nie gehört.« Ich blickte auf das Fax. Es war in dicken Buchstaben tatsächlich mit *Moldor* überschrieben.

»Weil die verkaufen alles weiter. An andere Hersteller.«

»Und du arbeitest für die?«

»Bin ich Repräsentent.«

»Du meinst Repräsentant.«

»Sind das Amerikaner, die sitzen aber auch in Deutschland. Also dort es sind Deutsche. Und sollen, weil die Amerikaner, also die Chefs, das sagen, sollen die Deutschen nach Polen gehen. Alle wollen nach Polen, weißt du?«

Was erzählte sie da eigentlich?

»Wie dein Vater. Aber Moldor auch. Weil es fahren ja schon Laster mit den Motoren hier. Und dafür man braucht Ersatzteile. Macht das übrigens Grzegorz.«

»Was?«

»Die Ersatzteile.«

»Aha.«

»Ja, genau.« Eva begann, an einem Rolodex zu drehen, bis die ersten Karteikärtchen herausfielen.

»Aber du«, fragte ich. »Was machst du?«

»Repräsentenz.« Eva versuchte, die Kärtchen zurück in den Rolodex zu stopfen.

»Repräsentanz, okay. Aber was soll das genau heißen?«

»Verstehst du aber wirklich gar nichts. Habe ich den Schlüssel. Ich, verstehst du.« Das letzte Kärtchen widersetzte sich und guckte schief raus.

»Ehrlich gesagt …«

»Ohne Schlüssel kein Zutritt. Wollen alle verkaufen, weil der Markt ist groß in Polen. Aber wie, glaubst du, ohne Schlüssel, man kann reinkommen?« Sie sah mich mit triumphierendem Blick an. »Gar nicht! Schlüssel, das sind Kontakte. Ich habe die Kontakte. Viele Kontakte.«

»Schon klar, Kontakte. Müssten wir nur auch meinem Vater mal schreiben. Der wartet nämlich. Wenn dann noch ein passender Vertriebspartner dabei ist …«

»Schon wir schreiben.«

»Ja, wann denn?«

»Jetzt.«

»Okay. Gut. Muss ja auch nur ein kurzer Bericht sein. Ich würd dann nämlich gern rechtzeitig los.«

»Wartet Moldor auch.«

»Eigentlich dachte ich, du arbeitest vor allem für meinen Vater.«

Eva ließ sich auf einen der Stühle sinken, ungeachtet der Klamotten darauf. »Wollen alle was von mir. Moldor, dein Vater, du.«

»Deine Kontakte, zähl doch einfach ein paar auf. Vielleicht reicht das fürs Erste?«

Während Eva sich eine Zigarette anzündete, schaffte ich auf dem Tisch etwas Platz für die elektrische Schreibmaschine, die ich ebenfalls auf dem Balkon entdeckt hatte. Als Papier reichte mir Eva das Moldor-Fax, dessen Rückseite ja frei war. Ich fädelte es ein und drückte auf *Enter*. Der Kugelkopf sauste nach links.

»Was soll ich schreiben?«, fragte ich.

»Schätzchen, bist du doch klug genug.«

»Ich hab keinen Schimmer, worum es hier geht.« Ich fragte mich, warum ich das eigentlich immer wieder jedem erklären musste. Hatte ich vergessen, mein Superman-Kostüm auszuziehen? Als würde nur ich wissen, wie die Welt zu retten wäre.

»Schreibst du«, sagte Eva und zog an der Zigarette, »wir arbeiten viel, die ganze Zeit.«

Großartig, dachte ich. Das würde meinen Vater bestimmt besänftigen. Ich sah auf die Uhr. Es ging auf zwei zu.

»Rede ich die ganze Zeit, schreibst du das«, fuhr Eva fort. In der einen Hand hielt sie die Zigarette, mit der anderen kraulte sie Tofik, der unter dem Tisch hockte.

Also begann ich zu tippen. Ich schrieb von der ununterbrochenen harten Arbeit, die Eva ohne Rücksicht auf die Uhrzeit leistete, den vielen einflussreichen Leuten, die sie bei ihren Terminen traf, in Fabriken und Werkstätten, und mit denen sie dabei unaufhörlich redete. Das war der Schlüssel, schrieb ich, den alle Firmen aus dem Westen benötigten, alle Branchen, zum Beispiel auch der Automobilsektor, den sie bereits erfolgreich vertreten würde. Insofern konnte unsere Firma diesem Beispiel folgen und von Evas Know-how profitieren. Wir müssten dann nur noch wissen, wann denn nun mein Patenonkel nach Warschau reisen würde, damit wir uns darauf einstellen konnten. Da jetzt gleich ein weiterer Termin anstünde, müsse sie hier Schluss machen und grüße herzlich nach Bonn.

Ich zog das Papier aus der Maschine und reichte es Eva. Sie zauberte eine Lesebrille aus ihren wirren Haaren, überflog den Text und strahlte. Das, meinte sie, könnten wir gleich auch an Moldor schicken, da müsse ja kaum etwas geändert werden. Ich hatte Kopfschmerzen.

Als ich den Bericht durch das Fax schob, war Eva schon wieder in der Küche zugange.

»Bekommst du gleich Suppe!«, rief sie. Tofik kläffte.

»Nee, lass mal!«, brüllte ich und eilte hinterher. Ich nahm ihr den Teller aus der Hand. »Sag mir lieber, wo ich in der Altstadt eine Kneipe finde.«

»Erst wir fahren zu Mateusz. Für den Autoalarm. Hast du das schon vergessen?«

»Ich fahr Bus.« So weit waren wir doch schon mal. »Oder ich nehme ein Taxi.«

»Schätzchen, sind Taxis viel zu teuer. Die betrügen dich. Aber kann ich dich bringen und warten auf dich.«

»Wie schnell geht das denn mit der Alarmanlage, falls er heute überhaupt arbeitet?«

»Geht das ganz schnell.«

Bis wir vor Mateusz' Tankstellen-Werkstatt standen, waren weitere zwei Stunden vergangen. Weil natürlich erst nochmaliges Gassi-Gehen und Milchkaufen angestanden hatten, schließlich das Auslösen meines Autos beim Parkplatzwärter, der einen 100.000er-Schein nicht hatte wechseln können oder wollen, weshalb wir wieder zurück zum Laden mussten, und so weiter.

Das Oberhemd, ungebügelt, klebte an meinem Rücken, als Eva dem *majster*, also Mateusz, wortreich seine Aufgabe verdeutlichte. Ein zweiter Blaumann, der vor lauter Ölschmiere kaum noch blau war, gesellte sich dazu, zündete sich eine Zigarette an und lauschte geduldig. Es war der reinste Albtraum.

Irgendwann wurde mein Citroën tatsächlich durch ein doppelflügeliges Tor gefahren, wo er sich in der Gesellschaft von einem Fiat 500 und einem Polonez wiederfand, beide mehr oder weniger ausgeweidet. Blaumann 2 verschwand im Fußraum, offenbar auf der Suche nach dem Hebel für die Motorhaube. Meister Mateusz gab ihm derweil ununterbrochen Anweisungen, wobei sich schnell als wichtigste Vokabel *kurwa* herauskristallisierte. Tatsächlich schien alles *kurwa* zu sein: *kurwa* dies, *kurwa* das. Eva blieb mir eine Übersetzung schuldig. Mein Tipp war: ein Fachbegriff der Kfz-Mechanik.

Zum Glück schien jetzt alles zu fluppen. Die Motorhaube war offen, und Blaumann 2 begann, sich darunter zu schaffen zu machen. Erst versenkte er meterweise Kabel, dann eine ausgewachsene Sirene, hämmerte und schraubte, was das Zeug hielt. Meister Mateusz lief derweil um den Wagen herum, öffnete die Türen, schlug sie zu, öffnete die Kofferraumklappe, schlug sie zu, um dann wieder von vorne anzufangen.

Konnte ich Eva also noch mal auf die Kneipenfrage ansprechen. Wozu ich sie freilich erst einmal einholen musste, denn sie folgte ihrem Meister auf seiner Tour um das Auto – ihr Mitteilungsbedürfnis kannte keine Grenzen.

Plötzlich ertönte eine schrille Melodie. Entfernt erinnerte sie an ein Kinderlied, gespielt allerdings auf arg derangierten Blechblasinstrumenten. Das sollte wohl der Alarm sein.

»Gut«, beschied Eva.

»Wie kann man das wieder abstellen?«, brüllte ich gegen den Lärm an.

Da stand Meister Mateusz auch schon neben uns und präsentierte einen Schlüsselanhänger, der sich als Fernbedienung entpuppte. Er drückte einen Knopf, und die Melodie erstarb in drei heiseren Trompetenstößen.

»Gut?«, fragte er. Schweiß lief ihm übers Gesicht.

»Gut«, sagte ich und nahm das Teil entgegen.

Blaumann 2 zeigte auf den Meister und sagte: »*Majster.*«

Ich nickte.

Eva zog an meinem Ärmel. »Willst du«, fragte sie und strahlte, »für Maria noch eine Kette kaufen?«

»Was?«

»Kaufst du eine Kette.«

»Warum denn eine Kette?«

Meister Mateusz sah mich mit kritischem Blick an.

»Mögen das polnische Mädchen, solche Geschenke«, belehrte mich Eva.

Ich sollte gleich bei der ersten Verabredung Schmuck verschenken? »Ist das nicht ein bisschen früh?«

Eine Autotür knallte zu, ein Motor heulte auf, und kurz darauf schoss der Citroën rückwärts aus der Baracke. Mit einem Sprung retteten wir uns zur Seite. Ich erkannte Blaumann 2 hinter dem Steuer.

»Weißt du, kenne ich einen Laden«, fuhr Eva ungerührt fort.

»Sag mir einfach nur, wo ich eine Kneipe finde.«

Meister Mateusz stand immer noch bei uns. Richtig gesprächig wurde er jetzt. Dabei deutete er immer wieder auf mein Auto.

»Will er«, erläuterte Eva, »dir eine richtige Federung einbauen.«

»Warum das denn?«

»Sagt er, wenn man erst warten muss, bis eine Luftmatratze aufgepumpt ist, kann man auch gleich den Bus nehmen.«

»Nein, ist schon in Ordnung so.«

»Sagt er auch, am besten ist es, du kaufst dir ein richtiges Auto.«

»Ein richtiges Auto?«

»Ja. Einen Golf.«

Der Schmetterling

Punkt sieben Uhr abends stand ich auf dem Marktplatz und holte tief Luft. Bis zuletzt war Eva an meiner Seite geblieben und hatte geplappert, ohne Punkt und Komma. Bis zuletzt hatte ich nicht gewusst, ob sie mich irgendwann allein lassen würde.

Der Citroën war mit scharf geschaltetem Alarm draußen vor der Stadtmauer abgestellt, zusätzlich bewacht von einer Gestalt, die mich mit großer Geste in die breite Parklücke eingewinkt hatte, um danach neben der Autotür zu stehen und »*Money, money*« zu raunen. Eva hatte mich hierhin und dahin geführt, in kleine Läden, wo sie irgendjemandem »Hallo« sagen wollte, oder in die Post, wo sie die Stromrechnung bezahlen musste. Statt einer Kneipe hatte sie mir ein Restaurant gezeigt, in dem sie den Bruder eines Kellners kannte und der – also der Kellner – mir bestimmt einen schönen Tisch hätte freihalten können, wenn das Restaurant geöffnet gewesen wäre. Eva meinte, wir beide könnten ja mal dorthin gehen in den nächsten Tagen, das wäre doch nett. Schließlich hatte sie mir augenzwinkernd einen Ersatz-Wohnungsschlüssel gegeben – falls es später werden sollte. Der war in der einen Hosentasche. In der anderen aber hielt ich einen kleinen Papierumschlag umklammert.

Alte Frauen mit bunten Kopftüchern huschten an mir vorbei, ein Mann mit schlackerndem Anzug und Plastiktüte, kichernde Mädchen. Den Eingang der Fremdenverkehrsvereinsgalerie hatte ich im Blick, ohne selbst gleich gesehen zu werden. Ich war mir unsicher, ob ein so pünktliches Erscheinen nicht furchtbar deutsch wirken würde. Doch gerade, als ich mich entschieden hatte, noch fünf Minuten zu warten, trat in einer gelb leuchtenden Bluse Maria aus der Tür. Und gleich hinter ihr Roman.

Mein erster Impuls, auf sie zuzueilen, war wie abgewürgt. Ich stand da und beobachtete die beiden. Sie standen vor dem Eingang, schienen sich zu unterhalten. Maria drehte ihren Kopf hin und her, ihre Locken folgten mit kurzer Verzögerung. Dann nahm Roman sie in die Arme. War da auch ein Kuss? Was ging da vor?

Der Fußgängerverkehr hatte zugenommen, und ich verlor die Szene aus dem Blick. Einige Haken schlagend, arbeitete ich mich durch die Passanten hindurch, wurde angerempelt, wäre fast über eine Hundeleine gestolpert, bis ich schließlich den Rand des Platzes erreichte.

Maria war nicht zu sehen. Ich drückte mich an einer Gruppe älterer Männer vorbei, um wieder einen besseren Überblick zu bekommen. Dann trafen sich unsere Blicke.

»Oh, hallo, Thomas!« Sie drückte mir die drei Küsschen auf die Wangen.

»Hallo«, sagte ich. Roman schien verschwunden zu sein.

»Wie schön, dass du Zeit hast«, sagte sie.

»Klar.« Ihr Strahlen ließ alle meine Fragen schmelzen wie Schnee in der Sonne.

»Feiern abends, so sagt man?« Sie sah mich mit gekräuselter Stirn an.

»Du meinst Feierabend. Ja, klar.«

»Feiern wir mit Essen?« Maria nahm meine Hand.

»Äh, du meinst, ob wir essen gehen?«

»Das wäre schön«, hauchte sie.

»Okay, total gerne. Ich weiß nur nicht …«

Maria sah mich fragend an.

»… wohin. Also, wo eine Pizzeria ist oder so.«

»Ich zeige dir. Möchtest du?«

»Ja.«

Sie hakte sich bei mir ein, und wir zogen los. Ich hatte den Eindruck, die Menschen würden zur Seite treten, damit wir als Paar über das Kopfsteinpflaster schreiten konnten. Es war ein tolles Gefühl.

»Die Altstadt ist superschön«, sagte ich.

»Das sagen alle.«

»Stimmt doch auch.«

»Es ist eine Kulisse.«

»Kulisse?«

»Die Altstadt ist wieder gebaut.«

»Wieder aufgebaut, weiß ich. Also, die Deutschen, die Nazis hatten sie ja gesprengt.«

»Aber jetzt ist die Altstadt eine Kulisse, in die wir gehen.«

»Ist doch nicht schlecht, oder?«

»Du musst Schauspieler sein.« Sie lachte.

»Okay. Und was spielen wir?«

»Die richtige Frage ist: Wer sind wir außerhalb von der Vorstellung?«

»Wie meinst du das?«

»Das ist nicht so wichtig.« Maria dirigierte mich um eine Häuserecke.

Von gegenüber leuchteten uns aus den Räumen einer Galerie goldene Bilder entgegen. Dahinter mussten wir noch einmal abbiegen, hinein in eine schmale Gasse. Von der Seite trat ein Mann auf uns zu und zischte »Taxi, Taxi«, aber Maria zog mich weiter, bis wir vor einer mit Schnitzereien verzierten Tür ankamen.

»Ich hoffe, dir gefällt es«, sagte sie, während sie schon eintrat.

Ich folgte ihr in die Kühle einer großzügigen Diele. Außer einem verschnörkelten Holztisch war sie leer.

»Warst du schon häufiger hier?«, fragte ich, während sie den Raum durchquerte.

»Komm«, sagte Maria und führte mich eine Treppe hinunter und durch eine weitere Tür hindurch.

Hinter einem Stehpult kam ein Frackträger hervor und taxierte mich mit seinen Blicken. Als er Maria ansah, hellte sich seine Miene auf. Der Frack stellte eine kurze Frage, worauf Maria wieder nach meinem Arm griff und »*tak*« sagte. Er schien zufrieden zu sein, denn er ging mit ausladender Geste vor uns her bis zu einem kleinen Tisch in einer Nische.

Wir bekamen zwei Folianten gereicht, die sich als Speisekarten entpuppten. Die in Klarsichthüllen verpackten Seiten polyglott: Polnisch, Englisch und Deutsch. Auf die *Fleischgerichten* folgte *Fischen* und als krönender Abschluss – es dauerte einen Moment, bis ich kapierte – *Seierspeisen*. Ich blickte zu Maria hinüber, doch die war hinter ihrem Wälzer verschwunden. Also konsultierte ich erneut die Fleischseite, die mit mehreren Kotelett-Gerichten aufwartete. Da konnte ich sicherlich nicht allzu viel falsch machen.

»Was wählst du?«, wollte Maria wissen.

»Ich dachte, vielleicht ein *kotlet schabowy.*«

»Das musst du sprechen *s-cha-bo-wi.*«

Ich versuchte es.

»Gut. Aber du musst unbedingt *barszcz* probieren vorher.«

»Ist das ein Fisch?«

Sie lachte. »Nein. Das ist Suppe mit Rote Bete. Ein nationales Gericht.«

»Okay. Warum nicht.« Ich konnte es immer noch nicht glauben, dass ich das Mädchen mit den wilden Locken ausführte. Oder sie mich. Mein Kopf glühte.

Der Frack stand wieder neben dem Tisch und betrachtete uns mit zusammengekniffenen Augen. Maria flippte durch die Schwarte, benannte dabei neben meinem *kotlet* noch etliche weitere Positionen, die wir offenbar auch haben wollten. Ganz am Ende der Aufzählung stand das Wort *piwo* – die wichtigen Dinge verstand ich schon. Kurzes Nicken, Abtreten, und wir waren wieder allein.

Maria stützte ihren Kopf auf die Hände. »Erzähl von dir«, sagte sie. Ihre grünen Augen schimmerten im Kerzenschein.

»Von mir erzählen?«

»Erzähl von deiner Familie.«

»Familie ist kompliziert.«

»Erzähl mir trotzdem.«

»So richtig sind wir eigentlich keine Familie mehr.«

»Du hast einen Vater, habe ich gehört.«

»Ja, nur für den ist die Firma wichtiger als die Familie.«

»Er hat große Pläne, richtig? Bald ist die Firma auch in Polen?«

»Erst mal kommt nur mein Patenonkel, unser Anwalt. Dann sehen wir weiter.«

»Bestimmt kommt nicht nur dein Patenonkel«, sagte Maria und grinste. »Bestimmt kommt auch dein Vater, wenn du erzählst, wie schön es hier ist.«

Zwei braune Flaschen landeten auf dem Tisch. *Piwo*, mäßig kalt, dazu becherförmige, etwas trübe Gläser. Schon beim Einschenken löste der Schaum sich wieder auf.

»Du bist Deutscher. Ich dachte, du magst Bier.«

»Ja, stimmt.«

Maria lachte. »So viel kenne ich dich schon.«

Noch bevor ich antworten konnte, wanderte ihr Blick an mir vorbei und blieb an etwas in meinem Rücken hängen. Sie verzog das Gesicht. Ich hörte schnalzende Schritte näher kommen, dann schlackerte ein buntes Karohemd neben mir.

»*Cheers!*« Es war Mr. Miller. Liam. »Ihr Leute trinkt Bier.« Er legte eine Hand auf meine Schulter, die andere auf Marias. »Bier man kann trinken in Poland. Wodka man kann trinken in Poland. Aber besser lass die Finger von Wein, ich sage euch.«

»Hallo, Liam«, sagte Maria. Ihre Stimme klang rau.

»Guten Abend«, sagte ich.

»Ihr zwei, ihr habt eine gute Zeit?« Er hüstelte.

»Ja, gut«, bestätigte Maria, ehe ich etwas sagen konnte.

»Weil, das ist ein hübsch schönes Restaurant.« Liam wandte sich zu mir. »Du weißt, ich mache ernste Geschäfte hier, immer.«

Wusste ich nicht.

»Aber wem ich sage das! Du und deine Vater, ihr habt selbst ein Geschäft schließlich.«

»Ja, genau, eine Firma.«

»Eine Firma, die expandiert nach Polen. Exzellent.« Er warf Maria einen schnellen Blick zu. »Warszawa, das ist der wilde Osten.«

Und das war genau mein Ding: der wilde Osten. Ich war hier richtig, ich wusste es.

»Aber«, fuhr Liam fort, »heute Nacht ist nicht die Zeit für das Geschäft. Das wird sein später. Heute Nacht, ihr habt eine gute Zeit, richtig?«

»Ja, danke«, sagte ich. »Ist wirklich schön hier.«

»Definitiv. Maria weiß, was ist gut.«

»Klar«, sagte ich.

»Mit der Kunst und allem.«

Maria zupfte an ihrer Stoffserviette herum.

»Sie hilft mir mit dem Kaufen der Kunst, weißt du.«

»Verstehe.«

Liam feixte, ließ seine Augen von mir zu ihr und wieder zurück wandern. Im Hintergrund hörte ich gedämpfte Stimmen.

Maria drehte ihr Bierglas hin und her. »Willst du dich mit uns setzen?«

Doch er winkte ab. »*Thanks*. Ihr beide wollt bestimmt keinen alten Kerl haben am Tisch.«

Maria setzte zu einer Erwiderung an, doch nun beugte sich Liam zu ihr, kam ganz dicht an ihr Ohr. Ich konnte nicht verstehen, was er sagte. Sie verzog keine Miene.

Liam richtete sich auf, griente mich an, tätschelte Maria die Schulter. »*No, really.* Ich bin mit ein paar Freunden, dort hinten. Wir sehen uns später. *Cheers!*«

Er drehte sich auf seinen quietschenden Sohlen um und schlenderte an den anderen Tischen vorbei in die Tiefe des Raums.

»Er ist schon ziemlich schräg, dieser Liam«, sagte ich, als er außer Hörweite war. »Aber nett.«

Sie zog die Augenbrauen zusammen, was irgendwie sehr süß aussah.

»Was macht er eigentlich beruflich?«

»Verschiedene Sachen.«

»Kunst kostet Geld. Muss man ja auch bezahlen können.«

Maria drückte das Kreuz durch, sah mir dabei unverwandt in die Augen. »Du musst dich in Acht nehmen. Das ist das, was du wissen musst. Nimm dich in Acht vor Liam.«

»Warum das denn?«

»Manchmal ist es nicht gut, alles zu wissen.«

»Wenn du meinst?«

»Denk daran. Bitte.«

»Klar.«

Nichts war klar, aber das juckte mich in diesem Moment nicht weiter. Ich hörte ihre Stimme, sah in ihre grünen Augen, saß ihr dicht gegenüber. Nur wir zwei. Was wollte ich mehr? Und jetzt wurde auch noch eine herrlich duftende Suppe serviert. Es war perfekt.

Während ich noch einen Löffel suchte, zeigte Maria sich ungerührt und nahm die Tasse zwischen die spitzen Finger.

Ich tat es ihr nach, um gleich anschließend meine Liste der Speisen und Getränke, vor denen man sich in Polen in Acht nehmen sollte, um rote Suppe zu ergänzen. Ich hatte mir die Zunge verbrannt. Der Geschmack war trotzdem überwältigend.

»Was heißt *sehr gut* auf Polnisch?«, fragte ich.

»*Bardzo dobrze.*«

Ich wiederholte es.

»*Barszcz* ist eine klassische Suppe zur Vorspeise.«

»Witziger Name.«

Maria hob eine Augenbraue. »Gut, ich habe noch etwas für dich. Sag mal *pstrąg!*«

»Wie?«

»*P-strz-*ąg. Auf Deutsch Forelle.«

»Pschsch … Schon klar.«

»*Pstrąg!* Versuch noch einmal.«

»Nee, lass mal. Das wird nichts.«

»Dann musst du immer *kotlet* essen.«

»*Kotlet schabowy. Proszę bardzo*«, sagte der Kellner und schob mir einen Teller unter. Maria erhielt einen kompletten Fisch. Ich sah sie fragend an.

Sie schien meine Gedanken zu lesen. »Nein, das ist nicht *pstrąg*, das ist *dorsz.*«

»Dorsch«, wiederholte ich. »Den bestell ich vielleicht das nächste Mal.«

»*Smacznego*«, sagte sie. »Das heißt: Guten Appetit.«

»Also dann, *smacznego.*«

Wir machten uns über das Essen her. Das Kotelett war eher ein Schnitzel, paniert und weich. So weich wie die mehligen Kartoffeln, die sich zudem über ein wenig Soße gefreut hätten. Schmeckte trotzdem klasse. Nur das Bier war schal. Aber vor Wein hatte Liam ja erst recht gewarnt. Also blieb ich beim *piwo* und spülte damit den letzten Bissen vom Kotelett runter.

»*Dobrze?*«, fragte Maria.

»*Bardzo dobrze*«, sagte ich.

»Du sprichst schon sehr gut Polnisch.«

»Ich kann noch mehr: *herbata, kawa, kurwa.*«

Maria sah mich einen Moment verdutzt an, dann brach sie in schallendes Gelächter aus.

»Was denn?«

Sie kriegte sich gar nicht mehr ein. »Das letzte Wort«, prustete sie, »sollst du besser vorsichtig benutzen.«

»*Kurwa?* Wieso?«

»Wo hast du das Wort gelernt?«

»In einer Werkstatt.«

»In einer Werkstatt?«

»Hat das nicht was mit Automechanik zu tun?«

»Thomas«, sie schüttelte gickelnd den Kopf, »*kurwa* ist ein Mädchen, das du kaufen kannst. Das Wort wird genutzt wie auf Deutsch *Scheiße.*«

Nun musste ich auch lachen. »Mir fehlt definitiv ein Polnischlehrer. Oder eine Lehrerin. Vielleicht kannst du mir ja etwas Polnisch beibringen.«

»Vielleicht.«

»Damit ich mich nicht blamiere.«

»Gut.«

»Also ja?«

»*Tak.*«

»Das nächste Wort! Ja.«

Vor uns standen zwei neue Bierflaschen. Hatte ich gar nicht mitbekommen, dass wir die bestellt hatten. Ich schenkte ihr und mir ein.

»*Dziękuję*«, sagte sie.

»Das heißt *danke? Dziękuję?*«

»*Tak! Dziękuję.*« Ihr Strahlen war zurück.

»Woher kannst du eigentlich so gut Deutsch?«, fragte ich.

»Wichtig ist, dass du viel redest.« Sie strich sich eine Strähne aus dem Gesicht. »Ich freue mich, mit dich zu reden. Habe ich das gut gesagt?«

»Mit dir.«

»Mit dir«, wiederholte sie und berührte meine Hand, ganz leicht nur, aber es durchzuckte mich trotzdem. Ihr Lächeln ließ mich dahinschmelzen.

Jetzt oder nie, dachte ich. Und so zog ich den kleinen Umschlag aus der Hosentasche und ließ den Inhalt in meine Hand gleiten. Dann hielt ich Maria mit beiden Händen das goldene Kettchen entgegen.

»Was ist das?« Ihre Augen funkelten.

»Ich dachte …« Weiter kam ich nicht.

»Das sollst du nicht tun«, flüsterte sie.

Nun war es so weit: Ich begann, rot zu werden, aber zum Glück war Maria ganz mit der Kette beschäftigt.

»Ist das ein Schmetterling?« Sie hielt den kleinen Anhänger zwischen ihren Fingern. »Wie süß.«

»Es gefällt dir?«

Maria führte die Enden der Kette unter ihre Locken. »Hilf mir, bitte«, sagte sie.

Ich stand auf, meine Knie fühlten sich merkwürdig weich an, ging um den Tisch herum und hinter ihren Stuhl. Maria hatte ihren Kopf gesenkt und hielt ihre Haare zur Seite – sie dufteten nach Karamell. Ich weiß nicht mehr, wie lange es gedauert hat, aber irgendwann war die Kette geschlossen, und Maria ließ ihre Locken frei. Als ich wieder an meinem Platz saß, leuchtete ein kleiner, goldener Schmetterling aus ihrem Ausschnitt hervor.

Ich wollte nach meinem Glas greifen, da fingen ihre Hände meine ab. Sie sah mir in die Augen. Wahrscheinlich war ich immer noch rot, aber das merkte ich in diesem Augenblick schon nicht mehr.

»Die Kette ist sehr schön«, sagte sie. »Ich muss dich aber nicht sofort heiraten, richtig?« Sie sah mich verschmitzt an.

Ich glaube, sie erwartete nicht wirklich eine Antwort. Wir verstanden uns mit Blicken. Das erste Mal seit langer Zeit hatte ich das Gefühl, dass mir jemand wirklich nahestand. Und dazu brauchten wir nichts zu sagen.

Stattdessen war nun wieder unser Kellner zu vernehmen. Maria kümmerte sich um sein Anliegen, antwortete freundlich, aber knapp, woraufhin er unsere Teller zusammenräumte und mir im Tausch eine Mappe aus Kunstleder anbot. Die Rechnung, die ich darin fand, ließ meinen Vorrat an Złoty gehörig zusammenschmelzen. Egal.

Draußen schimmerten die Häuser im Licht der Straßenlaternen. Wir standen in der menschenleeren Gasse, und Maria schmiegte sich an mich. Schweigend gingen wir Richtung Stadtmauer. Der Aufpasser war verschwunden, mein Auto zum Glück nicht. Ich hielt Maria die Tür auf und schloss sie dann behutsam.

Während der Fahrt hielt Maria ihre Beine mit den Armen umklammert und dirigierte mich mit leiser Stimme durch die nächtliche Stadt, bis ich schließlich unterhalb des Kulturpalastes anhalten sollte. Hier würden die Nachtbusse abfahren, sagte sie, bis dahin, wo sie wohnte. Von mir fahren lassen wollte sie sich nicht.

Wir waren ausgestiegen und standen auf einer großen freien Fläche. Ab und zu knatterte ein Auto vorbei, und auch die schwerfälligen Busse waren noch unterwegs, machten aber keine Anstalten, bei uns zu stoppen. Maria studierte einen winzigen Fahrplan, der an einen Pfahl geschraubt war. Ich sagte noch einmal, dass ich sie nach Hause bringen könnte.

Nicht lange, meinte sie, dann käme ihr Bus.

Wir standen dicht voreinander, und ich spürte ihren Atem. Die Welt um uns war in Dunkelheit versunken.

Maria sah trotzdem den Bus kommen. Sie drückte mir einen schnellen Kuss auf die Lippen, winkte dem Busfahrer und kletterte die Stufen hoch. Ich rief ihr hinterher, dass ich sie in der Galerie anrufen würde, aber die Tür war schon mit einem dumpfen Knall zugeschlagen, und der Bus setzte sich schaukelnd in Bewegung. Hinter den trüben Scheiben war nichts mehr zu erkennen.

Altes Wäldchen

Eva wusste gleich, was Sache war. Als sie mich auf der gepolsterten Bank sitzen sah, zwinkerte sie mir verschwörerisch zu.

»Schätzchen, bist du verliebt.«

Ich sagte nichts.

Sie kniete sich vor den Hund, der Hab-Acht-Stellung einnahm, und kraulte ihn kräftig hinter den Ohren. »Tofik, hörst du, ist unser Tomasz verliebt.«

Tofik legte den Kopf zur Seite.

Doch Eva redete schon wieder mit mir, ihrem Tomasz. »Und? Du hast ihr die Kette gegeben?«

»Ja, hab ich. Sie hat ihr glaube ich wirklich gefallen.« Ich hatte nachts von Maria geträumt.

»Tomciu, Schätzchen!« Sie strahlte. »Siehst du.«

Na klar.

»Hast du das gut gemacht.«

Eigentlich war es ja ihre Idee gewesen. Ich spürte immer noch die Röte in meinem Gesicht, wenn ich daran dachte, wie Maria geschaut hatte.

»Aber heute du hast frei?«, fragte sie.

»Frei?«

»Ihr seid nicht verabredet?«

»Äh, weiß noch nicht. Ich muss sie erst anrufen. Warum?«

»Fahren wir nämlich auf das Dorf.«

»Welches Dorf?«

»Ich habe dir nicht erzählt? Mein Häuschen. Habe ich doch ein Häuschen auf dem Land. Ist es so schön da.«

»Was für ein Häuschen?«

»Mein Häuschen, es steht schon. Aber noch nicht ganz fertig. Das heißt, es wird gebaut. Muss ich schauen, dass es weitergeht.«

Ich verstand nur Bahnhof. Nur so viel dämmerte mir: Heute würden wir wohl nicht in Warschau bleiben. Aber ich war dankbar, dass sie mich wegen Maria nicht weiter löcherte. Und vielleicht war es sogar ganz gut, ein wenig Abstand zu bekommen. Um mal die Gedanken zu sortieren, wie es nun weitergehen sollte mit Maria und mir. Und Gabi.

Eva war in den Flur gegangen und wühlte in den Wandschränken herum, während Tofik begeistert an ihr hochsprang. Nach und nach füllten sich mehrere Plastiktüten und Nylonbeutel. Aus der Küche kamen noch diverse Glasbehältnisse dazu, die in eine weitere Tasche wanderten. Abschließend verpackte Eva noch ihre Haare unter einem Tuch mit langen Fransen, tätschelte Tofik ein letztes Mal, schon war sie startklar. Unglaublich.

Wir schleppten die Taschen zum Parkplatz und versuchten sie im Kofferraum des Polonez neben mehreren Benzinkanistern, Getriebeteilen und den vorgestern auf unserer Stadtrundfahrt eingesammelten Müllsäcken zu verstauen. Auf dem Rücksitz war kein Platz, da waren drei Reifen verkeilt. Irgendwann saßen wir in den weichen Sitzen, und es ging los – zunächst zur nahe gelegenen Tankstelle, wo Eva einige Liter tankte und ich ihr mit 50.000 Złoty aushelfen musste, dann noch ein kurzer Abstecher zu ihrer Freundin, *pani* Celina, wo wir einen Tee tranken, uns über Küchengeräte und das Wetter austauschten, ich wieder zwei neue Vokabeln lernte, bis wir uns gestärkt genug fühlten, die Stadt zu verlassen.

Während der Fahrt schwärmte Eva von der sauberen Luft auf dem Land, von der Ruhe und wie gut sie sich dort erholen konnte. Spurrillen ließen den Polonez schaukeln wie ein Schiff bei schwerem Seegang. Im Kofferraum schepperte es bedrohlich. Als Eva irgendwann in eine Nebenstraße bog, waren die Spurrillen verschwunden. Es gab gar keinen Straßenbelag mehr, sodass wir zur Abwechslung in schnellem Rhythmus auf und ab hüpften. Wenn es vorher schon einsam gewesen war und kaum mal ein Hof am Wegesrand lag, schien die Gegend nun vollends verlassen. Fichtenwälder wechselten sich mit Ackerbrachen ab, die Straße, die eigentlich eher ein Weg war, wand sich über kleine Hügel. Das Schild, das schließlich Evas Dorf bezeichnete, hatte in der Mitte einen Knick, an dem die Farbe abblätterte. *Starylasek* las ich.

»Schon wir sind da«, verkündete Eva.

»Super«, sagte ich.

»Starylasek bedeutet *Altes Wäldchen.*«

Passender Name, dachte ich. Außer Bäumen und Büschen war nichts zu sehen. »Gibt es hier auch Häuser?«

Eva kurbelte ihr Fenster runter, während der Polonez weiter die Straße entlangrumpelte. »Viele Bäume und ein kleiner Fluss. Ein Mikroklimat.«

Es gab dann doch noch Häuser, die meisten aus Holz, einige mit Strohdächern. Nach einer Weile tauchte eine Kirche auf einer Anhöhe auf, ebenfalls aus Holz; an anderer Stelle blitzte das Wasser des Flusses durch das Blätterwerk.

Dann entdeckte ich Menschen. Eva hielt an.

Zuerst ist da ein Oval. Es entpuppt sich als ein Schild, ein Werbeschild, das über einer Tür hängt. Auf dem Schild ein tanzendes Paar: die Frau mit wehendem Kleid, der Mann mit neckisch angewinkeltem Bein und einem in die Höhe gereckten Bierkrug. Aber das ist noch nicht alles. Schräg unter dem Schild sitzen vier Männer auf einer Bank, die eigentlich nur aus einem aufgebockten Brett besteht. Die Männer haben sich – zumindest was das Getränk angeht – von dem Schild inspirieren lassen: Alle halten eine Flasche Bier in der Hand. Gekleidet sind sie etwas weniger festlich, ihre Hemden sind kurzärmlig und kariert, verwaschen. Sie sitzen da mit krummen Rücken, ein Bein über das andere geschlagen, und starren vor sich auf die Erde. Vielleicht würden sie später noch tanzen.

»Unser Laden«, verkündete Eva. »Kaufe ich hier Brot.«

»Bier scheint es auch zu geben«, ergänzte ich.

»Und dahinter, da ist der Fluss!«, rief Eva schon im Gehen.

Die Männer auf dem Brett beobachteten uns, ohne wirklich aufzusehen. Eva rief einem von ihnen etwas zu. Er war der Jüngste in der Gruppe, stämmig und untersetzt, mit kurz geschorenen Haaren. Der Angesprochene stellte seine Flasche auf den Boden, schnippte eine Zigarettenkippe zur Seite und drückte sich von der Bank hoch. Ohne mich anzusehen, streckte er mir die Hand entgegen. Eva, derweil schon in den Laden getreten, rief: »Komm!« Dass heute Sonntag war und der Laden trotzdem geöffnet, fiel mir erst jetzt auf.

Drinnen verbreitete eine Neonröhre kaltes Licht. Quer durch den Raum erstreckte sich ein Tresen, hinter dem eine Frau in Nylon-Schürze auf und ab lief. Sie folgte den einsilbigen Anweisungen einer alten Frau mit Kopftuch. So kamen nach und nach ein leeres Einwegglas, ein halbes Stück Butter und eine einzeln in Papier eingeschlagene Klopapierrolle zusammen. Und schon waren wir an der Reihe. In etwas schnellerem Takt ließ Eva sich einen Laib Brot, eine Flasche Milch und, wie zum Beweis für die Breite des Sortiments, eine Fliegenklatsche aus rotem Plastik bringen.

»Trinkst du mit Sławek Bier«, sagte sie schließlich und zeigte auf den Typen von der Bank, der sich nun an der Tür herumdrückte.

»Jetzt?«

»Baut er mein Haus, weißt du?«

Trinken, bauen, sich erholen – was auch immer. Eva redete ohnehin bereits weiter auf die Verkäuferin ein, die sogleich einen hier etwas deplatziert wirkenden Coca-Cola-Kühlschrank ansteuerte, dann aber zwei Schritte davor stehen blieb, unter den Tresen griff und nach und nach acht Bierflaschen zutage förderte.

»Gibt's kein Bier aus dem Kühlschrank?«, beeilte ich mich zu fragen.

Ungerührt öffnete die Frau zwei der Flaschen und schob sie in unsere Richtung.

»Braucht man den Kühlschrank für das Fleisch«, unterwies mich Eva. »Kannst du froh sein, dass Sommer ist. Weil da«, Eva zeigte auf den Heizkörper, »liegt das Bier im Winter.«

Sławek hatte sich bereits eine der Flaschen genommen und angesetzt. Ich betrachtete das Etikett. Wie das Werbeschild zeigte es den Tanz mit dem Bierkrug. Ich probierte einen Schluck. Wenn man von der Temperatur mal absah, schmeckte es ganz passabel. Süß und süffig.

»Fahren wir jetzt zu deinem Haus?« Im Laden nach einem Telefon zu fragen, erschien mir sinnlos. So viel war mir bislang klar geworden: Ich musste sie anrufen. Maria. Alles andere würde ich dann sehen.

»Gleich.«

Eva wedelte mit der Fliegenklatsche, während die restlichen Einkäufe in eine große, geblümte Plastiktüte gepackt wurden. Als wir aus dem Laden traten, ließ das Klirren der Flaschen die Männer aufblicken. Sławek stand neben der Tür und trank sein Bier in langen Zügen. In die Gruppe der Hockenden kam etwas Bewegung.

»Deutsch?«, brummte der Älteste in meine Richtung. Ihm fehlte ein Finger.

»Ja«, sagte ich.

Er zeigte auf mein *piwo*. »Gut Bier.«

»Ja.« Ich nahm noch einen Schluck. »Sie sprechen Deutsch?«

»Jawoll. Waren hier Deutsche. War Ordnung.«

Wovon redete er? Vom Krieg? War nicht sein Ernst. Ich sah mich nach Eva um, aber die verstaute gerade ihre Einkaufstüte zwischen den Reifen auf dem Rücksitz.

»Setzen!« Der Alte rückte etwas näher an seinen Nachbarn heran und klopfte auf die freie Stelle neben sich.

»Danke, nein. Muss jetzt gehen.« Ich bemühte mich, schneller zu trinken. Sławek schüttelte aus seiner Flasche gerade den restlichen Schaum heraus und stellte sie zu dem anderen Leergut neben die Bank. Ich nahm mir daran ein Beispiel.

Als wir schließlich abfuhren, hockte Sławek auf der Rückbank, wo wir vorher noch irgendwie die Reifen umgeschichtet hatten. Er hielt sich an meiner Rückenlehne fest und rülpste leise vor sich hin. Unsere Strecke führte in eine enge Kurve, aber Eva gab trotzdem Gas. So schossen wir über den Wegesrand hinaus, um dann krachend aufzusetzen. Sand spritzte nach hinten, hinter uns schlingerte das Heck des Wagens von einer Seite zur anderen, dann war endlich wieder eine Art Piste zu erkennen. Eva wies mit einer ausladenden Bewegung nach rechts und sagte: »Mein Haus.«

Wir hielten vor einem Blockhaus, dessen dunkles Holz mit dem dahinter liegenden Wald zu verschmelzen schien; ein einzelner windschiefer Baum neigte sich bedrohlich über das Dach. Ein Hexenhäuschen.

Ich kletterte aus dem Auto, und auch Eva schälte sich aus ihrem Sitz. Nur Sławek, eingezwängt neben den Autoreifen, machte keine Anstalten, auszusteigen. Eva schien ihn bereits vergessen zu haben. In gebückter Haltung bewegte sie sich durch das hohe Gras, bog die Halme auseinander und hielt schließlich einen großen, rostigen Nagel in die Höhe.

»Hier. Siehst du? Habe ich ihnen so oft gesagt, sollen sie nicht alles einfach in den Garten werfen.«

Na ja, Garten … Ich umrundete einen Stapel Bretter, kam an einem zerrissenen Zementsack vorbei sowie, fast schon zugewachsen, mehreren leeren Farbdosen. Dahinter verlor sich das Gras in den Ackerfurchen.

Eva hatte das Aufräumen schon wieder aufgegeben und kramte stattdessen in einem Beutel, den sie aus dem Kofferraum geholt hatte.

»Wo ist nur der blöde Schlüssel?«, schimpfte sie und sah mich an. Aber ich hatte ihn natürlich auch nicht.

»Sławek!«, rief sie.

Ich sah ihn im Auto zusammenzucken. Er hatte geschlafen.

»Sławek!«

Die hintere Autotür flog auf, und Sławek lief erst einmal gegen den Bretterstapel. Eva ließ nicht locker. Sie kommandierte und gestikulierte, bis Sławek doch noch vor der Tür angekommen war. Nur hatte offensichtlich auch er keinen Schlüssel, denn er drehte sich unverrichteter Dinge wieder um und trottete in den Wald hinein.

»Und nun?«, fragte ich.

Eva wühlte erneut im Kofferraum. »Sławek. Holt er den Schlüssel.«

»Aus dem Wald?«

»Dahinten«, Eva zeigte vage Richtung Bäume, »da ist sein Hof.«

»Und das alles hier, die … äh … Fläche vor dem Wald, das gehört dir?«

»Nur die *działka*.«

»Nur die was?«

»Die *działka*, die Parzelle, nun versteh doch. Das Feld dahinter, das ist Sławeks.«

Ich konnte weder das eine noch das andere wirklich ausmachen.

»Wenn du willst, fährst du auch hier hin. Kannst du hier Urlaub machen. Oder wir zusammen. Bin ich viel zu selten hier.«

Das zumindest sah man.

»Kann ich mich so gut erholen.« Eva hockte sich auf den Bretterstapel, der sogleich zu wackeln begann, und sie sprang wieder auf.

»Wenn Sławek wieder da ist«, sagte ich, »und wir ins Haus können, was müssen wir dann eigentlich konkret machen?«

»Haben wir so viel zu tun.« Eva rückte an den Brettern herum, nur damit diese endgültig ins Rutschen gerieten und sich krachend im Gras verteilten.

»Ich wollte nur wissen«, sagte ich, »ob ich zwischendurch mal in Warschau anrufen kann. Falls es irgendwo ein Telefon gibt.« Überhaupt, wenn es so weiterging, würden wir hier noch überwintern.

Eva verzog den Mund. »Wirst du doch mal einen Tag auskommen ohne sie.«

»Ich hab halt versprochen, mich bei ihr zu melden.«

»Denkst du immer nur an deine Maria.«

»Hat denn hier niemand ein Telefon, das ich mal kurz benutzen kann? Vielleicht der Sławek?«

»Sławek?« Eva lachte. »Hat er noch nicht einmal fließendes Wasser.«

»Und was ist, wenn mal jemand Hilfe braucht?«

»Kein Problem. Hat der Schwager von Sławek ein Postamt.«

»Wie, er hat ein Postamt?«

»Briefe, Briefmarken, weißt du.«

»Ja, sicher. Aber wie kann man ein Postamt haben?«

»Bei ihm im Haus. Also, vorne das Zimmer, das ist das Postamt. Das hat auch eine Vermittlung.«

Ich verstand zwar immer noch nicht ganz, aber immerhin zeichnete sich ein Hoffnungsschimmer ab. »Heißt das, ich könnte da mal telefonieren?«

»Musst du dich nur vermitteln lassen.«

»Wenn du mir zeigst, wie das geht?«

»Kann das ein bisschen dauern.« Evas Kopf steckte unter der Kofferraumklappe, und es klapperte gehörig. »Aber kein Problem. Können wir dort einen Tee trinken.«

Ich war erleichtert, denn ich musste, nein, ich *wollte* sie anrufen. Unbedingt. Und sie wiedersehen. Über Gabi konnte ich ein anderes Mal nachdenken. Sie war weit weg. Viel naheliegender war Roman als mögliches Problem, obwohl ich ihn an sich ja ganz sympathisch fand. Ich nahm mir vor, der Sache auf den Grund zu gehen.

Als ich von hinten »*kurwa*« hörte, wusste ich, dass der Dschungel Sławek wieder ausgespuckt hatte. Fluchend machte er sich an der Tür von Evas Häuschen zu schaffen, warf sich schließlich dagegen, woraufhin sie endlich nachgab.

Eva rief mir im Vorbeigehen zu, dass ich doch mal alles ausladen könnte, schon waren Sławek und sie im Eingang verschwunden. Also zerrte ich den ersten Reifen von der Rückbank und stapfte hinterher.

Modriger Geruch schlug mir entgegen, als ich in das Dunkel des Hauses eintauchte. Entfernt hörte ich Evas Stimme. Ich lehnte den Reifen gegen einen Stapel Bananenkisten und rüttelte an einer Tür, doch die wollte nicht nachgeben. Eine zweite Tür konnte ich mit einem Ruck öffnen. Ich kämpfte mich durch Spinnweben hindurch und stand vor einem breiten, zerschlissenen Sofa, das schräg in den Raum geschoben war. In Kombination mit dem offenen Kamin, den ich links von der Tür entdeckte, und das Vorhandensein eines Besens vorausgesetzt, entstand vor meinem inneren Auge ein Bild von Gemütlichkeit, möglicherweise sogar so etwas wie Romantik …

Über mir rumpelte etwas. Es waren Schritte, die die Holzdecke erzittern ließen. Nun hörte ich neben Evas auch Sławeks Stimme. Die beiden waren auf dem Dachboden.

Im Vorraum entdeckte ich die Leiter, über die sie nach oben geklettert sein mussten. Da stand Eva auch schon an der Luke.

»Müssen wir arbeiten«, informierte sie mich.

Klar, dachte ich. Immer.

»Thomas, hörst du?« Eva kletterte die Leiter runter, Sławek folgte ihr. »Muss das Haus jetzt fertig werden.«

»Heute?«

»Habe ich lange genug gewartet!«

Budowa

Eva drückte mir einen Schein mit vielen Nullen in die Hand. »Thomas, musst du mit Sławek zum Laden fahren. Im Laden, da gibt es Nägel. Kauf fünf Kilo.«

»Nägel? Fünf Kilo?«

»Mein Gott, Thomas. Stellst du dich an. Hier die Pappe, siehst du die?« Eva tippte mit dem Fuß gegen eine schwarze Rolle, die auf dem Boden lag. »Die muss aufs Dach, weil das hat doch Löcher. Macht man die fest mit Nägeln.«

»Mit fünf Kilo Nägeln?«

»Richtig.«

»Und die soll ich jetzt kaufen?«

»*Budowa!*«

»Was?«

»Fangen wir an mit dem Bauen.«

»Dem Bauen …«

»Auf Polnisch *budowa.*« Sie strahlte.

Ich wollte etwas erwidern im Sinne von: ob das nicht irgendwie sinnfrei wäre, an einem Haus, das aussah wie eine Ruine, mit ein paar Nägeln herumzuoperieren. Ganz davon abgesehen hatten wir schon Nachmittag, und ich wollte ja noch zur Post. Aber Eva bugsierte Sławek schon auf den Beifahrersitz, wo er leise fluchend in einer zerknautschten Zigarettenpackung herumfingerte.

Mir drückte Eva den Autoschlüssel in die Hand und erklärte: »Bauen wir zusammen, kannst du auch immer das Haus benutzen.«

Ich würde es mir merken.

Sławeks Fluppe reichte ziemlich genau bis zum Laden. Dort saßen die Männer unverändert auf ihrem Brett. Auch Sławeks Platz war noch nicht anderweitig vergeben. Doch er würdigte seine ehemaligen Kumpane keines Blickes. Er hatte einen Auftrag, und der führte ihn auf direktem Weg in den Laden.

Sławek gab die Bestellung auf, kurz angebunden, ohne unsere Verkäuferin anzusehen. Die klaubte sogleich Nägel aus einem Eimer und warf sie in eine Waagschale, schüttete alles in eine braune Papiertüte, knickte sie zweimal um und kritzelte mit einem dicken Bleistift einige Zahlen darauf. Mit vielen Zischlauten verkündete sie schließlich einen Preis, woraufhin sich Sławek von mir den Schein geben ließ und ihn, zerknüllt wie er war, auf den Tresen warf. Die Verkäuferin wühlte schon in ihrer Geldschublade herum, als Sławek ihr noch die Worte »*piwo*« und »Albatrosy« zurief, wodurch sich unser Einkauf um zwei Bierflaschen und eine Packung Zigaretten erweiterte.

Draußen stellte sich Sławek wortlos neben die Männer – zustimmendes Nicken, vereinzeltes Brummen von der Bank. Er nahm einen langen Zug aus der Flasche, mir hatte er die andere in die Hand gedrückt, sie war natürlich schon offen. So standen wir da, tranken, schauten auf den Boden. Konnte man sich dran gewöhnen.

»Gut Bier«, erklärte der Greis wie schon beim letzten Mal.

Ich nickte.

Sławek rauchte Albatrosy und sagte irgendwas mit »*kurwa*«. War aber wohl nicht böse gemeint. Abschätzig war dagegen der Blick einer Frau, die an uns vorbei in den Laden huschte.

Irgendwann mussten wir los. Mir fiel ein, dass ich Evas Einkäufe noch gar nicht ausgeladen hatte und insofern noch Biernachschub da war.

»*Piwo?*«, schlug ich vor.

Sławek guckte verständnislos.

Also angelte ich die Tüte hinter dem Fahrersitz hervor und reichte ihm eine Flasche. Er grinste. Dann zeigte er mir, wie genial die Seitenverkleidung des Polonez konstruiert war, konnte man daran doch problemlos Kronkorken abschlagen.

»*Na zdrowie*«, sagte ich und fuhr los, mit der einen Hand am Lenker, in der anderen das Bier. Sławek nahm abwechselnd einen Schluck aus der Flasche und einen Zug von seiner Zigarette.

Als wir wieder vor dem Häuschen ankamen, strich Eva gerade mit einem Besen übers Gras. Ich vermutete, sie wollte die Reste aus dem Zementsack retten.

»Seid ihr aber lange weg gewesen«, beklagte sie sich.

»Auftrag erfüllt«, sagte ich, stieg aus und lehnte mich gegen die Fahrertür. Das Bier hielt ich hinter meinem Rücken.

Sławek hatte weniger Scheu, er trug Flasche und Nageltüte vor sich her Richtung Haus. Eva folgte ihm.

»Sławek macht das schon!«, rief ich ihr nach.

Als ich beim Haus ankam, stand Eva im Türrahmen, und Sławek hockte vor der Teerpappe.

»Sagt er, dass es geht«, sagte Eva.

»Was geht?«

»Das Dach. Kann er es mit der Pappe dicht machen.«

»Ich dachte, das hättet ihr vorhin schon geklärt.«

»Braucht er nur noch eine Leiter. Die da, die ist nicht gut.« Sie zeigte auf die Leiter im Vorraum. »Zu kurz.«

»Wird das Haus also heute doch nicht fertig?«

Sławek schaltete sich in unser Gespräch ein. Er sagte nicht viel, aber ein Wort schnappte ich auf: *kombinować*.

Eva plusterte sich auf. »Gibt es immer eine Lösung. So ist das hier. Mit Kombinieren und Improsieren.«

»Improvisieren.«

»Auf Polnisch *kombinować*«, sagte Eva.

Sławek grinste.

Bevor ich fragen konnte, was das jetzt konkret und in Bezug auf Leiter und Dach bedeutete, tönte Eva: »Gehen wir.«

»Gehen? Wohin?«

»Zu Sławek.«

Eva tippte Sławek an und zeigte Richtung Wald. Das reichte, um ihn zum Aufstehen zu bewegen. Er schwankte kurz, doch dann trat er nach draußen, warf die leere Flasche zur Seite und stiefelte los, ohne sich noch einmal umzusehen. Und weg war er.

Wir gingen ebenfalls in den Wald. Ein schmaler Trampelpfad half uns, Sławeks Hof zu finden. Wir konnten uns zudem am lauter werdenden Bellen eines Hundes sowie dem Rasseln seiner Kette orientieren. Das Haus ähnelte dem von Eva: errichtet aus querliegenden Baumstämmen, zusammengehalten von reichlich Bauschaum. Hier wurde mir klar, dass man diese Art Anwesen durchaus bewohnen konnte, denn aus dem Schornstein quoll schwarzer Rauch.

Beim Eintreten schlug uns feuchtheiße Luft entgegen. Vor einem Kachelofen, in etwa so alt wie in dem Freilichtmuseum, in das mich meine Eltern mehrmals geschleppt hatten, stand eine gebeugte Frau und rührte in diversen Gefäßen, aus denen es wie verrückt dampfte. Sie sah aus, als wäre sie Teil einer Führung in historischen Kostümen: Kopftuch, wild gemustertes Kleid, Lederschlappen.

Eva setzte sich an den Tisch, der unterhalb des einzigen Fensters stand, und wies auf den Stuhl neben sich. Die Alte rührte weiter.

»Was machen wir hier?«, fragte ich leise.

»Muss ich mit Sławeks Mutter reden.«

»Was gibt es denn da lange zu reden? Hat sie eine Leiter oder nicht?«

»Muss ich mit ihr reden, damit die Arbeit weitergeht.«

»Also hat sie eine Leiter?«

»Thomas, Schätzchen, wenn die Mutter sagt, soll er arbeiten, dann arbeitet er, verstehst du? Wenn sie sagt *budowa*, dann ist *budowa*.«

»Und die Leiter?«

»Ach, machst du mich ganz verrückt.«

Eva stand auf und ging wie ein Tiger im Käfig auf und ab. Sie redete, die Alte rührte. Erst jetzt entdeckte ich Sławek. Er lag auf einer Art Sofa ohne Lehne und schnarchte leise.

Irgendwann standen Teller auf dem Tisch, und wir mussten uns setzen, auch Sławek. Außer Kartoffelbrei gab es kleine, knochige Teile, die aussahen wie Hühnerfüße. Ich versuchte, diesen Gedanken schnell wieder zu verdrängen.

»Was ist denn das eigentlich?«, fragte ich Eva.

»Was?«

»Na, das.« Ich zeigte auf die Stücke.

»Na, Hühnerfüße. Dachtest du etwas anderes?«, sagte Eva.

Ich musste husten.

»Gibt es hier nur Sonntag Fleisch«, dozierte Eva, während sie weiter die kleinen Knochen ablutschte.

Zum Glück wurden die Teller wenig später eingesammelt. Die Alte schob die Reste zurück in einen Topf. Vielleicht sollte es morgen, obwohl Werktag, doch noch einmal Fleisch geben. Weil Eva sich zu ihr gesellt hatte und erneut auf sie einredete, folgte ich Sławek nach draußen.

Auf dem Hof begann Sławek zu reden. Er redete mit großer Begeisterung und unter großem Einsatz seiner Arme, er wollte gar nicht mehr aufhören. Ich nickte, auch wenn ich natürlich nicht wirklich viel verstand, und sagte gelegentlich »*tak*«. Darüber schien sich Sławek so zu freuen, dass er mich in einen Holzverschlag führte, wo neben einem weiteren Antik-Herd eine imposante Apparatur aufgebaut war. Mit ihren gläsernen Kolben und Leitungen sah sie irgendwie nach Chemieunterricht aus – wenn nicht gleichzeitig hundert Trilliarden Fliegen im Raum gewesen wären.

Sławek kümmerte das nicht. Er nahm zwei Teegläser von einem Bord, um dann an einem kleinen Hahn vorne an der Apparatur zu drehen und eine klare Flüssigkeit in die Gläser rinnen zu lassen. Strahlend überreichte er mir ein Glas, tippte sich auf die Brust und sagte etwas von wegen »*produkcja*«.

Wir stießen an, ich sagte »*na zdrowie*«, aber Sławek hatte schon ausgetrunken. Was mich zögern ließ, waren die Fliegen, die reihum auf dem Rand meines Glases saßen. Das hatte Sławek offenbar gesehen, denn er begann, mit seiner Hand über meinem Glas zu fuchteln. Aufmunternd nickte er mir zu. So musste man es also machen. Ich begann zu wedeln und schaffte es tatsächlich, nur den Wodka zu schlucken. Es brannte in der Kehle, und ich hustete. Sławek lachte und drehte schon wieder an dem Hahn. Mit zusammengekniffenen Augen nahm ich den Rest in einem großen Schluck und spürte, wie die Flüssigkeit sich ihren Weg durch die Speiseröhre nach unten bahnte.

»*Dobra*«, sagte Sławek.

»*Na zdrowie*«, sagte ich.

Ich bekam nachgeschenkt, und wir setzten uns. Sławek grinste versonnen. Ab und zu fegten wir die Fliegen von den Gläsern. Wir verstanden uns.

»*Budowa?*«, fragte ich und zeigte in Richtung Tür.

Sławek lachte. »*Kurwa*«, sagte er.

Später hörte ich Eva rufen. Ich sagte: »Eva«, und Sławek nickte. Schnell das Glas geleert, dann der Versuch, aufzustehen. Was leider nicht ganz so einfach war. Sławek stützte mich, und so fanden wir gemeinsam zur Tür. Eva sah mich nur kurz an und stapfte vorneweg durch den Wald zurück zum Auto. Ich gab Sławek zum Abschied die Hand, dann folgte ich ihr.

»Maria. Ich muss noch telefonieren«, sagte ich, als Eva den Motor anließ.

»Mein Gott, bist du betrunken«, sagte sie.

»Nur kurz. Geht schnell.«

Für einen Moment hatte ich den Eindruck, dass Eva leise kicherte. Aber egal. Hauptsache, wir hielten bei ihrem Freund, dem Telefonvermittlungspostamtsbesitzer.

Nach einer Weile knuffte Eva mich in die Seite. »Bitte sehr: Ihr Telefon«, sagte sie.

Durch das Fenster erkannte ich ein leicht erhöht liegendes Holzhaus, eine Treppe führte hinauf.

Ich schaffte es irgendwie, aus dem weichen Sitz herauszukommen, und nahm vorsichtig eine Stufe nach der anderen. Eva war dicht hinter mir. Oben konnte ich mich an einen Tresen mit Glasscheibe lehnen. Aus einem anderen Raum kam eine Frau und nahm hinter dem Glas Platz.

»*Dzień dobry*«, sagte Eva.

»*Call Warschau*«, sagte ich.

»*Dzień dobry*«, sagte die Frau.

»Warszawa«, sagte ich.

»Geh da hin«, sagte Eva und schob mich zu einem Telefonhörer, der seitlich an der Wand hing. Dann redeten nur noch die beiden Frauen.

Ich hielt den Hörer an mein Ohr, aber der war stumm. »Und jetzt?«, fragte ich.

»Moment«, sagte Eva.

»*Tak. Moment*«, sagte die Frau, nur anders betont. Ich sah sie an der rückwärtigen Wand schwarz umwickelte Kabel von einer Buchse in die andere stecken.

Dann hörte ich etwas. Ich sagte: »Hallo?«, und es antwortete »Hallo«, aber es war die Frau hinter der Scheibe. Sie stöpselte noch ein weiteres Kabel um.

»*Proszę!*«, sagte die Frau.

»Ja?«, sagte ich.

»*Tak?*«, sagte eine Männerstimme.

»Hallo?«, sagte ich.

»*Hello?*«, sagte die Stimme.

»Hallo!«, sagte ich.

»*That you, Thomas?*« Es war Roman.

»*Hi! Yes, it's me.*« War Maria nicht mehr da? Ich hatte gedacht, sie wäre fürs Telefon zuständig. »Hi. Äh, *how are you?*«

»*Good, good, yes.*« Seine Stimme klang irgendwie verlangsamt.

»*Is Maria …?*«

»*Halo?*«, rief die Frau. Ich hörte sie gleichzeitig durch den Hörer und im Raum.

»Moment«, sagte ich.

»*Hello? Thomas?*«, sagte Roman mit schwerer Stimme. Ich glaube, er war betrunken.

»*Proszę!*«, sagte die Frau.

»*Yes, Roman*«, sagte ich.

»Thomas!«

»*Yes!*«

»Fragst du ihn«, quakte Eva von der Seite, »nach dem Atelier.«

»Was?«

»Sollen wir ihn doch besuchen.«

»Thomas?«, sagte Roman.

»*Yes?*«

Eva nahm mir den Hörer aus der Hand. Ich grinste die Frau hinter dem Glas an, die sich einen Hörer ans Ohr hielt, und fragte mich, ob sie Evas Gespräch mit Roman wohl etwas abgewinnen konnte. Die Frau sagte nichts. Ich blickte wieder zu Eva, die ohne Punkt und Komma in den Hörer sprach. Schließlich hängte sie ihn zurück an die Wand.

»Und?«

»Sollen wir morgen zu ihm kommen«, sagte Eva.

»Aber Maria …?«, sagte ich.

»Maria?«

»Ja, Maria!«

»Ist sie vielleicht auch da. Aber jetzt wir fahren.«

Wir kletterten die Stufen runter zum Auto. Es wurde bereits dunkel, und über uns leuchteten die ersten Sterne. Die Luft hatte sich abgekühlt, Gülleschwaden breiteten sich aus. Alles in allem war der Tag auf dem Land doch tatsächlich erholsam gewesen, ganz wie Eva versprochen hatte. Und das trotz der *budowa.*

Die letzte Flasche

Ich sah mich verstohlen um. War Maria vielleicht schon da? Zur Seite öffnete sich ein Raum mit einer langen Reihe von Fenstern, doch die Kiefern auf dem Grundstück schirmten die Abendsonne verlässlich ab. Der Teppichboden übersät mit ausgedrückten Farbtuben, das einzige Möbelstück, mitten im Raum, ein Sofa, an seine Rückseite kleinere und größere Leinwände gelehnt. Gearbeitet wurde aktuell an einem Gemälde auf einer Staffelei, darauf bislang nicht viel mehr als ein paar grobe Pinselhiebe. Beim Näherkommen meinte ich, eine menschliche Figur zu erkennen, vielleicht ein Rücken und ein Kopf mit zerzausten Haaren. Deutlich plastischer war der Körper, der mir unter einem Stapel Zeitungen auf dem Sofa entgegenleuchtete: ein draller Busen auf einem Zeitschriftencover. Ich zog das Heft hervor, *Extasy* hieß es.

»*You like?*« Roman stand hinter mir.

Noch ehe ich antworten konnte, hatte er weitere Hefte hervorgezaubert und drückte sie mir in die Hand. »*Helps you learn Polish!*«, sagte er und grinste breit.

Durchs Fenster sah ich Eva, die noch einmal zum Auto zurückgegangen war, weil sie die Tüten mit den Einweckgläsern vergessen hatte – vielleicht waren die in diesem Städtchen vor den Toren Warschaus Mangelware. Sie winkte mir zu. Ich rollte schnell die Hefte zusammen und schob sie zwischen zwei Kissen.

Es befand sich noch jemand im Raum. Hinter einem hüfthohen Raumteiler wieselte ein älterer Mann in kariertem Hemd um einen Tisch herum. Beflissen platzierte er Teller und Gläser, zwischendurch wischte er immer wieder mit der flachen Hand über die Plastiktischdecke.

Ich nickte in seine Richtung, woraufhin Roman erklärte: »*My Dad.*«

Der Vater legte eine armdicke Wurst und ein großes Messer auf den Tisch. Dazu kamen noch zwei Flaschen: eine mit gelber, eine mit grünlicher Flüssigkeit. Zum ersten Mal sah uns der alte Mann an, wobei er beständig durch eine unförmige braune Hornbrille zwinkerte. Dann öffnete er seine Hände, ein Lächeln huschte über sein Gesicht. Das Mahl war bereitet.

In diesem Moment flog die Tür auf, Eva stürmte herein. Roman winkte sie heran, aber das war gar nicht nötig. Sie stolperte mit wehendem Rock direkt auf uns zu. Denn gleich hinter ihr war eine Dogge, ein riesiges stahlblaues Tier, das mit seiner Schnauze in Evas Rockfalten hing. Während ich mich fragte, wo dieser Hund auf einmal herkam, fiel Eva Roman in die Arme und schlug wie ein Pferd mit einem Bein nach hinten aus. Roman dirigierte mit einer Hand den Hund zur Seite und hielt mit der anderen Eva umfasst. Er verteilte routiniert seine Küsschen, nahm ihr die Tüten ab und führte sie zum Tisch. Ich folgte.

Romans Vater schnappte sich als Erstes Evas Hand und setzte schmatzend einen Kuss darauf. Flugs zog er einen Stuhl zurück, und Eva ließ sich darauf fallen. Mir wurde bedeutet, dass für mich die Bank auf der anderen Seite des Tisches bestimmt war. Dort konnte der Hund endlich auch mich beschnuppern.

»Nero«, sagte Roman und zog das Tier unter dem Tisch hervor. Das war dann wohl sein Name. Nero hielt den Kopf gesenkt und drückte sich an sein Herrchen. Der Vater säbelte währenddessen an der Salami herum, um alsdann die Scheiben mit dem Messer aufgespießt in die Runde zu geben. Auch die Gläser wurden befüllt, jeder hatte ein großes für das gelbe und ein kleines für das grünliche Getränk.

Roman, noch auf der Salami kauend, erhob das kleine Glas und deklamierte: »Żubrówka! *Good.*« Er grinste.

Ich sah Eva fragend an, aber sie deutete nur auf den langen Halm in der blassgrünen Flüssigkeit. Das Etikett zeigte einen Bison.

»*Wódka*«, erklärte der Vater, unablässig blinzelnd.

So weit war alles klar. Die Männer leerten ihre Gläser und nahmen gleich danach einen Schluck aus dem anderen Glas.

»*Good*«, bestätigte Roman noch einmal. Dann sah er mich erwartungsvoll an. Also nahm ich einen grünen Schluck. Brennen und leicht fauliger Geschmack waren schon eine irre Kombination. Roman nickte verständnisvoll und drückte mir die pissgelbe Essenz in die Hand. »*Drink!*«, sagte er. Ich tat wie befohlen, und mit einem Schlag war alles gut. Das Brennen gelöscht, die Geschmacksnerven betört von klebriger Süße.

»*You see?*« Roman strahlte. Er zündete sich eine Zigarette an. *Caro* stand auf der zerknautschten Packung.

»Was zum Teufel ist das?«, fragte ich Eva.

Sie ließ das Wurststück sinken, an dem sie unsichtbare Pelle abpulte, und sah mich ihrerseits fragend an. »Was?«

»Der Wodka!«

»Ach so, das. Ist das Bisongras. Ein Halm. Für das Aroma. Polnische Spezialität.«

Roman lachte und sagte irgendetwas.

Auch Eva musste lachen. »Sagt Roman, muss der Bison erst auf das Gras pinkeln. Dann der Wodka ist am besten.«

»*Good*«, sagte Roman ein drittes Mal und nickte heftig. »Żubrówka!«

Ich wollte mir die Flasche noch einmal genauer ansehen, aber der Vater hatte sie schon wieder in der Hand und füllte die kleinen Gläser. Auch meins, obwohl noch nicht leer, wurde auf den alten Füllstand gebracht.

Eva war erst bei der Limo angekommen und schüttelte sich, als wäre das der Alkohol. »Grässlich«, sagte sie, »aber gut. Geht es nicht ohne das Nachtrinken.« Sie ließ das Wurststück im Mund verschwinden. »Und nicht ohne Basis.«

Also folgte ich dem Beispiel. Die Wurst war so fettig, dass meine Finger glänzten. Und schön salzig. Gut gegen den Zuckergeschmack im Mund.

»Prosit«, sagte Eva und hielt nun wieder das kleine Glas in der Hand.

»*Yes*«, sagte Roman. Er warf den Kopf nach hinten und kippte den Inhalt.

Ich brauchte drei Schlucke, um das Glas diesmal ganz zu leeren, und es kostete mich einige Kraft. Zur Belohnung gab es von Romans Vater eine dicke Scheibe Brot.

Ich beugte mich zu Eva. »Meinst du, sie kommt noch?«

»Wer?«

»Du hast doch gesagt, dass Maria auch kommen würde.«

»Ach so.« Eva stibitzte Romans Zigarettenpackung.

»Also kommt sie noch?«

Sie balancierte eine Caro zwischen den Fingern, und Roman gab ihr Feuer. Er selbst zündete sich auch eine an.

»Musst du noch ein paar Wodka trinken, Schätzchen.« Eva deutete auf Romans Vater, unseren Mundschenk. »Weißt du jetzt, wie es geht.«

Womit meine Frage natürlich nicht beantwortet war.

Roman sagte irgendetwas zu Eva. Die lachte und zeigte mit dem Finger auf mich. Roman hustete mehr, als dass er lachte und redete dann mit seinem Vater. Aber der war schon wieder mit dem Ausschenken beschäftigt und sagte nichts.

Routiniert bewältigten alle die nächste Runde.

Anschließend verkündete Eva: »Sagt Roman, sind die polnischen Mädchen die besten.«

Roman zeichnete mit seinen Händen Kurven in die Luft und lachte dröhnend.

»Liebt er die Mädchen«, erklärte Eva, »liebt er die Kunst. Und am besten beides zusammen.«

Sie hakte sich bei ihm unter und brachte einen seiner Arme damit zum Stillstand. Die Asche von seiner Fluppe fiel auf den Tisch. Eva lächelte ihn von der Seite an.

»Nicht wahr, Romaneczku?«, säuselte sie.

Doch er war schon wieder mit Salami und Brot, Wodka und Limo beschäftigt, wenn auch einarmig. Eva und Roman waren auch so zwei, aus deren Verhältnis man nicht schlau wurde.

»Hallo!«

Ich drehte mich um. Und da war sie, endlich. Maria stand hinter mir, winkte lächelnd in die Runde, Nero an ihrer Seite. Sie hatte die Haare hochgesteckt, nur die Spitzen hatten sich nicht bändigen lassen, und sie sah damit fast noch betörender aus als vorgestern im Restaurant.

»Maria«, sagte Roman mit rollendem R. Er streckte seine freie Hand nach ihr aus, und sie ging zu ihm.

»Hi«, sagte ich.

»Ist sie nicht süß?«, sagte Eva und hielt weiter Romans Arm umklammert.

Maria und Roman tauschten die drei Küsschen, und Roman zog an der Stirnseite einen Hocker unter dem Tisch hervor.

Erst als Maria saß, sah sie mich an und lächelte. »Hallo, Thomas.« Im Ausschnitt ihrer Bluse leuchtete der kleine Schmetterling.

Mein Gesicht glühte. Ich wollte etwas sagen, aber es kam kein Ton heraus. Räuspern, neuer Anlauf: »Hallo!«

Maria lächelte unverändert. »Wie geht es dir?«

»Super. Schön, dass du da bist.«

Maria sah mich verwundert an.

»Ich habe gestern und heute versucht, dich in der Galerie zu erreichen. Aber leider …«

»Oh, ich hatte frei.«

»Ich hatte mich gefragt, ob du auch eingeladen bist.«

»Eingeladen?« Jetzt lachte sie. »Bei Roman ist immer geöffnet. Du kannst kommen, wenn du nur willst.«

»Ich wollte dich wirklich gerne wiedersehen.«

»Maria!« Es war Roman. Er zeigte auf die zwei Gläser vor ihr, die sein Vater gerade befüllte. Damit war auch für alle anderen das Signal gegeben, zum Wodka zu greifen. Roman brachte diesmal sogar dröhnend einen Trinkspruch aus. Dann tranken alle, erst das Grüne, danach das Gelbe. Maria lächelte wieder.

»Was hat er gesagt?«, fragte ich Eva.

»Ein Hoch auf die schönen Mädchen.« Sie lehnte sich an Romans starken Oberarm.

Ich sah Maria an, die sich gerade die Finger ableckte, wahrscheinlich wegen der fettigen Wurst.

»War echt ein schöner Abend vorgestern, oder?«, flüsterte ich ihr zu.

»In Polen ist gut zu feiern, richtig?« Sie hielt das Wodkaglas in der Hand. Es war schon wieder gefüllt.

»Meinst du, also, sollten wir das vielleicht wiederholen?«

Maria beobachtete Romans Vater, der gerade eine neue Flasche öffnete.

»Die letzte Flasche«, kicherte Eva. »Maria, ist das doch die letzte Flasche?«

Aber warum sollte ausgerechnet sie das wissen?

»Die letzte«, sagte Maria und nickte grinsend.

»Ja«, sagte Eva und zu mir gewandt: »Können wir erst gehen, wenn die letzte Flasche leer ist. Darf ein guter Gastgeber seine Gäste nicht vorher gehen lassen. Serviert er immer bis zur letzten Flasche.«

Ich nickte. Leuchtete ein, irgendwie.

»Genossen!«, rief Roman plötzlich. Er war aufgestanden und hielt ein dünnes Heft in der Hand. Mit dem anderen Arm ruderte er in der Luft, zwischen den Fingern eine Kippe. »Lasst unss …« Er stockte. Erst jetzt fiel mir auf, dass er Deutsch sprach. »Lasst unss … die Frreundschaft … zwiszen unsseren Völkern … stärrken!«

Roman brach in schallendes Gelächter aus, prostete Maria und mir zu. Maria knuffte mich in die Seite, dann musste auch ich lachen.

Eva nahm Roman das Heft aus der Hand und betrachtete den Umschlag. »Unterwegs in den Bruderstaaten. Kleiner Sprachführer Völkerverständigung.«

Ich leerte das kleine Glas. Husten. Lachen. Weiter ging's.

Roman hielt das Heft nun vor sich wie ein Opernsänger seine Partitur. In der anderen Hand die Wodka-Flasche. »Fürr den Frieden, fürr die Ernte, fürr den Ssieg dess Korns!«

»Für den Wodka!«, rief Maria lachend.

Romans Vater, der gewiss außer *Wodka* kein Wort verstand, versuchte, Roman die Flasche zu entwinden. Aber der presste sie an seine Brust und starrte wieder in das Heft. »Sseid ihrr bereit, zurr bewaffneten Verteidigung derr Heimat?« Er sah seinen Vater streng an, der nur noch leise vor sich hin grummelte und sich einstweilen mit Wurst und Brot begnügte. Eva und Maria applaudierten, Roman verbeugte sich.

»*Dawai*, Roman!« Eva kippte schnell nacheinander Wodka und Limo, lachte, keuchte. Roman, wieder sitzend, klopfte ihr auf die Schulter.

Ich spürte, wie jemand unter dem Tisch mein Knie berührte. Ich war wie elektrisiert. Maria.

»So amüsieren sich die Künstler«, erklärte Eva.

Ich ließ meine Hand den Oberschenkel hinuntergleiten – und bekam eine Hundeschnauze zu fassen. Es war Nero, der mich gleich begeistert abschleckte. Ich schob ihn zur Seite.

Maria hielt mir ihr Glas entgegen, ihre andere Hand lag auf dem Tisch. Schnell stieß ich mit ihr an. Grün, gelb, Salami.

Ich wollte gerade etwas sagen, da setzte Roman wieder an. »Frrreundschaft!«

»Genau! Freundschaft!«, rief Eva und zwinkerte mir zu.

»Freundschaft«, sagte Maria in die Runde. Als sie sich mir zuwandte, funkelten ihre grünen Augen.

»Ja«, sagte ich. Der Ellenbogen auf der Tischplatte gab mir Halt. Selbst auf den Zivi-Lehrgängen in der Eifel, wo ja auch nicht gerade an Alk gespart wurde, hatten wir es etwas langsamer angehen lassen.

Romans Vater schob die Flasche zur Seite. War sie etwa auch schon wieder leer? Jedenfalls ging er vor einem Bücherregal in die Hocke, um hinter einer Reihe Lexika einen weiteren Żubrówka hervorzuziehen.

»Ist das jetzt aber die allerletzte Flasche«, erklärte Eva, und Roman nickte, als ob er verstanden hätte. Romans Vater verteilte die nächste Runde. Wurst gab's keine mehr, zum Glück aber noch Limo.

Ich beugte mich zu Maria, sagte: »Hast du schon Pläne für morgen?«

Sie senkte den Kopf, hauchte: »Jetzt nicht.«

»Wir gehen, wohin du willst …«

Maria drückte mir ihren Zeigefinger auf die Lippen. »Thomas, das sollten wir nicht mehr.« Kaum merkbar schüttelte sie den Kopf.

Ich versuchte, ihre dunkler gewordenen Augen zu ergründen. Sie sah mich unverwandt an.

»Sind wir auch noch da!«, hörte ich Eva krakeelen.

»Maria«, brummte Roman.

Jetzt erkannte ich es: Das Leuchten fehlte. In ihren Augen lag Traurigkeit.

Ich wollte nach ihrer Hand greifen, aber Maria wich zurück.

»Ich werde dich anrufen«, sagte sie noch, dann drehte sie sich den anderen zu. Eine Locke hatte sich gelöst und hing ihr ins Gesicht.

Alle hatten wieder gefüllte Gläser vor sich. Die grüne Flüssigkeit erinnerte mich auf einmal an das Wasser in unserem aufgegebenen Schulaquarium.

»Ist Thomas schon ein richtiger Künstler«, schnatterte Eva. »Trinkt er wie ein Künstler.«

Roman schaute sie fragend an.

»Auf die Künstler!«, rief Eva und kippte das Brackwasser.

Ich konnte nicht mehr. Was war los mit Maria? Hatte ich etwas Falsches gesagt? Warum war sie auf einmal so abweisend? Sie trug doch den kleinen Schmetterling um den Hals, hatte mich angelächelt. Wollte sie mich nicht wiedersehen? Nachdem unser erster Abend so überwältigend gewesen war?

Ich brauchte einen Wodka.

Roman fing meinen Blick auf. »*Yes, yes*«, sagte er, als könnte er Gedanken lesen. Er gab seinem Vater einen Stoß in die Rippen, und prompt war ich wieder versorgt.

»*To my friend!*«, rief er, das Glas schwebte über seinem Kopf. »Thomas!«

Wir kippten Glas eins, nippten an Glas zwei.

»Roman!« Eva erhob sich mühsam. »Roman, zeig uns …«

Er hatte die allerletzte Wodkaflasche in der Hand und prüfte gerade den Füllstand. »*No, no. Not good.*«

»Die Bilder. *You show. Paintings.*«

»*No*«, sagte Maria. »*Not now.*«

»*Show paintings!*« Eva stand jetzt hinter ihrem Stuhl und hielt sich an der Lehne fest. Sie nickte, als wollte sie sich selbst zustimmen.

»*Not good*«, sagte Roman und knallte die Flasche auf den Tisch. War sie leer?

»*No*«, sagte Maria.

»*Thomas artist*«, sagte Eva, stockte, sah Maria hilfesuchend an, dann fuhr sie fort: »Ist Thomas doch auch Künstler. Fotografiert er. Soll Roman ihm seine Bilder zeigen. *Show, Roman!*«

»*Dziadku!*« Roman gab seinem Vater einen weiteren Stoß in die Seite und hielt ihm die umgedrehte Flasche – sie war leer – vors Gesicht. Der wusste auch diesmal sofort, was von ihm erwartet wurde. Er schlurfte zum Sofa.

Eva strahlte. »*Yes. Paintings.*«

Roman strahlte auch. »*Yes, yes, dziadku.*« Er blickte seinem Vater nach.

Der Alte kramte hinter dem Sofa herum, dann erhob er sich. Mit beiden Händen streckte er eine Flasche in die Höhe, langsam und würdevoll wie ein Priester. Ein Strahlen lag in seinem Gesicht.

»*Last bottle*«, sagte Roman, »*you see.*«

»Die allerletzte Flasche.« Eva kicherte. »Die allerallerletzte.«

»*Very last bottle.*« Roman nickte zufrieden.

»Ja!«, rief Eva und versuchte, Roman vom Stuhl hochzuziehen. »Aber jetzt *paintings.*«

Eva zerrte, und tatsächlich, Roman setzte sich in Bewegung.

Auch an meinem Arm machte sich jemand zu schaffen. Maria. Sie drückte ihn ziemlich fest, sie saß kerzengerade, und so blieb auch ich sitzen.

Der Vater hatte inzwischen die heilige Wandlung vollzogen, er ließ die Flasche sinken, und vielleicht war aus dem Wodka nun Wein oder Blut oder auch Büffelpisse geworden. Er schien auf jeden Fall entschlossen, den Jüngern auszuschenken, und umrundete, die Flasche vor seiner Brust, das Sofa. Blöderweise waren aber hinten ans Sofa Bilder gelehnt, und die standen der Liturgie im Wege. Der Stapel kippte ihm entgegen, der Alte schwankte, wand sich, hielt aber sein Heiligtum weiter mit beiden Händen umklammert. Er tänzelte zwischen den Bildern, von denen einige zurück gegen das Sofa knallten, einige aber vor seine Füße rutschten. Dann knackte etwas.

Wie vom Schlag getroffen blieb Roman stehen. Erst streifte er Evas Hand von seinem Arm, dann trabte er los. Mit einer rudernden Bewegung schob er seinen Vater zur Seite, um hinter dem Sofa auf die Knie zu sinken.

Niemand sagte etwas. Der Alte blickte Roman über die Schulter, Eva war auch näher gekommen. Nero hatte sich neben sein Herrchen gesetzt.

Schließlich hob Roman ein Stück Keilrahmen in die Höhe. Die Leinwand hing nach unten, beschwert von einem abgebrochenen Holzstück. Ich sah nur die Rückseite, auf die einzelne schwarze Buchstaben gepinselt waren: Romans Name und das Wort *Akt*.

Da das Geschehen sich ja nun hinter das Sofa verlagert hatte, stemmte ich mich von der Tischplatte hoch, atmete einmal tief durch und war schließlich bereit für den Gang zum Sofa. Ich schaffte es bis zu den anderen und war froh, dass Eva nach meinem Arm griff, obwohl auch sie ein wenig schwankte, dabei aber unentwegt säuselnd auf Roman einredete. Der hockte weiter auf dem Boden. Er griff mit den Fingern unter die Leinwand und zog sie vom zerbrochenen Keilrahmen ab. Dann legte er das Bild auf den Boden und strich mit beiden Händen darüber. Die Leinwand hatte mehrere Knicke, aber das Motiv war trotzdem klar zu erkennen: ein nacktes Mädchen. Von vorne. Und es hatte Locken, erstaunlich fein gemalt. Es war Maria.

Ich blickte zum Tisch. Aber Maria war nicht mehr da.

Remont

Mein Vater hatte uns morgens aus dem Bett geklingelt. Also eigentlich nur mich. Eva ließ sich so leicht nicht wecken.

Und deswegen hatte ich mir allein anhören müssen, was mein Vater schon seit Tagen loswerden wollte: Es musste etwas geschehen! Das konnte er nicht genug betonen. Dabei war für meinen Geschmack schon viel zu viel geschehen. Weshalb ich wahrscheinlich auch diese üblen Kopfschmerzen hatte. Sehr üble sogar. Und flau im Magen war mir auch. Wir hätten schon mit der letzten Flasche aufhören sollen.

Was mich aber vor allem fertig machte, das war die Geschichte mit Maria. Gut, Roman hatte sie gemalt, nackt. Er war Künstler. Was hatte das schon zu sagen? Dass er mit ihr zusammen war? Im Sinne von: ein Paar? Warum hatte sie sich dann mit mir getroffen? Warum war sie mit mir essen gegangen? Und die Kette hatte ihr doch auch etwas bedeutet, oder etwa nicht? Gestern hatte sie sie getragen. Bestimmt würde sie mich anrufen, das hatte sie doch gesagt. Oder ich musste sie anrufen, und wir würden uns noch einmal verabreden. Auf jeden Fall.

Im Moment ging das mit dem Anrufen nur leider nicht, denn mein Vater war noch nicht fertig mit seiner Tirade. Der Besuch meines Patenonkels stand allem Anschein nach unmittelbar bevor. Und dass er nicht zum Spaß herkommen würde, gab mir mein Vater nachdrücklich zu verstehen. Es ginge um einen Vorvertrag mit einem vielversprechenden potenziellen Vertriebspartner, den Onkel Manfred offenbar selbst aufgetan hatte – woher auch immer. So viel zu Evas tollen Kontakten. Wie dem auch sei, nun müsste gehandelt werden. Das hieße, das wollte mein Vater ganz deutlich sagen, und ich musste den Hörer deshalb auch etwas auf Abstand halten, wir sollten unmittelbar loslegen. Vorab gut Wetter machen, so wollte er es mal nennen. Es sei ja wohl nicht zu viel verlangt, einen einzigen konkreten Termin wahrzunehmen.

»Okay«, sagte ich und hoffte, das Gespräch damit auf die Zielgrade zu lenken.

Doch mein Vater hatte noch mehr auf dem Herzen. Warum ich mich noch gar nicht bei Gabi gemeldet hätte? Nach über einer Woche! Da wäre ja Opas Feldpost schneller angekommen. Das würde sie erwarten und er im Übrigen auch. Was denn das für eine Einstellung sei?

»Weiß nicht«, sagte ich. Ich wollte davon nichts mehr hören. Erst recht nicht von meinem Vater. Das war meine Sache. Darüber musste ich mir zuerst selbst klarwerden.

Wie zu erwarten, kam mein Vater schnell aufs Geschäftliche zurück: Es sei nun meine Verantwortung, dass hier nichts anbrennen würde. Er wollte mir gleich die Eckdaten faxen lassen. Und ansonsten sollte Eva sich schon einmal überlegen, wo Manfred, also mein Patenonkel, unterkommen könnte. Da erwartete er ein Hotel, das gehobenen westlichen Ansprüchen genügte. Schließlich wären wir ja nicht irgendwer, das müsste schon drin sein. Und vor Ort sollten wir Taxi fahren, jetzt, da mir kein ordentliches Auto mehr zur Verfügung stünde.

»Sicher«, sagte ich.

»Dann sind wir uns ja einig«, meinte mein Vater und beendete damit tatsächlich das Gespräch. Wahrscheinlich musste nun auch in Bonn ganz dringend etwas geschehen.

Es dauerte keine Minute, und ein Papier mit unserem Firmenlogo schob sich aus dem Panasonic-Monster. Gleich darauf klingelte das Telefon schon wieder.

»Fax ist angekommen!«, rief ich in den Hörer und riss den Papierkringel ab.

»Aber ist das nicht exzellent: ein Fax!« Es war nicht mein Vater. Es war Liam.

»Äh, ja«, sagte ich. Woher hatte er Evas Nummer?

»Ich liebe Faxes. In Warszawa der beste Weg zu machen Geschäfte.«

»Klar.« Was zum Henker?

»Thomas, hör zu. Heute ist *die* Nacht. Du kommst zum Curry Club, richtig?«

»Was?« Mein Schädel dröhnte.

»Das Treffen von die Expats, ich habe erzählt dir darüber.«

»Die Expats ...«

»Es ist heute Nacht. Triff mich vor der britischen Botschaft um sieben.«

»Und was ist dann da?«

»Der Curry Club! Du wirst es lieben.« Liam schnalzte mit der Zunge. »Thomas, ich lade dich ein. Und Maria, ich habe auch eingeladen.«

Warum hatte er das nicht gleich gesagt? »Perfekt, bin dabei!«

Nach dem Auflegen hatte ich die Hände frei, um schnell das Fax zu entrollen. Unser Termin war um 14 Uhr, las ich. Heute. Das waren weniger als zwei Stunden, um Eva auf Betriebstemperatur und zu dem Termin zu bringen. Aber dafür würde ich abends rechtzeitig bei diesem Curry Club-Dings sein – und Maria wiedersehen. Heute würde einiges geschehen, da war ich mir ziemlich sicher. Dafür würde ich sorgen.

Ich steckte das Fax in die Gesäßtasche und begab mich in die Tiefen der Wohnung zu Evas Zimmertür. Tofik freute sich auch schon. Er kläffte und sprang am Resopal hoch.

»Eva!«, rief ich und klopfte.

Drinnen kein Mucks.

»Probleme?« Gregor stand im Dunkel des Flurs.

Ich zeigte auf die Tür. »Eva«, wiederholte ich. »Wir müssen zu einem Termin.«

Gregor kam auf mich zu. »Das geht nicht so.« Er schob mich zur Seite und stieß die Tür auf. Mit einem großen Schritt stieg er über Eva hinweg, die auf einer Matratze auf dem Boden lag und sich nicht rührte. Gregor riss die Vorhänge auseinander und rief: »*Kawa?*«

Eva öffnete ein Auge. »*Tak*«, sagte sie. Und stand tatsächlich auf! Beeindruckend.

Auf dem Weg in die Küche setzte ich sie schnell ins Bild.

»Siehst du?«, sagte sie. »Haben wir den Bericht geschrieben, geht es jetzt weiter.«

Ich hatte keine Zeit zum Diskutieren, ich musste ein Hemd raussuchen und anziehen. Ungebügelt.

Allmählich entsteht das Bild einer Eingangstür, an der ein Poster mit einer Eiswaffel und drei Kugeln darauf hängt. Dahinter, innen gegen die Glasscheibe geklebt, ein Schild, auf dem Remont *zu lesen ist. Zu beiden Seiten der Tür zieht sich eine lange Reihe rechteckiger Fenster das Erdgeschoss entlang. Hinter den Fenstern, nur undeutlich zu erkennen, halblange Gardinen, Tische und Stühle. Es ist ein imposantes Gebäude für eine Eisdiele. Auch der Platz davor, mit quadratischen Platten ausgelegt, ist nicht gerade klein. Nur Menschen gibt es keine. Auch als ich noch etwas warte und das Papier immer dunkler wird, bleibt die Fläche, abgesehen von einzelnen Blumenkübeln ohne Blumen, leer. Nur ganz am Rand sind die Konturen von mehreren Leuten zu erkennen. Dort, wo an der Wand das große* M *von McDonald's prangt.*

Gleich über der Eisdiele wäre das Büro, sagte Eva, da müssten wir hin. Nur stellte sich uns, oben angekommen, schon im ersten Raum ein wuchtiger Schreibtisch in den Weg, dahinter verschanzt eine recht korpulente Dame. Sie wachte über ein orangefarbenes Telefon, ein Glas mit Tee sowie die lederbeschlagene Tür zu ihrer Seite. Uns würdigte sie keines Blickes. Selbst als Eva sie ansprach, sah sie nicht auf. Mit hängenden Schultern zog mich Eva zur Seite, wo wir in zwei tiefen Stoffsesseln versanken. Da hockten wir nun und warteten schweigend. Ich nutzte die Zeit, um einen neuen Film in die Leica einzulegen.

Es knisterte leise, wenn die Aufseherin sich in ihrer Polyesterbluse bewegte, etwa um einen Kugelschreiber zu nehmen und anderswo auf der Tischplatte wieder abzulegen. Dann klingelte, nur unwesentlich leiser als in der Krasnobrodzka-Straße, das Telefon. Nicht, dass das irgendeine Reaktion hervorgerufen hätte. Noch nicht einmal ein Knistern der Bluse. Erst als das dritte Läuten verstummt war, erfolgte der Zugriff. Ein paar Worte, schon wanderte der Hörer wieder auf die Gabel, und die Dame fiel zurück in ihre sommerliche Winterstarre.

»Wann sind wir denn dran?«, fragte ich.

»Müssen wir hier warten«, flüsterte Eva.

»Ja, aber sind wir angemeldet? Ich meine, kommen wir denn irgendwann auch mal zum Chef durch?«

»Wird sie es sagen.«

»Und wann wird das sein?«

»Wenn sie es sagt.«

Die Dame kontrollierte ihre Fingernägel. Fand einen neuen Platz für den Kugelschreiber. Wischte ein Staubkorn vom Telefonhörer.

Ein grauer Mann, unter dem Arm einen Aktendeckel, trat auf. Er zeigte auf die Tür neben dem Schreibtisch, und Madame schlug müde die Augen nieder. Das reichte, um ihn zu ermutigen, an ihr vorbeizuschlüpfen, nur um wenig später ohne Akte wieder herauszukommen und wortlos im Treppenhaus zu verschwinden.

»Ich glaube, sie hat ihrem Chef nicht einmal gesagt, dass wir da sind«, meinte ich zu Eva.

»Thomas, verstehst du das nicht.«

»Dabei haben mein Vater oder mein Patenonkel uns angekündigt.« Ich sah auf meine Casio. Es war längst zwei Uhr durch. Im Deutsch-LK hatten wir mal *Warten auf Godot* interpretieren sollen. Dass Samuel Beckett zu Recherchen in Warschau gewesen war, hatte ich damals nicht gewusst.

Ich raschelte mit dem Fax. Ich versuchte es mit Räuspern. Ich trommelte mit den Fingern.

Keine Reaktion. Nichts.

Auch wenn sie sich unerbittlich gab, mich beeindruckte sie nicht. Ich würde abends Maria wiedersehen, sie zurückgewinnen. Dagegen war das hier doch Pillepalle. Ich würde es Dickmadam schon zeigen. *Kombinować* war jetzt angesagt.

»Was heißt *Sohn* auf Polnisch?«, fragte ich Eva.

»Wieso?«

»Nun sag schon.«

»*Syn.*«

»Einfach *syn?*«

»Brauchst du«, sie kicherte, »andere Wörter für deine Maria.«

Auf dem Schreibtisch war neben dem Teeglas und dem Telefon genug Platz, um das Fax meines Vaters glattzustreichen. Ich schenkte dem regungslos dasitzenden Hippopotamus ein Lächeln. Mit dem Finger tippte ich erst auf unser Firmenlogo und dann auf den Namen meines Vaters.

»Direktor«, sagte ich, klopfte mir anschließend auf die Brust und sagte: »*Syn.*«

In ihrem Gesicht ein großes Fragezeichen.

Ich hielt ihr meine Casio entgegen und unterstrich die Angabe *14:00* auf dem Fax. Dann deutete ich mit dem Finger auf die Tür neben ihr: »Direktor?«

»*Tak*«, sagte sie zögernd.

Ging doch. Ich winkte die verdutzt dreinschauende Eva heran. Anschließend nahm ich das Fax, das sich sofort zusammenrollte, und zeigte damit auf die Tür.

Die Dame griff zum orangefarbenen Hörer und tatsächlich – wenig später senkte sie den Blick. Der Weg war frei, wir durften passieren, die Tore öffneten sich.

Eva und ich betraten das Büro und mussten erst mal ein ganzes Stück laufen, vorbei an einem Besprechungstisch mit unzähligen Stühlen, bis wir vor dem Schreibtisch ankamen. Dahinter ein feister Mann im Anzug, dessen Krawatte, eingeklemmt zwischen Bauch und Tischplatte, eine Welle schlug. Mit einer Geste wurde uns bedeutet, ihm gegenüber Platz zu nehmen.

»*Herbata?*«, fragte der Direktor.

»*Tak*«, sagte ich.

Eva nickte.

Der Direktor griff zum Hörer, um die Bestellung durchzugeben. Eva sagte immer noch nichts. Aber der Direktor war ohnehin beschäftigt, er studierte ein Blatt Papier.

»*Pan* Hubert?«, fragte er schließlich.

»*Syn*«, sagte ich.

Der Direktor lächelte und nickte. Dann zogen sich seine Augenbrauen zusammen. »*Business*«, sagte er.

»*Tak*«, sagte ich.

»*Tak*«, sagte Eva.

Es knisterte hinter uns.

»*Herbata*«, sagte die Polyesterblusendame. Das ging schnell. Die Gläser, henkellos, waren natürlich bis zum Rand gefüllt, damit wir erst gar nicht wagten, daraus zu trinken, und die Teebeutel darin hatten keinen Faden.

Eva hatte inzwischen ihre Sprache wiedergefunden und übernahm die weiteren Verhandlungen. Während sie redete, schaute sie vom Direktor zu mir und wieder zurück. Ich nickte gelegentlich in seine Richtung, und der Direktor nickte auch nett zurück. Eva redete immer schneller. Irgendwann zückte der Direktor ein goldenes Zigarettenetui, das er uns aufgeklappt entgegenhielt. Ich schüttelte den Kopf, Eva reagierte gar nicht. Er zuckte mit den Schultern und nahm sich selbst eine Zigarette, die er mit einem gewaltigen Tischfeuerzeug entzündete. Dann lehnte er sich in seinem Sessel zurück. Gelegentlich sagte er einzelne Worte in Evas Redeschwall hinein.

Ich fragte mich gerade, wie lange wir hier wohl sitzen würden, als Eva sich plötzlich an mich wandte. »Schon will er wissen, wie euer Angebot lautet.«

»Welches Angebot?«

»Na, eures natürlich.«

»Mein Patenonkel, also unser Anwalt, kommt doch in ein paar Tagen. Das sollte er mit ihm besprechen.«

Eva drehte sich wieder nach vorne und setzte ihren Monolog fort. Aber der Direktor hob abwehrend die Hand. Eva verstummte.

»*Business?*«, fragte er und sah mich an.

Ich nickte. Er zog die Augenbrauen hoch. Da würde ich mir mehr einfallen lassen müssen.

»Sag ihm«, forderte ich Eva auf, »irgendwas von den großen Chancen, die wir, die Meister Farben GmbH & Co. KG, im polnischen Markt sehen. Und dass wir mit Herrn Direktor einen gemeinsamen Weg der Entwicklung, nein, sag besser: Expansion einschlagen wollen. Mit ihm als Vertriebspartner. Das kann mein Patenonkel natürlich alles noch viel besser erklären. Du kannst ihm aber in jedem Fall sagen, dass mein Vater und ich uns außerordentlich freuen, mit Herrn Direktor Geschäfte zu machen. Wie gesagt: *Business. Made in Germany.* Demnächst auch in Polen.«

Der Herr Direktor lächelte, während Eva übersetzte. Ich hörte zu, versuchte herauszuhören, an welcher Stelle sie gerade war, und musste mir bald eingestehen, dass Polnisch für mich wohl doch ein Buch mit sieben Siegeln bleiben würde. Als Eva endlich fertig war, drückte der Direktor seine Zigarette in einem wuchtigen Aschenbecher aus. Er erhob sich, stapfte um seinen Schreibtisch herum und streckte mir die Hand entgegen.

»*Dziękuję*«, sagte er.

»*Dziękuję*«, sagte ich.

Eva bekam einen Handkuss. Dabei bedachte er sie auch noch mit einigen Wörtern. Dann verschwand er noch einmal hinter seinem Schreibtisch und kramte in einer Schublade. Hervor kam ein Wimpel, den er mir überreichte. Darauf ein Logo, gebildet aus gekreuzten Pinseln, dazu ein verschnörkelter Schriftzug mit vielen s und z. Das war wohl seine Firma, unser zukünftiger Partner.

»Freundschaft«, sagte der Direktor.

Wir lächelten und zogen uns langsam zurück, ehe er auf die Idee kam, uns noch einen Wodka aufzunötigen. Ich musste Eva unbedingt nach einer Aspirin fragen.

Aber die vertiefte sich vor der lederbeschlagenen Tür in ein angeregtes Gespräch mit der Tee- und Telefondame. Wir gehörten jetzt dazu, das Eis war gebrochen. Ach was, wir hatten richtig gut Wetter gemacht. Der erste große Schritt war gemacht. War doch gar nicht so schwer gewesen. Mein Vater würde stolz auf uns sein, und mein Patenonkel auch. Und später würde ich endlich Maria wiedersehen. Wenn das kein Lauf war heute.

Eva zwinkerte mir zu. »Habe ich ihr gesagt, dass euer Anwalt die rechte Hand von deinem Vater ist, dem Direktor, und dass er bald kommt. Und wir dann wieder zum Direktor müssen. Ist das aber kein Problem.«

»*Dziękuję*«, sagte ich zu der Dame. Sie lächelte. Eva gab ihr noch ein Visitenkärtchen, auf dem ihr Name und in Großbuchstaben *Moldor* prangten, und ich das Kärtchen meines Vaters. Da schrillte schon wieder das Telefon, und sie wartete das dritte Klingeln ab.

»Gehen wir«, sagte Eva.

»Ja«, sagte ich.

»Siehst du.« Eva blickte mich triumphierend an.

»Doch, ja.«

»Freut sich der Direktor«, sagte sie auf der Treppe, »vor allem über die Investition.«

»Was? Worüber?«

»Dass ihr das Geld bringt.« Eva strahlte. »Kann er das gut verwenden. Muss er viel renovieren.«

»Ich habe doch gar nichts von Geld gesagt. Wir brauchen bloß einen Vertriebspartner. Wir wollen nicht investieren.«

Eva machte eine wegwerfende Handbewegung. »Freut er sich trotzdem. Sollen wir so bald wie möglich einen Termin mit eurem Anwalt machen, wenn er kommt. Hast du doch gesagt.«

»Hab ich gesagt. Zumindest das.«

»Ist doch dann alles klar.«

Was soll ich sagen? Eva war bester Laune, sie hatte mir den Wimpel aus der Hand genommen und schwenkte ihn fröhlich. Wir standen wieder vor dem Gebäude, die Nachmittagssonne knallte, mir klebte das Hemd am Körper. Ich zeigte auf das verwaiste Lokal. Warum hier niemand Eis essen würde, wollte ich wissen.

Wegen *Remont*, erklärte Eva. Da hinge doch das Schild in der Tür. Das bedeute *Renovierung*. Und die finde eben in der Regel über die Sommermonate statt. Aber im Herbst, da könne man sich schon drauf freuen, würde verlässlich neu eröffnet.

Curry Club

Hinter mir hörte ich Autotüren zuschlagen. Ich stand allein auf dem breiten Bürgersteig, der Verkehr brauste auf mehreren Spuren stadtauswärts. Mauern und Metallzäune flankierten den Weg, hohe Bäume rahmten die Gebäude dahinter.

»*Paszport*«, dröhnte es in meinem Rücken.

Ich fuhr herum. Ein Uniformierter baute sich breitbeinig vor mir auf, während sein Kollege am Auto lehnte und sich eine Zigarette anzündete. Das Auto, ein dunkler Polonez, hatte keine Aufschrift; auf dem Dach saß seitlich ein kleines Blaulicht.

»*Paszport*«, wiederholte der Mann und legte die Hand auf seine Waffe.

»*Yes. Tak.*« Ich zog mein Portemonnaie hervor und fingerte den Perso heraus. Der Uniformierte nahm ihn entgegen. Er ließ seine Schultern wie zur Lockerung kreisen, dann betrachtete er mein Foto. Lange. Sehr lange.

»*Co pan tu robi?*«

Ich hatte keine Ahnung, was er wollte, und überlegte, ob ich etwas auf Deutsch sagen sollte oder besser auf Englisch. Eva hatte mir auf ein Papier gekritzelt, wo ich die Botschaft finden würde, nämlich an der Aleje Ujazdowskie, Ecke Aleja Róż. Und da stand ich nun und wusste nicht, ob ich hier richtig war. An einem Mast hing schlapp eine Fahne herunter.

Der Uniformierte klopfte mit dem Ausweis gegen seine Hand. »*No …?*«, begann er, aber etwas lenkte ihn ab. Er sah an mir vorbei.

»*Excuse me.*«

Ich drehte mich um. Umflattert von einem himmelblauen Hemd stand da Liam und zeigte auf das Gebäude hinter dem Zaun.

»*We've got a meeting in the British Embassy. Do you mind?*« Er nahm dem Polizisten meinen Perso ab, »*thanks*«, legte seinen Arm um meine Schulter und führte mich am Zaun entlang in die Seitenstraße. Die Polizisten blieben, wo sie waren.

»Du hast gefunden«, sagte er, »der Botschaft. Sehr gut.«

»Ja, klar. Danke für die Hilfe.«

»Wo hast du geparkt deine Auto?«

»Vorne auf dem Gehweg.«

»Gut. Sehr sicher hier, eine Menge Polizisten.«

»Ja.«

»Heutzutage schon überhaupt.«

»Hm.«

»Ich bin glücklich, dass du bist gekommen.«

»Maria weiß auch, dass wir uns hier treffen?«

»Sie weiß Bescheid. Sie wird kommen. Das ist kein Problem.«

»Gut.«

»*Good evening*«, sagte Liam zu einem Mann, der vor einem Wachhäuschen stand.

»*Good evening, Sir.*« Wir durften aufs Grundstück. In der Ferne hörte ich Glocken schlagen.

Den säulenflankierten Eingang des Gebäudes ließen wir links liegen und gingen zum Seitenflügel. Vor einer schlichten Holztür blieb Liam stehen und wandte sich, die Hand schon auf der Klinke, zu mir.

»Bist du bereit?«, fragte er.

Als ich nickte – was sollte ich auch anderes tun? –, stieß er die Tür auf.

Wir waren in England! Dunkles Holz, grünes Leder, Messing, dazu dröhnende Musik, Lachen und Rufen, eine Traube von Menschen. Im Fernseher unter der Decke lief tonlos ein

Dart-Turnier. Liam schob mich weiter, und schon waren wir inmitten der anderen. Es waren nur Männer, die meisten im Anzug, die sich am Tresen drängten.

Ein Barkeeper beugte sich zu Liam und nahm seine Bestellung auf, kurz darauf standen zwei Bierdosen vor uns. Erstaunt sah ich Liam an.

»Englisches Bier«, machte er mir klar. »Nur in Dosen.«

Beim Öffnen zischte es. Das Bier war tatsächlich kalt, da gab's nichts zu meckern.

»*Real Ale*«, tönte Liam nach einem ersten tiefen Zug.

»*Yeah*«, sagte der Mann neben ihm.

Liam trank weiter. Dann hielt er die Dose in die Höhe und schmetterte: »*Rule, Britannia!*«

»*Rule, Britannia!*«, riefen die anderen und hoben ebenfalls ihre Bierdosen.

Ich ließ mich mitreißen. Nur der Barkeeper wischte weiter mit seinem Lappen über den Tresen.

»Thomas!« Liam stieß mit seiner Bierdose gegen meine Brust. »*Welcome.*«

»Danke«, sagte ich.

»Hier wir sind zu Hause. Alle Expats.«

»Sieht wirklich aus wie ein Pub.«

»Das ist keine Pub. Das ist Heimat.«

Ich nickte.

»Du kommst einfach jede Woche hier. Richtige Bier, richtige Leute. Du brauchst das.«

»Ja, klar.«

»Nein, wirklich. Ich bin auch ein Regulärer.«

»Okay.«

»Und von hier wir starten.«

»Starten?«

»Zum Curry Club.«

»Ich dachte, das Treffen ist hier.«

»Treffen ja.« Er grinste schief. »Aber dann wir gehen weiter. Du wirst sehen.«

Ich nickte und leerte schnell meine Dose, denn vor mir stand schon eine neue. Wann wohl Maria dazustoßen würde?

Liam drehte eine halbe Pirouette, seine Arme ausgebreitet, als wollte er die ganze Welt umarmen. »Nette Leute. Wirklich. Schau hier!« Er nickte in Richtung eines stark aus dem Leim gegangenen Mannes, der gerade zur Tür hereinkam und mit finsterem Blick die Anwesenden musterte. »*Hey, there!*«, rief Liam ihm zu.

Der Mann, etwas jünger als Liam, stapfte auf uns zu. »*What the fuck …?*« Er schob sich an Liam vorbei, lehnte sich an die Bar, schnipste mit seinen Wurstfingern und brüllte über den allgemeinen Lärm hinweg den Barkeeper an.

Liam sah mich grinsend an und flüsterte mir ins Ohr: »Fletcher ist sehr nett, wirklich.« Möglicherweise wirkte ich nicht überzeugt, denn er fügte hinzu: »Er nur braucht ein Bier.«

Es zischte laut, Fletcher war versorgt. Er leerte die Dose in einem langen Zug und knallte sie auf den Tresen. »*Yeah*«, sagte er und rülpste.

Liam lachte. »*Fletcher, I'd like you to meet my friend Thomas.* Thomas, das ist Fletcher.«

»*Yeah.*« Fletcher reichte mir seine fleischige Hand. »*How are you doing?*«

»*I'm fine. Thank you*«, sagte ich.

Aber Fletcher hatte mir schon wieder den Rücken zugekehrt und redete mit Liam. Überlagert von der Musik und den vielen anderen Stimmen verstand ich nur einzelne Wortfetzen, vor allem *fuck* oder *fucking*, genau genommen fast nichts anderes. Fletcher hatte bereits die nächste Dose in der Hand. Während er trank, wandte sich Liam wieder an mich.

»Fletcher ist auch im Curry Club.«

Ich hatte es schon befürchtet.

»Er arbeitet in Telekommunikation.«

»Hier in Warschau?«

»Warschau und das ganze Polska. So, wenn du eine Anschluss brauchst, rufst du Fletcher.«

»Und dann?«

»Nun, das ist einfach. Überall in den Tunnels unter die Straße gibt es Telefonkabel. Aber einige davon sind nicht benutzt, weißt du. Und die benutzt Fletcher.«

»Er klettert runter in die Kanalisation?«

Liam lachte. »Das passt nicht. Aber er hat einen Jungen, den er hat abgeworben von Telekommunikation Polska. Der ist dünn wie du.«

»Und das funktioniert?«

»Funktioniert? Machst du Witze? Das ist eine Goldgrube.«

»Verstehe.«

»Nein, wirklich, er lebt sehr gut. Du siehst?«

Fletcher lehnte inzwischen mit dem Rücken an der Bar. Er schnaufte, als hätte er gerade einen Hundertmeterlauf hinter sich gebracht. Vielleicht war für ihn Hochgeschwindigkeitstrinken dasselbe. Jedenfalls sah er ziemlich fertig aus.

»Fletcher«, sagte Liam. »*Let's go!*«

»*Yeah?*«

»*No, really. Let's go.*«

Fletcher rührte sich nicht. Er fixierte mich mit seinem Blick, schien mich zum ersten Mal bewusst wahrzunehmen. »*And you are …?*«, fragte er.

Liam schob sich dazwischen. »*Thomas. A friend from Germany.*«

»*German?*«

»Ja«, sagte ich. »*From Bonn.*«

»*West Germany. Thank God.*« Fletcher lächelte matt. »*Not another fucking commie.*«

Wo das nun auch geklärt war, konnten wir gehen. Liam schob die Umstehenden auseinander, Fletcher trottete hinter ihm her, und ich passte auf, nicht den Anschluss zu verlieren. Als ich von der Tür aus zurückblickte, hatte sich der Pulk vor dem Tresen wieder geschlossen.

Die Tischordnung schien immer dieselbe zu sein, denn zwischen Liam und Fletcher hatte es eine kurze, dafür umso heftigere Diskussion gegeben, bevor geklärt war, dass ich auf dem Platz neben Liam sitzen sollte und nicht Fletcher, der sich schließlich fluchend auf die andere Seite des großen Tisches begab und mich böse anstarrte.

Es waren erneut nur Männer versammelt. Ich erkannte ein paar Gesichter wieder. Wie das alle so schnell geschafft hatten, von der Botschaft hierherzukommen – keine Ahnung. Sie schienen ihre Unterhaltungen übergangslos fortzusetzen, genauso laut wie vorher und genauso von ständigem Gelächter unterbrochen. Nur Maria war nicht da. Waren Frauen in dieser Runde überhaupt vorgesehen? Liam hatte gesagt, sie würde sicher kommen …

Wir hatten das Lokal für uns, unser Tisch stand mitten im Raum, die kleineren Tische an den Seiten waren nicht besetzt. Es war ein indisches Restaurant, mit vielen bunten Stoffen dekoriert und als Blickfang einem Bild des Taj Mahal mit integriertem Licht, das beständig die Farbe wechselte.

Der Inhaber war wirklich Inder, er trug Turban und Bart, hieß Abhi und war Sikh, wie mir Liam erklärte, weshalb er immer einen Dolch unter seinem Hemd tragen würde, unsichtbar. Der Dolch-Inder hatte uns alle an der Tür mit Handschlag und wackelndem Kopf begrüßt. Er kümmerte sich auch selbst um den Getränkenachschub, große Biere in den üblichen becherartigen Gläsern, nicht englisch, wohl auch nicht indisch, eher polnisches *piwo*, lauwarm, kein Schaum.

Er selbst dürfe aber nicht trinken, meinte Liam, wegen der Religion. Dolch statt Bier, musste man nicht verstehen.

Im Hintergrund werkelten einige junge Kellnerinnen herum. Sie traten erst näher, als viele kleine Teller, offenbar Vorspeisen, heranzuschleppen waren. Die Mädchen platzierten sie auf Warmhalteplatten in der Mitte des Tisches.

»Gibt es keine Speisekarten?«, fragte ich Liam.

»Wofür?« Er lachte. »Wir bestellen immer alles.«

»Wie, alles?«

»Na, alles! Alles von den Startern, den Vorspeisen. Alles, was es gibt. Und das essen wir dann alle.«

Und so war es. Wie ein Heuschreckenschwarm machte sich die Runde über die Teller her, mit Gabeln, Löffeln, mit den bloßen Fingern. Ich musste aufpassen, dass ich überhaupt etwas abbekam. Das Fleisch und das Gemüse waren teils mild in cremiger Soße, teils aber auch so scharf, wie ich es zuvor noch nie erlebt hatte, obwohl meine Mutter sich ja auch ein-, zweimal an asiatischen Gerichten versucht hatte. Nicht allzu lange, und die Teller waren leer, wurden von den Mädchen zusammengeräumt, und der Dolch-Inder brachte neues Bier.

Liam zeigte auf mein noch halbvolles Glas. »Alles okay mit dir?«

»Ja, alles in Ordnung.«

»Du bist ruhig.«

»Alles okay.«

»Ist es wegen Maria?«

»Wie?«

»Sie hat dich verzaubert, richtig?«

»Was?« Woher wusste er eigentlich von Maria und mir? Er war doch nur kurz an unserem Tisch gewesen, vor ein paar Tagen im Restaurant.

»Thomas, ich kann das sehen. Vertrau mir.«

»Schon okay.«

Er knuffte mich in die Seite. »Du wartest die ganze Zeit, richtig?«

»Na ja, du hast mir ja gesagt, sie würde auch hier sein.«

»So sie hat mir versichert. Und jetzt sie kommt nicht, auch wenn sie gesagt hat.«

Ich zuckte mit den Schultern.

Liam lachte. »Das ist Maria. Ich kenne sie. Sie hat ihren eigenen Kopf.«

Offensichtlich. Ob sie mich zum Narren hielt? Wir hatten uns geküsst, nein, *sie* hatte *mich* geküsst. Zwei Tage später, gestern, war sie abweisend gewesen, wollte sich nicht mehr mit mir treffen. Und heute schon wieder: erst hü, dann hott.

Liam hatte seinen Arm um meine Schulter gelegt. »Ich sage dir: der Charakter wie ein Bauern.«

»Was?«

»Sicher. Sie kommt von einem Dorf. Ein sehr kleines Dorf. Sie ist in der Großstadt seit nur einem Jahr. Aber hier sie lernt das Leben. Das gute Leben!«

Was meinte er damit? Das gute Leben … Ließ sie sich von jemandem aushalten? Von Roman? Woher wusste Liam eigentlich so genau über Maria Bescheid? Aber vielleicht wollte er sich auch nur wichtig machen.

Liam nahm einen Schluck Bier. Um uns herum wogte die Unterhaltung, Rufe, Wortfetzen, Gläserklirren. Inzwischen waren die Hauptgerichte aufgetragen worden. Wieder stand alles in der Mitte, und die Schlacht begann von Neuem.

Liam zwinkerte mir aufmunternd zu. »Nicht sorgen! Sie mag dich.« Er schaufelte Reis und Fleischballen auf seinen Teller. »Nein, wirklich. Du wirst Spaß haben. Ich kann dir versprechen!«

Wenn er das sagte.

»*Can't you speak English?*« Fletcher hatte sich vorgebeugt, so weit es ihm sein Bauchumfang erlaubte.

Liam schob sich noch ein Stück von dem indischen Fladenbrot in den Mund, bevor er antwortete. »Deutsch, *English*, *Polski. United Colours of Curry Club.*«

»*Yeah. Whatever.*« Fletcher hob sein leeres Bierglas in die Höhe und drehte den Kopf in Richtung der Mädchen, die in Habachtstellung an der Seite standen. »*Piwo. Get me a piwo!*«

In die Gruppe der Mädchen kam Bewegung. Gleich drei von ihnen hantierten vor und hinter einer Bar. Abhi, der Dolch-Inder, kam auch noch dazu und gab kopfwackelnd Anweisungen.

»*Piwo!*«, brüllte Fletcher, machte sich aber schon nicht mehr die Mühe, sich umzudrehen. Dabei flitzte bereits eines der Mädchen mit dem vollen Glas auf einem Tablett in seine Richtung. Dummerweise gab Fletcher genau in diesem Augenblick seinem Stuhl einen Stoß nach hinten. Offensichtlich wollte er die Sache nun selbst in die Hand nehmen. Die Lehne knallte gegen ihre Hüfte, das Tablett kippte, sie fing das Glas reflexartig auf, doch ein Großteil des Biers hatte sich bereits über Fletchers Hemd ergossen.

Eine kurze Schrecksekunde, dann schoss Fletcher in die Höhe und baute sich vor der Kellnerin auf.

»*You fucking ruined my shirt!*«, schrie er und zupfte an seinem Hemd.

Sie machte einen Schritt zurück und zog den Kopf ein, als erwartete sie einen Schlag. Aber so weit kam es nicht, denn schon war Liam zur Stelle und begann, beschwichtigend auf Flechter einzureden. Abhi, der ebenfalls herangeeilt war, wiederholte in einem fort: »*I'm deeply sorry, Sir.*« Das Kopfwackeln hörte gar nicht mehr auf. Liam tupfte mit einer Serviette über das nasse Hemd, gleichzeitig dirigierte er den Koloss mit der freien Hand zurück auf seinen Platz.

»*I bring free beer for everyone*«, verkündete Abhi, aber davon schien im allgemeinen Palaver schon niemand mehr Notiz zu nehmen.

Als es irgendwann Zeit war, zu zahlen, erklärte mir Liam, dass einfach jeder denselben Betrag in die Tischmitte werfe.

»Wie viel denn?«, fragte ich und tastete vorsichtshalber schon einmal nach meinem Portemonnaie.

»50.«

»Neue Złoty?«

Liam schaute verdutzt. »Thomas, bitte! Natürlich neue Złoty!«

»Okay.«

»Nein, Thomas, hör mal zu!« Liam kniff die Augen zusammen. »Weißt du, nur die Polen rechnen noch mit der alte Geld. Sie denken noch mit der alte Geld. Aber alte Złotys sind nichts als Nullen. Alte Złotys sind Toilettenpapier.« Er holte tief Luft. »Wir«, sein Arm schwenkte einmal über die Tischplatte, knapp über die Biergläser, aber die meisten waren ohnehin leer, »wir rechnen neu, und wir denken neu. Wir denken an neue Geld mit harte Zahlen. Ich spreche von viel Geld, wirklich viel Geld, weißt du. Wir sind die neue Generation, die neue Zeit, Thomas. Vergiss die Nullen, denk an die Zahlen. Viele Zahlen du kannst verdienen hier. Ich zeige dir, Thomas. Ich kann dir zeigen.«

Liams Grinsen war noch das alte, aber seine Augen waren zu Schlitzen geworden. Er saß ganz ruhig da und sah mich an. Von irgendwo unter seinem geräumigen Hemd zog er eine lederne Brieftasche hervor, klappte sie auf, sodass ich ein dickes Bündel Geldscheine sehen konnte. Er warf einen 50er auf den Tisch. Seinen Blick hatte er nicht einen Moment von mir abgewandt.

Ich inspizierte schnell mein Portemonnaie. Zum Glück hatte ich die Scheine sortiert und fand schnell, was ich suchte. Ich legte den druckfrischen 50er neben den von Liam.

Fluchtgedanken

Der Anruf kam, als wir gerade zum Essen aufbrechen wollten, soll heißen: zur Mama. Wir hatten das übliche Spätvormittagsprogramm verhältnismäßig zeitig abgeschlossen, obwohl heute als besondere Erschwernis hinzugekommen war, dass Gregor früh um halb elf wegen eines Geschäftstermins nach einem weißen Hemd verlangt hatte, woraufhin Eva die halbe Wohnung auf den Kopf stellen musste und erst in der ansonsten leeren Trommel der Waschmaschine fündig geworden war, ein paarmal vergeblich versucht hatte, den Stoff mit der Hand glatt zu streichen, bis Gregor schließlich mit ungebügeltem Hemd losgezogen war. Eigentlich hieß es also: Bahn frei, ab zur Mama. Entsprechend ungehalten reagierte Eva, als aus dem *großen Zimmer* das Telefon schrillte.

»Jessas Maria«, entfuhr es ihr, in der einen Hand ein leeres Gurkenglas, in der anderen Hand die Fliegenklatsche aus Starylasek. Ich hatte schon eine Weile an der Tür gestanden, nun, da unsere Abfahrt unmittelbar bevorstand, und blickte ihr nach, wie sie in leicht gebeugter Haltung davonhuschte, um erst mit der Fliegenklatsche den Dackel von der Bank zu scheuchen, dann selbst dort Platz zu nehmen und endlich auch den Hörer abzunehmen. Sie konnte einem schon gewaltig auf den Senkel gehen.

»*Tak?*«, krähte sie und riss währenddessen ein heraushängendes Fax ab, das sich sofort wieder einrollte. »*Tak*«, sagte sie noch einmal, diesmal etwas leiser, und steckte die Papierrolle in das leere Gurkenglas. Dann hielt sie mir den Hörer entgegen. »Für dich.«

Ich musste kurz schalten, dann war ich auch schon beim Telefon. »Hallo?«

»Thomas, hier spricht Maria.«

»Oh, hallo.« Mein Herzschlag beschleunigte sich.

»Roman hatte die Nummer von *pani* Ewa. Ich hoffte, dass ich dich dort antreffe.« Sie klang merkwürdig atemlos.

»Ja, klar, also gerade noch. Gleich wären wir aus der Tür gewesen.«

Eva kauerte auf der Bank, und ich spürte ihren Blick auf mir.

»Ich möchte dich fragen«, sagte Maria, »ob du dich treffen kannst. Ich meine, mit mir.«

»Ob ich …?« Was war ich für ein Idiot! Warum hatte ich mir gestern solche Gedanken gemacht? Sicher hatte sie keine Lust auf einen reinen Herrenabend gehabt und einfach nur vergessen, abzusagen. Natürlich wollte sie mich wiedersehen. Alles war gut. »Ja, gerne.«

»Jetzt?«, fragte sie. Ich hörte ihren Atem.

»Jetzt gleich?«

»Wenn du kannst. Es ist wichtig.«

Eva fächelte sich mit der Fliegenklatsche Luft zu.

»Klar. Also, ich habe Zeit.«

»Wollen wir vor der Stadtmauer zusammentreffen? Das ist dort, wo du zuletzt dein Auto geparkt hast.«

»Ja, super. Ich fahr gleich los.«

Eva tippte mit der Fliegenklatsche an meinen Arm. »Aber weißt du, dass wir zur Mama müssen? Kannst du später immer noch zu deiner Maria.«

Ich horchte in den Hörer. Maria hatte noch etwas gesagt, aber jetzt tutete es schon. Eva rasselte mit einem Schlüsselbund.

»Oder bringst du Maria mit zur Mama. Muss sie auch essen.«

»Danke. Vielleicht ein anderes Mal.«

Eva beugte sich zu Tofik. »Diese jungen Leute. Leben in den Tag hinein. Alles von jetzt auf gleich. Ohne Plan.«

Wir gingen zusammen zum Parkplatz, Eva immer noch mit der Fliegenklatsche in der Hand. Sie erklärte mir ein weiteres Mal, dass ich mit Maria doch auf jeden Fall zur Mama kommen müsse und dass es auch nicht schlimm sei, wenn wir etwas später kämen. Ich nickte und sagte, dass ich ja noch den Schlüssel zu ihrer, also Evas, Wohnung hätte, falls ich es doch nicht mehr zur Mama schaffen sollte. Ich musste ihr trotzdem versprechen, mit Maria darüber zu reden und stieg schlussendlich, nachdem sie sich die Schlüssel zur Sicherheit noch einmal hatte zeigen lassen, in meinen Citroën, wurde vor ihr durch die Schranke gelassen und verlor sie dann im Rückspiegel aus den Augen.

Ich sah Maria auf der Lehne einer Bank sitzen, als ich langsam an den Parkbuchten unterhalb der Stadtmauer entlangfuhr. Sie schien mit ihren Sandalen einen Trommelwirbel zu veranstalten. Kaum hielt ich in zweiter Reihe, kam sie zum Auto gelaufen und riss die Beifahrertür auf.

»Dort hinten wartet ein Parkplatz.« Sie winkte mehr, als dass sie zeigte, aber ich sah, welche Stelle sie meinte. Eingewinkt beim Vorwärtseinparken wurde ich dann von zwei Helfern: Maria und einem Mann im verwaschenen T-Shirt, dem sie, Autoalarm hin oder her, meinen Citroën zur Bewachung überließ.

»Am besten, wir setzen uns bei einem Kaffee, um zu reden«, sagte sie und geleitete mich, den Arm bei mir eingeklinkt, Richtung Stadttor.

»Klar, gerne.« Ich überlegte kurz. »Oder wollen wir noch einmal in das eine Restaurant? Vielleicht hat es auch mittags auf?«

»Lieber einen Ort, wo wir allein sind.«

»Allein? Waren wir da doch auch. Also fast.«

»Komm. Ich weiß ein kleines Café.«

Sie zog mich eine Altstadtgasse entlang, viel zu schnell, als dass ich noch einmal die schön restaurierten Fassaden bewundern konnte.

»Hier«, sagte sie schließlich.

Ich nahm das Fenster, vor dem wir standen, in Augenschein. Es wirkte dunkel. Aufgeklebte Buchstaben bildeten einen unaussprechlichen Namen, ein kleines Holzschild zeigte eine stilisierte Kaffeebohne.

»Sieht nett aus«, sagte ich.

Sie hatte schon die Tür geöffnet. Warum die Eile heute?

Innen gab es nur vier kleine Tische, auf denen jeweils winzige Lampen mit fast auf null gedimmten Glühbirnen standen. Maria zeigte auf den Tisch am Fenster, doch ein Paravent versperrte den Blick nach draußen.

Im Dämmerlicht versuchte ich, die Karte zu studieren, konnte aber nicht viel mehr erkennen als in einem fort *kawa*, kombiniert mit anderen Vokabeln.

»Was sind das denn für spezielle Kaffeesorten?«, fragte ich.

»Alles ist gut. Du kannst alles nehmen.«

»Na dann: *kawa waniliowa*. Und was nimmst du?«

Maria hatte die Karte schon zugeklappt. »*Kawa cymtowa.*«

»Das heißt Zimt. *Tak?*«

Sie musste lächeln. »*Tak. Dobrze.* Ein neues Wort für deinen Schatz.«

»*Kawa cymtowa*«, wiederholte ich und merkte, wie das wohlige Kribbeln vom ersten Abend zurückzukehren begann.

Wir waren die einzigen Gäste, und die junge Kellnerin entwickelte eine ausufernde Betriebsamkeit: Kaffee in separaten, kleinen Silberkännchen, feingliedrige Porzellantassen, das ganze Programm. Mein Kaffee schmeckte wirklich nach

Vanille, richtig cremig, definitiv was anderes als der aus der Braun-Maschine in unserer Küche.

Maria stellte ihre Tasse ab. »Ich muss mit dir reden.«

»Okay.«

»Entschuldigung, dass ich dich so plötzlich gerufen habe.«

»*No Problem.*«

»Es ist sehr wichtig.«

»Ist es«, ich musste mir einen Ruck geben, »wegen Roman?«

»Nein. Das muss ich dir später erklären.«

»Maria, ich möchte nur wissen, wo ich bei dir dran bin.«

»Thomas, darum geht es genau. Aber es ist nicht so einfach, wie du denkst.«

»Dann erklär es mir doch.«

»Ich mag dich, glaub mir. Nur deshalb sage ich etwas wirklich Wichtiges zu dir …«

»Maria, du kannst mir alles sagen.«

Sie sah mich eindringlich an. »Thomas, du musst Warschau verlassen.«

»Was?« Hatte ich mich verhört? Was war denn jetzt auf einmal los?

»Es klingt verrückt, aber bitte glaub mir.«

»Wieso sollte ich Warschau verlassen?«

»Es ist gefährlich. Für dich und für mich.«

»Wovon redest du?«

»Wenn man sich mit den falschen Leuten trifft …«

»Du meinst aber nicht die Curry Club-Truppe? Bei denen war ich nämlich gestern.« Ich nahm den letzten Schluck aus der Tasse. Der Kaffee war kalt.

»Ich weiß.«

»Warum bist du eigentlich nicht gekommen?«

»Ich kann nicht mehr.«

»Das sind schon ein paar schräge Vögel. Besonders der Dicke.«

»Fletcher? Er ist nicht der Gefährliche.«

»Tritt auf wie der Obermacker.«

»Ich weiß nicht, ob ich das gut erkläre.« Sie nahm meine Hand. »Es ist Liam. Ich sagte dir schon, du musst dich in Acht nehmen vor ihm. Er hat es auf dich und deinen Vater abgesehen. Thomas, man muss Abstand von ihm halten.« Sie zog ihre Hand wieder zurück.

»Liam? Er ist vielleicht ein bisschen verrückt, aber sonst ganz in Ordnung.«

»Du kennst seinen Plan nicht. Thomas, es tut mir so leid, dass du hineingezogen bist.«

»Bin ich das denn? Maria, ich kann schon auf mich aufpassen. Ich glaube, ich bin alt genug.«

»Es ist bereits zu spät.« Sie sah wirklich besorgt aus.

»Zu spät wofür? Und was für ein Plan? Was will er von meinem Vater?«

»Thomas, du musst weg von hier. Ich kann nicht mehr sagen. Ich bitte dich.«

»Weißt du, was? Die ganze Nummer von wegen Rettung unserer Firma und so weiter ist sowieso ein großer Stuss. Das klappt eh nicht. Dafür muss ich nicht bleiben. Lass uns doch einfach zusammen wegfahren.«

»Es ist ernst.«

»Mir ist es auch ernst.« Nun griff ich nach Marias Hand. »Lass uns irgendwo hinfahren. Jetzt gleich, wenn du willst. Nur wir beide.«

Maria wich meinem Blick aus. »So einfach ist das nicht.«

»Aber warum nicht?«

»Thomas, ich möchte auch gerne Zeit verbringen mit dir. Nur leider geht das nicht. Du musst deine Reise beenden. Es ist die einzige Möglichkeit.« Maria zupfte am Kragen ihrer Bluse, und da sah ich ihn wieder, den goldenen Schmetterling.

»Okay.« Jetzt wollte ich es wissen. »Du sagst, raus aus Warschau. Ich hätte da eine Idee.«

»Thomas, bitte.«

»Es ist weit genug weg. Auf dem Land.«

»In welchem Land?«

»*Auf* dem Land. Das heißt, in einem Dorf.« Ich flüsterte ihr ins Ohr: »Es heißt Starylasek. Ein kleines Holzhaus, ganz einsam am Wald. Nur ein bisschen aufräumen müssten wir, das war's.«

»Das geht nicht.«

»Es ist romantisch, glaub mir.«

Maria hielt den Kopf gesenkt, kratzte mit dem Löffel in ihrer leeren Tasse herum. »Wie denkst du das? Wir leben in einem Haus im Wald?«

»Vielleicht nicht für immer. Wir probieren es mal aus. Dann sehen wir weiter.«

»Das ist keine Lösung.«

»Ich gehe nirgendwohin, wenn du nicht mitkommst.«

In der Tiefe ihrer Augen sah ich es grün schimmern.

»Maria, ich würde es gerne auf Polnisch sagen …«

»Thomas …«

»Aber ich weiß es nur auf Deutsch …«

Sie legte mir den Finger auf die Lippen, flüsterte: »Du sollst gar nichts sagen.« Dabei beugte sie sich vor, ganz langsam, und ließ ihren Finger sinken.

Ich sah, wie sie die Augen schloss, dann trafen sich unsere Lippen. Ich wusste, ich war am Ziel.

Mama begrüßte mich mit Handschlag und wohlwollendem Kopfnicken, »*Dzień dobry*«, und führte mich ins Wohn- beziehungsweise Esszimmer, wo Eva zusammengesunken am Tisch saß, vor ihr ein volles Teeglas. Als sie mich sah, kehrte ihre Körperspannung zurück.

»Du bist allein?«, fragte sie.

»Maria wartet unten im Auto.«

»Ach so.« Sie rührte im Tee. »Warum bringst du sie nicht mit hoch? Habe ich dir doch gesagt.«

»Ich will nicht lange bleiben.«

»Musst du doch was essen. Und sie auch.«

Obwohl die Mama sicherlich nicht verstand, was Eva gesagt hatte, war sie erkennbar auf dem Sprung, mir noch schnell das obligatorische Drei-Gänge-Menu zu servieren.

»Nein, danke. Deshalb bin ich nicht hier.«

Eva übersetzte, und Mama machte einen Schritt zur Seite, wirkte aber immer noch wie in Erwartung einer Order.

Ich holte tief Luft. »Hör mal, Eva«, sagte ich. »Du hattest mir doch gesagt, dass ich dein Haus nutzen darf.«

Eva riss die Augen auf.

»Also«, sagte ich schnell, »erst mal für ein, zwei Nächte nur. Meinst du, das ist in Ordnung?«

Sie fuhr sich durch ihr wirres Haar, auf den Lippen ein schiefes Lächeln. »Ach, darum geht es also.«

»Was?«

»Wirst du sie aber nicht gleich heiraten?«

»Wir wollen einen Ausflug machen, das ist alles.«

Eva nahm ihr Teeglas an die Lippen und setzte es gleich wieder ab. »Kennst du dich doch gar nicht aus.«

»Wir werden schon klarkommen.«

»Aber den Weg, den findest du nicht.«

»Ich schaue im Shell-Atlas nach. Dann erinnere ich mich schon.« Durfte halt nur nicht auf derselben Seite wie Pruszków liegen, denn die hatte ja Meister Hinkebein auf dem Gewissen.

»Gibt es auch kein Wasser.«

»Zur Not haben wir ja den Fluss.«

»Und keinen Strom.«

»Kriegt man im Laden keine Kerzen?«

»Kriegt man da alles.« Eva stutzte. »Musst du im Laden auch eine neue Klatschenfliege kaufen.«

»Eine was?«

»Eine Klatschenfliege.«

»Du meinst – eine Fliegenklatsche? Du hattest doch vorhin noch eine in der Hand.«

»War sie im Auto, ist sie nicht mehr im Auto. Suche ich, finde ich nicht. Werde ich noch ganz verrückt! Muss ich doch etwas gegen die Fliegen tun.«

»Ja, die Fliegen.«

Eva rührte endlos in ihrem Teeglas. »Darf die Mama«, sagte sie schließlich gedämpft, »darf sie nichts davon erfahren. Ist Polen ein sehr katholisches Land. Und seid ihr nicht verheiratet.«

Die alte Dame legte den Kopf leicht zur Seite. »*Herbata? Kawa?*«

»Fragt sie, ob du Tee oder Kaffee haben möchtest.«

»Ja, das versteh ich. Aber nein, vielen Dank. Wirklich nicht. *Dziękuję*.«

Eva übersetzte wieder, und diesmal huschte doch eine Spur von Enttäuschung über das Gesicht der alten Frau. Sie strich sich über den Rock, drehte sich um und verschwand in der Küche.

»Also gut«, sagte Eva. »Soll man Reisende nicht aufhalten.«

»Ich fahre vorher noch kurz in der Wohnung vorbei, um ein paar Sachen einzupacken.«

Eva wühlte wieder in ihren Haaren. »Muss ich eigentlich auch mal wieder aufs Dorf. Damit die Arbeit vorangeht. *Budowa*, weißt du.«

»Klar, weiß ich. Also, wenn ich etwas für dich erledigen kann, musst du nur sagen. Kein Problem. Nur den Schlüssel bräuchte ich noch.«

»Sławek.«

»Ja?«

»Muss er dir den Schlüssel geben.«

»Ach so. Alles klar.«

Ich ging in den Flur, wo mir die alte Dame entgegentrat. Ihr Ton war förmlich und zugewandt wie immer, nur dass ich natürlich kein Wort verstand.

Eva sagte der Mama irgendetwas und schob mich dabei Richtung Tür. Dann erklärte sie mir noch, dass es in Starylasek ein Mikroklimat, Ruhe und Erholung gebe. Sie sagte, ich solle gut auf Maria aufpassen, mich vor den Trinkern in Acht nehmen und vorsichtig fahren, und allmählich hörte sie sich an wie früher meine Mutter, mit der sie doch sonst überhaupt nichts gemein hatte. Mir blieb nur übrig, immer wieder zu nicken, »Ja« zu sagen und »Tschüss«, und die Treppe nach unten zu flitzen, zu Maria ins Auto.

Arkadien

Sławek grinste, als Maria und ich aus dem Wald kamen. Und ich auch. Mit einem Zigarettenstummel im Mundwinkel saß er auf einem alten Traktor, der Motor tuckerte im Leerlauf. Sławek beugte sich zu uns runter, gab mir die Hand, dann, als ich ihm Maria vorgestellt hatte, auch ihr. Gestikulierend versuchte ich ihm klarzumachen, was wir von ihm wollten, aber er sah uns nur groß an, bis Maria schließlich einsprang, worauf sich zwischen den beiden ein munterer Dialog entspann. Mehrmals zeigte Sławeks Gesicht ein Lächeln, »dobra«, sagte er, machte den Motor aus und kletterte vom Traktor runter.

Ohne ein weiteres Wort verschwand er in seinem Haus. Maria nahm meine Hand und lächelte mir zu, gefolgt von einem schnellen Kuss. Hinter uns kläffte sich der Kettenhund die Kehle aus dem Leib.

Als die Tür des Hauses wieder aufging, kam nicht Sławek, sondern seine Mutter heraus; er folgte erst mit einigen Schritten Abstand. Während die Greisin auf uns zu schlurfte, musterte sie Maria von Kopf bis Fuß, wobei sie beständig vor sich hin murmelte.

»*Dzień dobry*«, sagte Maria zur Begrüßung.

»*Dzień dobry*«, sagte die Alte.

»*Dzień dobry*«, wiederholte ich.

Sławek sagte nichts. Niemand sagte mehr irgendetwas. Nur der Hund bellte.

Maria hatte nicht aufgehört zu lächeln; nun aber setzte sie zu einer Rede an, aus der ich mehrmals Evas und meinen Namen heraushörte. Die alte Frau verzog keine Miene. Als Sławek sich kurz zu Wort meldete, machte sie eine wegwerfende Handbewegung, und er verstummte sofort. Dafür setzte die Alte selbst zu einem Singsang an, bei dem sie ihren knochigen Zeigefinger abwechselnd auf Maria und auf mich richtete. Ich blickte hilfesuchend zu Maria, doch die lächelte einfach weiter. Hatte Sławek eben Abstand gehalten, stand er nun plötzlich neben mir. Er stieß mich in die Seite, und seine Hand suchte meine. Dann spürte ich den Schlüssel. Ich schloss die Faust.

Inzwischen war die Alte fertig. Maria machte so etwas wie einen Knicks, wonach sie mich von den beiden wegzog, zurück auf den Pfad durch den Wald.

»Was war das denn?«, wollte ich wissen.

»Alles in Ordnung.«

»Hörte sich aber anders an.«

»Die reden so. Das musst du gewöhnen.«

»Also mit Sławek verstehe ich mich schon ganz gut.«

»Sławek ist in Ordnung. Er hat gesagt, er kann uns helfen, das Haus zu ordnen.«

»Das kenne ich, wenn er an dem Haus arbeitet. Dafür braucht er vor allem Bier.«

Maria lachte. »Er will uns helfen, nicht arbeiten.«

»Bier können wir trotzdem kaufen.«

Wir waren inzwischen vor Evas Häuschen angekommen. Ich steckte den Schlüssel ins Schloss, konnte ihn aber nicht drehen, nicht einmal ansatzweise. Ich probierte es noch einmal – nichts.

»Gib mir«, sagte Maria. Sie wackelte am Schlüssel, drehte ihn schließlich mit einem kräftigen Ruck zur falschen Seite. »Verkehrt herum eingebaut.« Sie zwinkerte mir zu und drückte die Klinke. Die Tür schwang auf.

Im dämmrigen Vorraum stolperte ich erst über die Dachpappe, dann über die Tüte mit den Nägeln. Hier brauchten wir Licht – und ab sofort wohl auch festes Schuhwerk.

Ich versuchte, Maria weiter in die Küche zu dirigieren, obwohl ich selbst nicht genau wusste, was uns da erwartete. Hinter der Tür musste ich zunächst drei mit Porzellan gefüllte Apfelsinenkisten zur Seite schieben. Das wiederum wurde erschwert durch die danebenstehenden Umzugskartons, die dahinter verkeilten Korbsessel, den Tisch und – es war ja schließlich eine Küche – das einsame Küchenschränkchen, das unter einem der beiden Fenster stand.

»Sieh mal«, sagte Maria. »Ein alter Ofen.« Sie hob einen großen Müllsack an, unter dem eine Metallplatte mit ineinandergelegten Ringen zum Vorschein kam. »Da setzt man die Töpfe ein zum Kochen. Und hier«, sie zeigte auf ein mit weißen Kacheln verkleidetes Element, »wird die Wärme gehalten.«

»Wärmer muss es für mich aber nicht werden.«

»Man kann die Wärme abschalten, nein, ich meine: umleiten.« Sie zeigte auf einen Metallschieber.

»Du kennst dich aber gut aus.«

»Der Herd ist sehr typisch.«

»Habt ihr zu Hause auch so einen? Ich meine, bei euch auf dem Dorf?«

»Das ist Geschichte.«

Bevor ich weiterfragen konnte, schleppte Maria den Müllsack in den Vorraum.

»*Pomóc?*« Es war Sławeks Stimme.

»*Tak*«, antwortete Maria.

Ich ließ die Porzellankisten stehen und fand die beiden vor dem Eingang. Sławek machte gerade einen Knoten in den Müllsack und warf ihn in Richtung des Trampelpfads. Jetzt ging es los. Jetzt hieß es, in die Hände zu spucken, um unser Domizil herzurichten.

Als Erstes schob Sławek mit dem Fuß die Dachpappe und die verstreuten Nägel zur Seite. Damit gewannen wir im Vorraum Platz und konnten dort die Kartons und Kisten aus der Küche stapeln. Und weil ich einmal dabei war, holte ich auch gleich die Stühle und den Tisch aus der Küche und stellte sie vor der Tür auf die Wiese. Unser Häuschen hatte einen Garten, warum sollten wir nicht draußen essen? Maria hatte währenddessen einen Lappen und einen Eimer aufgestöbert, besprach sich kurz mit Sławek und lief dann zu dessen Hof zurück, um Putzwasser zu holen.

In dem Zimmer mit Kamin und Sofa war nicht ganz so viel aufzuräumen. Die wenigen Wäschekörbe mit leeren Marmeladen- und Gurkengläsern hatte ich schnell zu den anderen Kisten in den Vorraum gestellt, und den aufgerollten Teppich konnten wir ja einfach so liegen lassen. Blieb nur noch ein letzter Raum zu inspizieren, den ich durch eine niedrige Tür erreichte. Hier fanden sich, wie ich gehofft hatte, Schlafgelegenheiten: zwei kastenförmige Einzelbetten, die an gegenüberliegenden Wänden standen. In den Fenstern hingen halbhohe graue Gardinen mit Blumenmuster.

Im Grunde genommen war die Ausstattung von Evas Haus also ganz passabel. Wenn wir erst den Staub, die Spinnweben und die toten Fliegen beseitigt hatten, würde es bestimmt recht gemütlich. Wir gaben dann auch unser Bestes und wirbelten mit Besen und Wischlappen durch die Räume, während Sławek schon von *piwo* redete.

Zum Laden mitkommen wollte er allerdings nicht. Er hockte sich auf die Stufen vor dem Haus und fingerte in seiner zerknautschten Zigarettenpackung herum, natürlich Albatrosy.

Und so fuhren nur Maria und ich, ich kannte mich ja aus. Zum Beispiel mit dem auf der Bank vor dem Eingang sitzenden Alten und seinen Kumpanen. Nacheinander reichten sie mir die Hand. Von Maria wurde nur aus den Augenwinkeln Notiz genommen.

»*Dobrze piwo?*«, fragte ich.

»Gut Bier«, antwortete der Alte und lachte meckernd.

Ich wies zur Tür und überlegte gerade, ob ich die Vokabel für *einkaufen* schon wusste, da zog Maria mich in den Laden hinein. Wir waren sofort an der Reihe.

»*Piwo*«, sagte ich und zeigte mit den Fingern die Zahl sechs, doch als die Verkäuferin zu einer mürrischen Antwort anhob, sprang Maria ein. Wir bekamen das Bier und zusätzlich Kerzen, Streichhölzer, eine Flasche Wasser, ein Brot und eine Salami.

»Das kostet 94«, sagte Maria zu mir.

»Neue?«

»Um Gottes willen, nein, alte. 94.000 alte Złoty.«

»Das ist doch total bekloppt. Wenn jemand 94 sagt, könnte es ja auch bedeuten 94 neue Złoty. Woher weiß man, ob alte oder neue gemeint sind?«

»Alle rechnen noch mit dem alten Geld. 94 sind 94.000. Du lässt die Tausender beim Sprechen weg. Ganz einfach.«

»Ja, das hat mir Eva schon versucht zu erklären. Aber warum rechnet ihr nicht endlich mal mit dem neuen Geld? 94.000 alte Złoty sind 9,40, das ist doch auch ganz einfach. Vier Nullen zu viel!«

»Es war die Verkäuferin.« Maria lächelte triumphierend. »Sie hat 94 gesagt.«

Am Ende akzeptierte die Verkäuferin meinen neuen Zehner, kramte in ihrer Schublade nach dem Wechselgeld und überreichte mir sechs zerknüllte Tausender.

Zurück beim Haus, erhob sich Sławek und nahm die Flaschen entgegen. Maria verschwand kurz in der Küche und kam mit einem Messer zurück. Dann nahmen wir alle draußen am Tisch Platz, Sławek öffnete die ersten Flaschen, und wir tranken das warme Bier. Maria schnitt Brot und Wurst.

»*Smacznego*«, sagte sie. »Guten Appetit.«

»*Smacznego*«, wiederholte ich.

Sławek hatte schon wieder die Bierflasche angesetzt. Essen wollte er ohnehin nichts und wehrte mehrmals die entsprechenden Angebote ab. So aßen wir zu zweit die ganze Salami und auch das halbe Brot. Das Frühstück würde also eher karg ausfallen, aber das war egal. Und selbst die Wurstzipfel fanden noch einen dankbaren Abnehmer, denn schon eine ganze Weile strich eine schwarz-weiß gesprenkelte Katze um die Tischbeine. Als Maria sie streichelte, verfiel sie in ein tiefes Schnurren und machte schließlich einen Satz auf ihren Schoß, um sich noch intensiver liebkosen zu lassen.

»Die hat es aber gut bei dir«, sagte ich.

»Sie ist so süß.« Maria lächelte versonnen. »Bestimmt kommt sie von Sławeks Hof.«

Wir konnten ihn aber nicht mehr fragen, denn er verschwand gerade im Wald. Die Sonne stand knapp über den Bäumen, es war immer noch warm, die Grillen zirpten im hohen Gras, und dann zog sogar ein Storch seine Runden am Himmel. Maria kraulte die Katze nur noch mit einer Hand, die andere hatte sie auf meinen Arm gelegt. Und so saßen wir nebeneinander in unseren Korbstühlen und tranken *piwo* aus der Flasche. Alles fühlte sich so leicht an. Es war einfach perfekt.

»Ich muss mich«, begann Maria zögernd, »bei dir entschuldigen.«

Ich schaute sie an. »Ist es, weil …?«

»Es ist, weil ich neulich verschwunden bin.«

»Bei Roman?«

»Das war mir peinlich. Ich wollte nicht, dass Roman mein Bild zeigt.«

»Habe ich gemerkt.«

»Du sollst nicht schlecht von mir denken. Das ist Vergangenheit. Ich war sein Modell.«

»Okay?«

»Du sollst auch wissen«, sagte sie und senkte den Blick, »ich war im Bett mit ihm.«

»Hm.«

»Thomas, das war vor einem Jahr. Ich war neu in der Stadt. Er war lieb zu mir, als ich noch nicht viele kannte. Er half mir. Heute hat er neue Mädchen. Modelle. Er ist Künstler, der immer neue Inspiration sucht. Wir sind weiter Freunde, das ist alles.«

Ich suchte nach dem Grün ihrer Augen. Es schimmerte aus der Tiefe.

»Er wird mir immer helfen. Thomas, er ist ein guter Mensch.«

»Und die Galerie?«

»Ich bin dort Assistentin. Ich muss Geld verdienen. Warschau ist eine teure Stadt.«

»Eine merkwürdige Stadt.«

Nach einer Weile flüsterte Maria: »Wartet in Deutschland niemand auf dich?«

»Nicht so richtig.« Wie es mit Gabi weitergehen sollte, musste ich nicht hier und jetzt überlegen. Dies war eine andere Welt mit anderen Regeln.

Maria drückte wie zur Bestätigung meine Hand.

»Und du?«, fragte ich. »Bist du …?«

»Frei?«

Ich nickte.

»Ich versuche«, sagte sie leise. Der Druck ihrer Hand wurde stärker. »Ich will versuchen.«

Dass es nicht um Roman ging, ahnte ich wohl schon, aber meine Synapsen spielten bereits eine ganze Weile Feuerwerk, was jeden klaren Gedanken schon im Ansatz erstickte. Hier mit ihr zu sitzen, das war alles, was für mich in diesem Moment zählte.

Irgendwann aber sprang die Katze, der Maria inzwischen den Namen *Kotek* gegeben hatte, auf die Wiese, und kurz darauf hatte der Wald sie verschluckt. Maria schien ein wenig zu frösteln, weshalb ich vorschlug, ins Haus zu gehen. Tatsächlich war der Himmel inzwischen in ein tiefes Dunkelblau gedimmt, und nur noch in einer Richtung lag ein roter Schimmer über den Wipfeln. Ich holte meine Sachen aus dem Kofferraum, dann zogen wir die Haustür hinter uns zu.

Maria hatte zum Glück die Streichhölzer und Kerzen gleich zur Hand. Sie ging voran in den Raum mit den beiden Betten, wo sie die brennende Kerze mit etwas flüssigem Wachs auf der Fensterbank befestigte. Ich hatte immer noch meine Tasche in der Hand und stand zwischen den beiden Betten, andere Möbel gab es ja auch nicht in dem kleinen Raum. Maria hatte irgendwoher eine Wolldecke und ein Daunenkissen gezaubert und bereitete damit eines der Betten. Dann stand sie vor mir. Sie nahm mich an den Händen, kam noch einen winzigen Schritt näher. Ihre Küsse schmeckten nach Bier, und es hätte nicht anders sein dürfen.

Als Maria mich nach unten zog und ich aufpassen musste, mir nicht die Knie am Bettgestell zu stoßen, war mir, als hätte ich von draußen etwas gehört. Ein Brummen, dann, ganz leise, einen dumpfen Schlag. Maria aber schien nichts gemerkt zu haben. Sie lag so dicht vor mir, dass ich nur noch ihre leuchtenden Augen sah. Ihre Hände fuhren unter mein T-Shirt.

Da klopfte es am Fenster – und wir erstarrten. Als ich mich umdrehte, spiegelte sich nur die Kerze in der dunklen Scheibe.

Noch einmal ein Klopfen.

Ich setzte mich auf. Ich hörte ein »Hallo!«, eine bekannte Stimme.

»Eva«, sagte ich und blickte hilfesuchend zu Maria.

»Was will sie hier?«, fragte sie, während sie sich die Haare aus dem Gesicht strich.

»Ich hab keine Ahnung, glaub mir.«

Wir hörten es gegen die Haustür schlagen und sahen uns an. Dann ging ich aufschließen.

»Wie gemütlich!«, rief Eva, als sie in unser Zimmer stürmte. »Habt ihr es aber schön hier.«

»*Dzień dobry*«, sagte Maria. Sie stand kerzengerade am Kopfende des Bettes.

»Wollte ich schon viel früher kommen«, verkündete Eva und setzte sich auf das zweite Bett, wo sie anfing, in ihrer Handtasche zu kramen. »Muss ich so viel erledigen.«

Maria schaute mich fragend an. Das durfte doch alles nicht wahr sein. Wenn ich mir überlegte, dass ich auch einfach hätte herfahren können, ohne sie zu fragen …

»Muss Sławek«, fuhr Eva fort, »weiter arbeiten, wisst ihr. Aber hat er immerhin die Dachpappe gemacht, habe ich sie nicht mehr gesehen im Eingang.«

Die Dachpappe war weg. Na, das war ja schon mal was. *Budowa*. Was für eine komplette Scheiße.

»Hätte ich gleich mit Thomas fahren sollen. Aber wollte er ja ganz schnell los. Hat er noch nicht einmal gegessen bei der Mama. Na, habt ihr so wenigstens ein bisschen Zeit gehabt für euch.« Sie kicherte und beugte sich noch tiefer über ihre Tasche. »Wollte ich immer schon mal hier übernachten.«

»Wie, du hast hier noch nie übernachtet?«, fragte ich.

»Habe ich doch so wenig Zeit. Und Grzegorz, der schimpft, wenn ich nicht da bin.« Eva ließ sich nach hinten sinken und stützte sich auf den Ellenbogen ab. Ihr Blick streifte durch das Zimmer. »Ist das so gemütlich hier.«

»Musste ein wenig aufgeräumt werden«, sagte ich. »Und geputzt.«

»Schätzchen, habt ihr das gut gemacht.« Eva stand auf und fingerte an dem Kissen auf dem anderen Bett herum. »Habt ihr sogar Bettsachen gefunden. Muss da aber auch noch mehr sein.« Sie verschwand im anderen Zimmer.

»Den Kamin, den müsst ihr noch anmachen!«, rief sie durch die Tür. »Ist das so romantisch.« Und nach einer Weile: »Wo sind denn die Kisten? Alles weg. Muss da noch Bettzeug drin sein.«

Maria hatte ihre Sprache wiedergefunden. »Vorne an der Tür, *pani* Ewa.« Sie ging ihr hinterher, und ich blieb allein im kleinen Zimmer zurück. Die Kerzenflamme bewegte sich unruhig hin und her.

»Ihr habt bestimmt noch ein Bier für mich?«, fragte Eva, als sie, beladen mit Decke und Kissen, wieder zurückkam. Maria folgte ihr.

»Zwei Bier sind noch da. Aber nicht kalt.«

»Sind wir doch auf dem Dorf«, kicherte Eva und ließ sich samt Bettzeug auf das zweite Bett fallen. Maria und ich saßen auf dem anderen Bett. Eine Flasche gab ich Eva, die andere teilten wir uns.

»Ist das so schön hier«, sagte Eva, nachdem sie einen Schluck getrunken hatte. »Sollte ich wirklich häufiger hierherkommen.«

Ich war immer wieder wach geworden in der Nacht. Maria hatte sich an meinen Rücken geschmiegt, ihre Hand auf meinem Arm, und leise, ganz leise, geschnarcht. Als die ersten Sonnenstrahlen durchs Fenster fielen, versuchte ich, aus dem Bett zu klettern, ohne sie zu wecken, doch sie griff nach meiner Hand und sah mich aus halb geöffneten Augen an. Ich gab ihr einen Kuss.

»Wollen wir«, flüsterte sie, »baden gehen?«

Ich nickte.

Wir schnappten uns unsere Hosen und schlichen aus dem Zimmer, vorbei an Eva, die im anderen Bett lag, zur Wand gedreht.

Es war schon warm draußen, obwohl die Sonne erst knapp über die Baumwipfel lugte. Wir liefen über das abgeerntete Feld, den Sandweg hinunter, überquerten die Straße, sprangen über einen Elektrozaun und rannten in Sichtweite des Ladens, beobachtet nur von einigen Kühen, über die Wiese, bis wir endlich den Fluss sahen. Es ging eine kleine Böschung hinunter, und zwischen einzelnen Büschen war sogar so etwas wie ein kleiner Sandstrand. Während ich noch überlegte, wie wir ins Wasser gehen sollten, denn Badesachen hatten wir natürlich nicht dabei, hüpfte Maria schon auf einem Bein, um aus ihren Jeans herauszukommen.

»Komm!«, rief sie lachend, nur noch mit Höschen und T-Shirt bekleidet, und stürmte ins Wasser. Sie spritzte, was das Zeug hielt, sodass ich schon nass war, bevor ich überhaupt einen Fuß in den Fluss gesetzt hatte. Ich stürzte mich auf sie, doch sie entkam zur Seite, und ich landete bäuchlings im Wasser. In Erwartung der nächsten Attacke versuchte Maria, Abstand zu gewinnen und stakte davon, wild mit den Armen rudernd. Ich hechtete ihr hinterher, bekam sie zu fassen, zog sie ganz ins Wasser, und so trieben wir gemeinsam in der Strömung. Pflanzen streiften uns, wir paddelten mit den Händen und fanden erst bei einer Sandbank wieder Grund unter den Füßen.

Als wir uns aufrichteten, klebte Maria das T-Shirt auf der Haut, und ihre Brüste zeichneten sich unter dem nassen Stoff ab. Wir ließen uns auf den Sand fallen, drehten uns auf den Rücken und blieben liegen, wo wir waren. Unsere Fingerspitzen berührten sich, mehr nicht. Über uns hingen weiße Watteberge am blauen Himmel, neben uns plätscherte es im Schilf, es hätte nicht perfekter sein können. Als ich schließlich den Kopf zu ihr drehte, schaute sie mich schon an. Ihre grünen Augen schimmerten. Sie legte den Arm um mich, und wir küssten uns. Ohne ihre Lippen von meinen zu lösen, begann sie, ihr T-Shirt hochzuschieben, richtete sich doch noch auf, um es sich über den Kopf zu ziehen. Sie befreite mich von den Boxer-Shorts, schlüpfte aus ihrem Höschen, dann saß sie auch schon auf mir. Ich schloss die Augen und ließ es geschehen. Wenn es so etwas wie ein Arkadien tatsächlich gab, dann musste es hier, an diesem Fluss in Starylasek, liegen.

Nachtleben

Die Kontur des Turms ist sofort klar zu erkennen: zwei senkrechte Linien, die gen Himmel streben. Dann folgt der geschwungene Schriftzug unter dem Dach: Marriott. *Das größte und wahrscheinlich teuerste Hotel der Stadt. Es scheint sogar den Kulturpalast zu überragen, aber das ist wohl eher der Perspektive geschuldet. Mir fällt auf, dass beide Türme einen quadratischen Grundriss haben, womit die Gemeinsamkeiten aber auch schon wieder aufhören. Denn die Glasfassade des Hotels ist absolut plan, während der Kulturpalast, Stalins Geschenk an die bestimmt hocherfreute Stadt Warschau, im Zuckerbäckerstil errichtet ist. Der Hotelturm bietet dem Sozialismus selbstbewusst die Stirn, ohne dabei allzu sehr wie ein Fremdkörper zu wirken. Die Verspiegelung wirft sowieso alles Äußere zurück, um dafür das Innere umso konsequenter abzuschotten.*

Es hupte, und ich sprang zur Seite. Eine dunkle Limousine schnurrte die Auffahrt hoch. Die Fahrertür schwang auf, und ein Mann mit Krawatte umrundete das Auto, um eine ältere Dame mit samtbesetztem Jäckchen aussteigen zu lassen. Das musste man erst mal bringen bei diesen Temperaturen – selbst um acht Uhr abends war es noch knallheiß. Ohne sich umzusehen, verschwand sie durch die Tür, die von einem bulligen Herrn im Frack aufgehalten wurde. Als dürfte die Bühne niemals leer bleiben, fuhr sogleich das nächste Auto vor, ein schwarzer Mercedes. Diesmal waren es zwei Geschäftsleute im Anzug, die schleunigst hinter das schützende Glas eilten. Ich wartete auf den nächsten Auftritt, aber es blieb ruhig. Nur auf der großen Straße, die mich vom Hauptbahnhof trennte, brauste der Verkehr. Nicht jeder wollte ins Marriott. Oder konnte.

Insofern erstaunte mich der Kleintransporter, der nun rumpelnd die Auffahrt hochkam – die Karosserie aus Wellblech zusammengenietet, einige Beulen waren wohl später noch dazugekommen. Gab es keinen Lieferanteneingang? Die Fahrertür blieb zu. Dafür trat hinter dem Auto der Beifahrer hervor. Liam. Was machte der denn in dieser Schrottkiste? Zumal er – wichtig, wichtig – einen C-Netz-Koffer in der Hand hielt und telefonierte. War das also auch schon in Polen angekommen.

Liam entdeckte mich und gab mir mit einer Kopfbewegung zu verstehen, dass ich näher kommen sollte.

»Hi«, sagte er und befestigte den Hörer auf dem Koffer. Sein Hemd zeigte heute ein Blumenbeet von oben. »Bist du mit Auto?«

»Ja, hab da vorne an der Straße geparkt.« Ich zeigte in die Richtung.

»Nein, das ist nicht gut. Wirklich. Gib mir den Schlüssel!« Er winkte dem Frackträger an der Tür.

Ich zögerte, aber Liam griff schon nach meiner Hand.

»Welches Auto?«, fragte er.

»Da drüben, der blaue Citroën.«

»Etwas auffallend, ich muss sagen.« Zusammen mit einem Geldschein gab er dem Frack den Schlüssel. »Besser wir nehmen den Truck. Die perfekte Tarnung, weißt du.«

Was dazu wohl mein Patenonkel gesagt hätte.

»Es ist ein Käfer«, fuhr er fort.

»Käfer?« Die Wellblechkiste? »Das ist doch kein VW.«

»Nicht ein VW Käfer. Ein Żuk. Das heißt *Käfer*. Ist Polnisch.«

»Żuk. Alles klar.«

»Auf Polnisch das klingt *crazy*, denkst du nicht?«

Crazy war es, mit Liam in dieses Gefährt zu steigen – trotz Marias Warnungen.

Ehe ich mich versah, hatte er mich in die Kabine geschoben, auf das Brett zwischen den beiden Sitzen. Vor mir baumelten Wunder-Bäume, Duftrichtungen *New Car* und *Midnight Chic*. Der Kerl am Steuer, Muskel-Shirt, raspelkurze Haare, musterte mich von Kopf bis Fuß, wortlos, dann startete er den Motor. Neben seinem aufgepumpten Oberkörper musste ich wie eine Bohnenstange wirken.

Liam rutschte auf den Platz neben mir und schlug die Tür zu. »Piotr!«, rief er. »*Let's go!*« Und Stoppel-Piotr gab Gas.

»Wohin fahren wir überhaupt?«, fragte ich. Dabei gab es eh kein Zurück mehr. Das musste ich jetzt durchziehen.

»Ich zeige dir die schönen Seiten von Warszawa. Die angenehmen.« Liam lachte, während Stoppel-Piotr die Trasse unterhalb des Kulturpalastes entlangbretterte.

Genau, dachte ich. Jetzt werden wir doch mal sehen. Ich hatte mir geschworen, nicht aus Warschau abzureisen, bevor ich nicht wusste, was Liam im Schilde führte. Auch in Bezug auf meinen Vater. Oder meinen Patenonkel. Falls er doch noch hierherkommen sollte.

Maria hatte ich versprochen, gleich morgen zurück nach Deutschland zu fahren. Wir waren erst nachmittags aus Starylasek zurückgekehrt. Und nachdem bei Eva eine Nachricht von Liam gelegen hatte, er könne mich abends mitnehmen zu einer Tour durchs Warschauer Nachtleben, war ich kurzentschlossen zum Marriott gefahren. Was sollte schon passieren? Maria musste davon trotzdem nichts erfahren.

Wenn Liam wirklich so gefährlich war, also auch gefährlich für Maria, dann musste ich erst recht was tun. Das schuldete ich ihr. Ich wollte sie wiedersehen, wollte mit ihr zusammen sein. Und ich wollte, dass sie dann keine Angst mehr zu haben brauchte.

»Wunderbar, dass du hast Zeit.« Liam knuffte mich in die Seite.

»Klar hab ich Zeit«, sagte ich.

»Exzellent. Wirklich. Weil, du bist doch auch Geschäftsmann.«

»Na ja, geht so.«

»Aber bestimmt du bist Geschäftsmann. So ich habe gehört. Du und dein Vater und dein Onkel. Sie kommen doch bald, richtig?«

»Ja, mal seh'n.« Woher wusste er eigentlich von Onkel Manfred? Eva erzählte allen doch immer nur von meinem Vater, dem großen Direktor, und dass sie für ihn arbeitete.

»Ich«, sagte er, »werde dir zeigen die Möglichkeiten. Absolut exklusiv. Alles ist möglich.«

»Okay.« Dann zeig mal, dachte ich. Vorher konnte ich aber noch was zu trinken gebrauchen.

Der Wagen legte sich in die Kurve, sodass ich gegen Liams Blumenbeet gedrückt wurde. Er lachte, wurde aber sofort ernst, als sein Koffer klingelte.

»*What?*«, brüllte er in den Hörer, dann »*No*« und noch mal »*No*«, und schon war das Gespräch wieder beendet. Er klopfte auf das Gerät. »Siemens«, tönte er. »Exzellent.«

Stoppel-Piotr nahm einen Bordstein und kam vor einer Kneipe zum Stehen. Ein Irish Pub, um genau zu sein, über der Tür prangte die irische Harfe.

»Dort wir gehen.« Liam angelte nach seinem Koffer und stieß die Autotür auf.

Es hätte das *James Joyce* in Bonn sein können: dunkle Möbel, eine dunkle Theke, überhaupt sehr wenig Licht. Dafür umso mehr Leute: an der Bar ein ganzer Pulk, die seitlichen Tische gut belegt und mehrere Gestalten an einem Billardtisch. Das Publikum war auffallend schick gekleidet, die meisten Männer in Anzügen oder zumindest Hemden, teils mit

Krawatte. Der weibliche Teil der Gäste kam eher sommerlich leicht daher, Tops, Träger-Shirts, so was. Wie Geschäftsfrauen sahen sie jedenfalls nicht aus.

Wir fanden einen freien Tisch. Liam schob ein Blechschild mit der Aufschrift *reserved* zur Seite und schnippte mit dem Finger. Der Typ hinter der Bar nickte.

Schräg über uns hing ein Fernseher, auf dem *Denver Clan* lief. Blake machte gerade Krystle den Hof, sie waren in seinem Arbeitszimmer. Aber obwohl Blake sich mächtig ins Zeug legte, wollte der Funke nicht überspringen. Seine Stimme war im Polnischen einfach zu monoton. Dann kam Krystle zu Wort – und antwortete mit derselben Sprecherstimme. Tonlos und gelangweilt. So konnte es ja nichts werden mit den beiden.

Liam und ich hatten inzwischen jeder ein großes Bier, ergänzt um einen Shot. Tat gut. Unterdessen kniete Stoppel-Piotr vor dem Billardtisch und fummelte an einem dicken Vorhängeschloss herum. Eine Metallkassette kam zum Vorschein, die er in einen Jutebeutel ausleerte. Liam nahm die Beute wortlos entgegen, und Stoppel-Piotr verschwand aufs Neue.

»Das ist der erste Teil von meine Arbeit«, sagte Liam und leerte sein Glas in einem Zug.

»Dir gehört ein Billardtisch?«

»Thomas, du musst denken größer. Nicht nur ein Tisch. Und nicht nur Billard.« Liams Gesicht näherte sich meinem, er blickte mich unverwandt an. »Automaten, Spiel-Automaten, alles.«

»Okay.«

»Alle über Warschau. Ich meine überall.«

»War bestimmt eine ziemliche Investition.«

Liam grinste. »Nicht überhaupt. Alles aus England. Die zweite Hand. Ich bekam es fast umsonst.«

»Cool.«

»Wir fahren einmal die Woche und sammeln. Das ist es.« Liam fischte eine silberne Złoty-Münze aus dem Sack. »Schöne neue Münzen. Keine Nullen, weißt du. *Fucking real money!*«

Stoppel-Piotr kam mit einem weiteren gefüllten Beutel zurück.

»Noch ein Billardtisch?«, fragte ich.

»Nein.« Er zwinkerte mir zu. »Ein Kondom-Automat.«

Ich schaute in die Richtung, aus der Stoppel-Piotr gekommen war. Dort waren die Toiletten.

»Das beste Business überhaupt«, sagte Liam und gab dem Barmann erneut Zeichen. »Und weißt du, warum?«

»Nein.«

»Ich sage dir. Weil du brauchst keine Kondome.«

»Wieso das denn nicht?«

»Nein. Der Automat ist leer.«

»Leer? Und trotzdem zahlen die Leute?«

»Sie wissen nicht. Sie werfen ein, aber es gibt keine Ware. Und später wollen sie nicht sagen. Sie sind schüchtern. Du weißt, sie sind *bloody* katholisch.« Liam nahm lachend die neuen Biergläser und Shots entgegen.

»Du füllst keine Ware auf?«

»*Nope.* Seit zwei Jahren nie.«

Stoppel-Piotr saß nun auch bei uns. Er hielt mit beiden Händen ein Glas Milch umklammert. Ich fragte mich, ob er jemals redete.

Liam winkte schon wieder in den Raum. Statt Bier kam diesmal ein Mädchen an unseren Tisch. Sie hatte ein schlabberiges und zugleich an den Ärmeln so kurz abgeschnittenes T-Shirt an, dass bei jeder Bewegung ihr pinkfarbener BH hervorleuchtete.

»*Look at you, sweetheart*«, sagte Liam.

»*Hi, Liam.*« Sie machte eine Kaugummiblase.

Liam stieß Stoppel-Piotr in die Seite, woraufhin dieser aufsprang. Er zeigte auf die freie Fläche. »*Want some beer?*«

Die Blase platzte. »*No, thanks.*«

»*Alright*«, brummte Liam. »*Next time.*«

Im Weggehen winkte sie über ihre Schulter. Liam nahm einen großen Schluck Bier, und Stoppel-Piotr setzte sich wieder.

»Das war Magda«, sagte Liam. »Sie ist hübsch, denkst du nicht?«

»Doch, schon.«

»Hier, mir gehören nur die Automaten.« Er klimperte mit den beiden Geldsäcken. »Eigentlich schade. Aber keine Sorge: Es gibt eine zweite Teil von der Abend. Komm!«

Ein letztes Bier plus Shot zum Abgewöhnen, schon stapfte Liam zum Ausgang. Mir war etwas schummrig. Aber immerhin: Zahlen mussten wir offenbar nicht.

Es wurde schon dunkel. Wir schaukelten in unserer Klapperkiste durch die Straßen, im Radio rappte Coolio, als hätte er schon gewusst, wo wir hinwollten, über *Gangsta's Paradise*. Niemand sagte etwas. Stoppel-Piotr steuerte den Wagen in eine Gasse, die beim Wiederaufbau der Altstadt wohl übersehen worden war. Überall bröckelte Farbe, von den Mauern, von den Fenstern, ja selbst die Vorhänge hinter den Fenstern sahen irgendwie brüchig aus. Neben einer Baracke, die Müllcontainern als Unterstand diente, kamen wir zum Stehen.

»Lass uns gehen!«, rief Liam, als er aus dem Wagen sprang.

Etwas zögerlich stieg ich ebenfalls aus, Stoppel-Piotr folgte mir auf dem Fuß. Wir durchquerten einen Innenhof, vorbei an aufgebockten Autowracks und Stangen zum Teppichklopfen, bis dicht an eines der Häuser heran. Eine Treppe führte nach unten. Liam gab mir Zeichen, ihm zu folgen.

Langsam wurde mir doch etwas mulmig zumute. Billardtische waren hier jedenfalls nicht zu erwarten. Doch Stoppel-Piotrs Faust in meinem Rücken überzeugte mich schließlich, ebenfalls in die Tiefe zu steigen. Liam erwartete mich grinsend, dirigierte mich einen muffigen Kellergang entlang und durch ein Treppenhaus wieder hinauf, bis wir endlich vor einer Wohnungstür stehen blieben. Auf der Fußmatte: *My home is my castle*. Stoppel-Piotr hantierte mit einem Schlüsselbund, Liam beugte sich über das Geländer und schaute abwechselnd nach oben und nach unten. Dann traten wir ein.

Die vorherrschende Farbe war Braun: eine mit Cord bezogene Sitzgarnitur, eine Durchreiche in Resopal und Teppichfliesen, die an einigen Stellen verrutscht waren.

Liam bedeutete mir, dass das Sofa für mich bestimmt war, und ließ sich in einen Sessel plumpsen. »Da sind wir«, verkündete er und schnäuzte sich erst mal ausführlich in ein riesiges Stofftaschentuch. »Der zweite Teil meiner Arbeit.«

»Wo sind wir hier?«, fragte ich, während ich allmählich im Cordpolster versank.

»Der Platz zu sein.« Liam beugte sich ein Stück vor. Er flüsterte: »Hier wir sind sicher vor der Sheriff!«

»Vor wem?«

»Vor dem, der aufpasst!«

»Was?« Keinen Schimmer, wovon er redete.

»Vor der Mafia, der polnische Mafia.« Er blickte sich verstohlen um, aber natürlich war da außer Stoppel-Piotr niemand. »Nicht viele wissen das. Ich biete exklusiver Service, ich würde sagen. Unabhängiger Service.«

Es klingelte.

»Sieh!« Liams Gesichtszüge entspannten sich. »Gerade in der Zeit.«

Stoppel-Piotr ging zur Tür und öffnete. Ein Mädchen drückte sich an ihm vorbei. Knappes Trägertop in Pink, Minirock in Khaki, die Lippen dunkelrot geschminkt. Hüftwackelnd kam sie näher, stolzierte einmal um den Wohnzimmertisch, um schließlich direkt neben mir ihren Hintern im Cord zu versenken.

»Das ist Aneta«, erklärte Liam.

Wie zur Bekräftigung schmiegte sich Aneta dicht an mich. »Trinken wir etwas?«, fragte sie auf deutsch. Die Vokale hüpften.

Liam schnippte mit den Fingern. »Piotr!«, rief er. »Champagner.«

Sogleich begab sich Stoppel-Piotr in die Küche. »*Kurwa*«, hörte ich, »*nie ma*«, schließlich erschien er mit einer Weinflasche, die er in die Runde zeigte. Liebfraumilch.

»Nun«, sagte Liam und betrachtete das Etikett. »Qualitätswein aus Deutschland.«

»Du bist auch aus Deutschland?«, ergänzte Aneta.

»Äh, ja.« War sie das, wofür ich sie hielt? Hatte Liam das mit *exklusiver Service* gemeint?

»Gefällt es dir in Warschau?«

Liam begann auszuschenken.

»Ja. Doch. Gut.« Smalltalk? Im Ernst? Und dann? Hatte Liam noch alle Tassen im Schrank?

»Das freut mich.« Aneta nippte an ihrem Wein.

Was machte ich hier eigentlich? Mir war schwindelig.

Stoppel-Piotr ging zu einer Stereoanlage, die zentral in einer ansonsten leeren Schrankwand platziert war, und legte eine Kassette ein. Eros Ramazzotti begann für uns zu singen, und Liam lächelte versonnen. Stoppel-Piotr verschwand aus dem Blickfeld.

»Auf die schönen Mädchen«, näselte Liam und hob sein Glas.

»Auf die Deutschen, auf die Engländer«, sagte Aneta.

»*United colors*«, sagte Liam.

»Du hast heute einen süßen Freund mitgebracht, Liam«, sagte Aneta. Ich spürte ihre Hand auf meinem Oberschenkel.

»Natürlich.« Liam kippte den Wein.

Ich wollte hier raus, ich hatte kapiert. Doch mein Versuch, aufzustehen, blieb schon im Ansatz stecken – im weichen und viel zu tiefen Sofa, vor allem aber im festen Massagegriff von Aneta.

»Bleibst du noch länger?«, fragte Aneta.

Ich überlegte, ob sie den heutigen Abend meinte oder meine Reise, meine Geschäftsreise.

»Nicht so lange«, meinte Liam, was mir auch nicht weiterhalf. Mir war übel.

Aneta schwenkte ihr Glas vor meinem Kopf, es war offensichtlich leer. »Du musst dich besser kümmern um das schöne Geschlecht.«

Liam prustete los. »Thomas muss noch üben, richtig?« Er angelte nach der Weinflasche und schenkte Aneta nach. Dann zeigte er auf mein Glas, das immer noch voll war. »Trink«, sagte er.

Ich machte eine abwehrende Handbewegung. »Ich muss gehen.«

Aneta knetete weiter meinen Oberschenkel.

»Nur eine kleine Massage«, säuselte Liam.

Ich schüttelte den Kopf.

»Was immer du willst. Du musst nur sagen. Dafür ich habe diesen Ort.« Liam zauberte eine Visitenkarte aus seiner Hosentasche, darauf ein Kussmund, fast wie beim Bonn-Logo, und eine Telefonnummer. »Ihr müsst nicht gehen in den Nachtclub, weißt du, deine Vater, deine Onkel. Einfach ruf mich.«

»Mach ich.« Was auch immer.

»Dort ist Mafia, hier bin ich.«

»Klar.«

»Nein, wirklich.«

Ich nahm doch noch den letzten Schluck. Anetas Hand rutschte immer höher an meinem Bein.

Dann war Stoppel-Piotr wieder da, ich hatte ihn schon fast vergessen. Er beugte sich zu Liam hinunter – das war recht tief – und flüsterte ihm etwas zu. Liam saß sofort aufrecht, griff nach seinem Telefon, ließ den Hörer aber wieder sinken.

»*Right*«, schnaubte er. »*Let's go there. Now.*«

Eros Ramazzotti schmetterte unverdrossen weiter.

Liam verzog das Gesicht, als er mich ansah. »Es tut mir leid zu sagen, aber wir müssen gehen.« Und zu Aneta: »Nächste Zeit. Sicher.«

»Liam, was …?«

Aber er schüttelte nur knapp den Kopf.

Aneta löste den Zangengriff um mein Bein, endlich, und stand auf. Sie lächelte mir noch einmal zu, sagte: »Du musst wiederkommen«, schon war sie durch die Tür nach draußen geschlüpft.

»Wenigstens«, brummte Liam, während er mich aus der Wohnung eskortierte, »du hast kennengelernt die Möglichkeiten. Mit mir du hast Spaß, wirklich. Alle haben Spaß. Alle. Ich sorge dafür. Immer.«

»Klar«, sagte ich. Wir standen neben dem Gestrüpp im Hof.

»Merk dir das!«

»Ja«, sagte ich. Und musste mich übergeben.

Vorspiel

Als ich mich fit genug fühlte, zum Frühstücken in die Küche zu gehen, erwartete mich Gregor mit einer Liste von Anrufen, die ich gestern Abend verpasst hatte. Dabei wollte ich einerseits möglichst schnell weg von hier, zurückfahren nach Deutschland, bevor noch etwas wirklich Schlimmes passierte. Andererseits musste ich noch einmal mit Maria reden. Denn welche Rolle spielte sie in diesem ganzen Theater? In welchem Verhältnis stand sie zu Liam?

Ungerührt zählte Gregor auf: »Roman, deine Onkel, deine Freundin.«

»Was, Gabi?«

»Weißt du nicht deine Freundin?«

»Doch, doch.«

»Nicht angerufen hat Ewelinka.« Er zündete sich eine Zigarette an. »Wo ist sie?«

»Eva?«

»Ewelinka, Ewelina, Ewa! Ich habe schon gerufen zu Mama. Zuletzt nicht gestern, vor dem gestern war sie dort. Jetzt ist sie weg.«

»Vorgestern«, sagte ich, »war sie in Starylasek. Über Nacht.«

»In Starylasek?«

»Ja. Also eigentlich war ich mit Maria dort. Und später ist Eva gekommen. Na ja, und dann hat sie auch dort übernachtet.«

»Über die Nacht? Sie hat noch nie.«

»Ich wusste nicht, dass sie kommt. Auch nicht, dass sie bleiben will.«

»Aber was ist passiert?«

»Gar nichts. Alle haben geschlafen. Und am nächsten Tag bin ich mit Maria gefahren. Das war gestern.«

»Und Ewa?«

»Ich weiß nicht. Sie sagte, sie hätte noch etwas zu erledigen auf dem Dorf. Ich dachte, sie würde dann auch wieder nach Warschau fahren.«

Gregor zog an der Zigarette, und es dauerte Ewigkeiten, bis er den Rauch Richtung Decke blies. »Alle werden verrückt«, sagte er leise.

Ich zeigte auf den vollgekritzelten Zettel, der auf dem Tisch lag. Die Anrufliste. »Was hat denn Gabi gesagt?«

»Du musst anrufen.«

»Und mein Patenonkel?«

»Eine Frau hat gerufen, dein Onkel will dich sprechen. Ich aber sage, Ewa und du arbeiten.«

»Das ist gut. Danke.« Zumindest ein bisschen Zeit gewonnen. Ich setzte mich.

»Aber du musst lösen deine Probleme doch.«

»Ja, ich weiß.« Ich stand wieder auf.

Während Gregor den perfekten Rauchkringel zur Decke steigen ließ, begab ich mich, den Zettel in der Hand, zu meiner Sitzbank.

Ich fing mit Roman an, das war sicher das am wenigsten komplizierte Gespräch, und wählte die Nummer der Galerie.

»Hallo?«, brüllte er.

»Ja, hallo. Roman?«

»*Yes, yes.* Frrreundschaft?« Seine Stimme klang rau.

Als ich ihn fragte, warum er angerufen habe, meinte er, ich würde ihn doch gerade anrufen. Meine Befürchtung: Er hatte schon wieder mehr als die letzte Flasche intus. Dann stellte er aber doch noch eine Frage: Ob ich wüsste, wo Maria steckte.

»*No*«, sagte ich.

»*Not good! Not good!*«

»*But* …«, fing ich an, doch Roman fiel mir sofort ins Wort. Er redete Englisch und Polnisch durcheinander, die Rs rollten, und ich bekam immer mehr den Eindruck, dass er mich für Marias Verschwinden verantwortlich machte. Ob er wusste, dass ich mit Maria weg gewesen war? Ich versuchte noch zu klären, ob Maria gestern Nachmittag in der Galerie angekommen war, nachdem ich sie an der Stadtmauer abgesetzt hatte, aber Roman schimpfte einfach weiter. Er wurde lauter und lauter. Mehrmals stach das Wort *kurwa* aus seinem Redefluss heraus – in welchem Zusammenhang auch immer. Schließlich legte er auf.

Was war hier los? Wo steckte Maria? Tofik saß zu meinen Füßen und sah mich mit seinen Dackelaugen an, er wusste es natürlich auch nicht. Aus der Küche murmelte weiter die Radiostimme. Maria hatte ihren eigenen Kopf, vielleicht war es nur das. Hoffte ich.

Vor mir lag Gregors Zettel. Wenn ich meinen Patenonkel nicht anrief, würde es weiteren Ärger geben. Gregor hatte die Nummer aufgeschrieben, obwohl ich die natürlich auch in meinem Taschenkalender stehen hatte. Nachdem die vielen Ziffern eingetippt waren, dauerte es eine Weile, bis ein entfernt klingendes Tuten aus dem Hörer drang.

»Kanzlei Dr. Moltke, Sie sprechen mit Frau Bachmann. Was kann ich für Sie tun?« Es war Helga, seine Sekretärin.

»Hier ist Thomas. Hallo. Ist mein Patenonkel da? Er hatte angerufen.«

»Gott sei Dank, Thomas. Du bist es. Das wurde aber auch Zeit, dass du dich endlich meldest!«, rief sie durch den Hörer.

»Ja, klar.«

Der Hund fing an zu schnarchen.

»Dein Patenonkel will schon seit Tagen mit dir sprechen. Aber ich konnte nur einen gewissen Schorsch erreichen, einen Herrn, der in Rätseln spricht.«

»Das ist Gregor oder eigentlich Grzegorz.«

»Bist du nicht bei dieser Eva?«

»Doch, doch. Er wohnt auch hier.«

»Nun gut, jetzt ist ja alles in Ordnung. Wir sind kurz vor dem Abschluss.«

»Abschluss?«

»Wer hätte das gedacht, zumal nach dem kruden Bericht von euch, dem einzigen, der überhaupt einging. Du glaubst nicht, wie oft ich deinem Vater erklären musste, dass wir alles tun, die Sache voranzutreiben. Und dazu bedurfte es schon richtiggehender Verrenkungen. Aber dann war wenigstens euer Sondierungsgespräch ein voller Erfolg.«

»Unser was?«

»Na, das Sondierungsgespräch mit dem potenziellen Vertriebspartner. Das Vorzimmer hat sich anschließend gleich gemeldet und Zustimmung signalisiert.«

»Zustimmung?«

»Thomas, pass auf. Ab hier übernimmt dein Patenonkel.«

»Zustimmung wozu?«

»Dr. Moltke hält das alles für durchaus vielversprechend. Ein Vertragsentwurf ist schon aufgesetzt.«

»Nein …«

»Doch. Alles unterschriftsreif. Heute wird ein neues Kapitel in der Geschichte der Meister Farben aufgeschlagen. Dein Patenonkel ist bereits auf dem Weg nach Warschau. Um genau zu sein: Er sitzt im Flugzeug, Ankunft 13 Uhr 55.«

»Heute?« Ich fuhr von der Bank hoch.

»Wie ich schon sagte: 13 Uhr 55. Je nachdem, wie weit der Flughafen außerhalb liegt, solltest du am besten gleich aufbrechen.«

»Aber der Direktor, ich weiß nicht, ob er wirklich verstanden hat, worum es uns geht. Wir müssen zuerst …«

»Dr. Moltke weiß, was er tut. Thomas, es ist Zeit zu handeln.«

»Aber warum habt ihr mir nicht früher gesagt, dass Onkel Manfred heute kommt? Dann hätten wir noch mal darüber sprechen können.«

»Das war ja genau das Problem.« Ich hörte Helga Luft holen. »Also: Sag dieser Eva noch einmal, dass sie zum Dolmetschen gebraucht wird. Ich habe das auch schon Schorsch klarzumachen versucht, aber weiß der Himmel, was der verstanden hat. Eva muss jedenfalls dabei sein, das ist dir hoffentlich bewusst.«

»Und wie.«

»Gut. Jetzt mach dich auf den Weg! Dein Patenonkel wartet nicht gerne. Auf Wiederhören, Thomas.« Sie legte auf.

Gar nicht gut, sagte ich mir. Das war alles überhaupt nicht gut. Ich musste zum Flughafen, da half nichts. Den Anruf bei Gabi vertagte ich kurzerhand erneut. Ich zog mein letztes sauberes T-Shirt über, schnappte mir Portemonnaie, Autoschlüssel und auch die Leica, sprintete zum Parkplatz, ließ den Citroën sich aufpumpen, hupte den Parkplatzwärter aus seinem Häuschen, um dann im Tiefflug die Weichsel zu überqueren. Am Flughafen parkte ich, wie von Eva gelernt, zwischen zwei Betonkübeln auf dem Gehweg und flitzte durch die Halle zu der Stelle, wo schon eine Traube von Menschen wartete. Es war fünf vor zwei.

Ich stützte mich auf ein Gitter, das in einigem Abstand vor einer Schiebetür aufgebaut war, und versuchte, wieder zu Atem zu kommen. Wie konnte mein Patenonkel nur so bescheuert sein, ausgerechnet jetzt nach Warschau zu kommen? Als hätte Liam persönlich ihn herbeizitiert. Um ihm seinen tollen Privatpuff zu zeigen. Und die Sache mit dem Vertrag war doch auch überhaupt nicht geklärt. Keine Ahnung, was Eva da mit dem Direktor besprochen hatte, ich verstand sie ja nicht einmal, wenn sie Deutsch sprach. Am meisten allerdings machte ich mir um Maria Sorgen. Wo steckte sie nur? Irgendetwas stimmte da nicht.

Aber nun würde mein Patenonkel nach dem Rechten sehen, wie er mir gleich zur Begrüßung mitteilte. Das wäre schließlich sein Job. Mit seinem schwarzen Samsonite-Koffer in der einen und der FAZ in der anderen Hand stand er vor mir wie eine Erscheinung aus einer anderen Welt. Hemd, Krawatte, dunkler Anzug, das Haar akkurat gescheitelt.

»Und wo hast du Eva gelassen?«, fragte er.

»Sie kommt später dazu.« Hoffte ich.

Das wollte er auch hoffen. »Es darf jetzt nichts mehr schiefgehen«, fügte er hinzu.

Ich nickte.

Onkel Manfred steuerte dem Ausgang zu. »Thomas, wir bringen jetzt Zug rein. Dein Vater soll Ergebnisse sehen.«

»Sicher.«

Wir traten ins Freie.

»Was macht der Citroën? Hat er sich bewährt?«

»Er hat jetzt eine Alarmanlage.«

»Also wissen die Polen inzwischen auch, was gut ist.«

»Eher, weil er doch ein bisschen auffällig ist.«

Onkel Manfred schmunzelte, als er den Citroën auf dem Gehweg entdeckte. »Du solltest besser mal überlegen, wo du parkst.«

Der Samsonite wanderte in den Kofferraum, die Zeitung in einen der Betonkübel.

Onkel Manfred klopfte auf das Armaturenbrett. »Na dann: *Avanti, avanti!*«

Ich ließ den Motor an. »Wohin denn überhaupt?«

»Ins Marriott. Du weißt, wo das ist?«

»Weiß ich.« Ich nahm die Schnellstraße Richtung Zentrum. »Hat Eva dir doch noch ein Zimmer organisiert?«

»Eva? Nein, Helga.«

»Helga sagte auch etwas von einem Vertrag …«

»Genau. Heute um vier ist das Treffen. Helga hat alles in die Wege geleitet. Was würde ich nur ohne sie machen.«

»Ich meine, was soll denn da besprochen werden? Ich bin mir nicht sicher, ob …«

»Thomas, hör mal zu. Genug geredet, jetzt wird gehandelt. Wir wollen einen Abschluss.«

»Ja, aber ist denn überhaupt schon klar, was abgeschlossen wird?«

»Thomas, heute Nachmittag kannst du mal sehen, wie man Geschäfte macht. Halt einfach Augen und Ohren offen.«

Als ich in der Hotelvorfahrt hielt, eilte der kräftige Herr im Frack sofort auf uns zu.

»*Good afternoon, Sir*«, begrüßte er meinen Patenonkel. »*Welcome back*«, sagte er zu mir.

Onkel Manfred schüttelte den Kopf. »Du bist schon Stammkunde?«

»Auf dem besten Weg dazu.« Ich gab dem Herrn einen Geldschein, und er deutete eine Verbeugung an.

An der Rezeption bekam mein Patenonkel seinen Zimmerschlüssel und verschwand damit Richtung Aufzug. Ich erkundigte mich, ob ich irgendwo telefonieren könne. Das war natürlich kein Problem, wenn ich nur die American Express-Karte, die mein Vater mir eigens für geschäftliche Ausgaben mitgegeben hatte, hinterlegte, woraufhin ich in einen fensterlosen Raum geführt wurde, in dem das gleiche Panasonic-Ungetüm stand, das ich von Eva schon kannte. Und genau die wollte ich ja auch anrufen. Es meldete sich aber nur Gregor, der mir versprach, Eva, wenn sie wieder auftauchte, sofort ins Marriott zu schicken. Ansonsten waren keine neuen Nachrichten für mich eingegangen. Nicht von Gabi und leider auch nicht von Maria.

Ich ging zurück zur Rezeption. Der kleine Belegzettel, den ich unterschreiben musste, zeigte erfreulich wenige Nullen – genau genommen gar keine. Es war ein Dollar-Betrag.

Nach mir übernahm Onkel Manfred den Raum, denn die Zeit bis zu unserem Termin ließ sich ja noch produktiv nutzen. Und so blieb mir nur, mich hinter der großen Glasscheibe in der Lobby niederzulassen und eine Cola zu bestellen.

Als irgendwann Onkel Manfred wieder auftauchte, musste es wohl kurz vor vier gewesen sein.

»Es wäre wirklich famos, wenn Eva sich noch die Ehre geben würde«, sagte er. »Ansonsten müssen wir uns gleich mit Händen und Füßen verständlich machen.«

»Der Pole ist doch auch noch nicht da.«

»Der kommt aber jetzt. Es ist vier.«

Er kam nicht. Gut so. Dann war es wenigstens nicht meine Schuld, wenn das alles nichts wurde.

Um Viertel nach verschwand Onkel Manfred wieder in dem Telefonzimmer, nur um kurz darauf wieder vor mir zu stehen.

»Polnische Wirtschaft«, schnaubte er. Setzen wollte er sich immer noch nicht. »Das war doch eine ganz klare Sache. Hat Helga mir auch noch mal bestätigt. Und jetzt behaupten sie, wir hätten etwas ganz anderes vereinbart.«

»Was denn vereinbart?«

»Unser Treffen. Nicht 16, sondern 20 Uhr. Sie sagen, um acht sei das Treffen. Wie kann man sich so vertun?«

Wenn's nur das wäre, dachte ich, sagte aber nichts.

In diesem Moment hörte ich ein Schnalzen. Als ich mich umwandte, sah ich zuerst ein grün glänzendes Sakko, dann eine gestreifte Hose. Liam grinste schief. Er stützte sich mit einer Hand auf der Lehne meines Sessels ab und schaukelte mit der anderen seinen Telefonkoffer.

»Du weißt«, sagte er, »wo du musst hingehen.«

»Liam? Was machst du hier?«

»Billard.« Er zwinkerte mir zu. »Hier nur Billard.«

Mein Patenonkel räusperte sich und streckte Liam die Hand entgegen.

»Das ist Liam, äh, Miller, ein Bekannter«, sagte ich schnell.

»Es ist Liam, einfach Liam. Ein Freund, du kannst sagen«, wandte Liam ein.

»Doktor Moltke, angenehm.«

»Oh, Ihr seid Arzt?«

»Anwalt.« Er zog ein silbernes Etui aus seiner Jackeninnentasche, klappte es auf und überreichte Liam eine Visitenkarte. »Rechtsbeistand von Herrn Meister senior, dem Vater von Thomas.«

»Aber das ist wunderbar. Jetzt ich sehe. Ich habe schon viel gehört.«

Onkel Manfred sah mich überrascht an.

»Liam, äh, Mr. Miller macht auch Geschäfte in Warschau«, sagte ich.

»Und in welcher Branche sind Sie tätig?«

»Oh, das sind viele Geschäfte. Aber hauptsächlich Service für Wirtschaft und für die, die dort arbeiten. Verschiedene Service.«

Mein Patenonkel wirkte nicht, als ob er verstehen würde. Er nickte trotzdem.

»Aber im Marriott nur kleine Geschäfte«, erklärte Liam grinsend und fügte hinzu: »Im Marriott ist trotzdem gut zu wohnen.«

»Ja«, bestätigte Onkel Manfred. »Geschäfte machen kann man hier sicher auch. Deshalb sind wir jedenfalls hier.«

»Oh wirklich?« Liam zog eine Grimasse.

»Wenn denn die Herrschaften um acht zu kommen geruhen.«

»Sicher ich hätte euch eine andere Platz empfehlen können.«

»Das ist sehr aufmerksam, vielen Dank, aber nicht nötig.« Onkel Manfred wandte sich an mich: »Thomas, du sorgst bitte dafür, dass Eva erscheint! Was sollen wir sonst mit dem polnischen Direktor anstellen? Das gibt's doch gar nicht, dass sie das so wenig ernst nimmt.« Er schielte schon wieder Richtung Telefonverschlag.

Liam wippte auf den Zehenspitzen. »West trifft Ost, richtig, Thomas?«

»Ja, genau.« Ich wollte einfach nur, dass er ging.

»Du erinnerst dich: Alles ist möglich. Und abends schon überhaupt.«

»Hm.«

Onkel Manfred nickte Liam kurz zu, sagte: »Wenn Sie mich entschuldigen wollen?«, und verschwand.

»Natürlich«, sagte Liam und zu mir: »Dann wir sehen uns später noch. Egal wie spät.« Er zwinkerte mir verschwörerisch zu.

»Mal seh'n«, sagte ich.

»Aber zuerst ihr habt eure Treffen.«

»Lässt sich wohl nicht mehr verhindern.«

»In der Marriott. Nun gut.« Liam streckte den Zeigefinger in die Höhe und pustete gegen die Fingerspitze. »Ich sage immer: der beste Saloon im wilden Osten – so lange du nicht provozierst den Sheriff.«

Tischdame

Vielleicht wäre mir nicht alles komplett entglitten, wenn ich früher dagewesen wäre. Nicht erst um acht. Aber mit meinem Patenonkel war ja ohnehin kein vernünftiges Gespräch zu führen, weil er ständig in der Lobby herumrannte und irgendwelche dringenden Telefonate erledigen musste. Deshalb war ich zu einem Spaziergang rund um den Kulturpalast aufgebrochen und hatte mir gegenüber bei McDonald's einen Big Mac und eine kalte Cola gegönnt. Vom ersten Stock aus, wo man in Ruhe sitzen konnte, hatte man einen perfekten Blick über das gesamte Areal, und ich hatte schon die Leica zur Hand, aber irgendwie war ich nicht in der Stimmung. Vielleicht später.

Zurück im Marriott ließ ich mir von der Dame an der Rezeption den Weg zum Restaurant erklären und nahm, wie empfohlen, den Aufzug. Auf den Glockenschlag – so hätte mein Vater gesagt – glitten die Türen auseinander, und vor mir öffnete sich ein breiter, von Gummibäumen gesäumter Gang. Den braunen Lockenschopf sah ich schon von weitem. Maria. Und sie war nicht allein. Sie stand, in ein lebhaftes Gespräch verwickelt, mit meinem Patenonkel und dem dicken Direktor zusammen; außerdem war da noch ein großes blondes Mädchen, das mir den Rücken zuwandte. Als sie sich umdrehte, stachen mir zuerst die knallrot geschminkten Lippen ins Auge. Ich kannte sie von gestern Nacht. Aneta.

»Hallo, Thomas«, sagte sie.

Ich sagte erst mal gar nichts. Was um Himmels willen machte diese Aneta hier? Und Maria erst? Ich suchte Blickkontakt, aber sie verzog das Gesicht und blickte zur Seite.

»Was tust du hier?«, fragte ich.

»Aber du hast meine Nachricht …?«

»*Dzień dobry*«, unterbrach uns der Direktor und drückte mir die Hand.

»Welche Nachricht?«, fragte ich, doch nun war es mein Patenonkel, der mich zur Seite nahm.

»Also wirklich, Thomas«, sagte er. »Du hast ja zwei sehr nette junge Damen kennengelernt in Warschau.«

Die nette junge Aneta trug eine Netzstrumpfhose unter extrem kurzem Rock! Hatte er keine Augen im Kopf? Maria dagegen war wie eine Geschäftsfrau gekleidet, mit weißem Jäckchen und fliederfarbener Bluse. Da standen sie, rechts und links vom Direktor, der ihnen die Arme um die Schultern gelegt hatte und unablässig auf sie einredete. Aneta kicherte hinter vorgehaltener Hand. Was wurde hier gespielt?

»*Table for five?*« Ein Kellner im Frack hatte sich neben uns aufgebaut.

»Oh, komme ich gerade richtig«, flötete es hinter mir. Unter einem ausladenden Strohhut mit rotem Band flog Eva auf den Direktor zu, der ihre Hand nahm und einen schmatzenden Kuss darauf setzte.

»Eva, verdammt! Wo warst du?«, fragte ich.

»*Panie Dyrektorze*«, sagte Eva.

»*Dzień dobry, pani* Ewa«, sagte der Direktor.

»Dann müssen Sie Eva sein«, sagte mein Patenonkel.

»Oh ja«, sagte Eva. »Guten Abend.«

»Moltke. Doktor Manfred Moltke.«

»Ach, wie nett, Sie kennenzulernen.« Eva hielt ihm den Handrücken hin, aber er nahm die ganze Hand und schüttelte sie kurz.

»Ganz meinerseits.«

»Hat mir Thomas schon so viel von Ihnen erzählt.« Eva rückte an ihrem Hut herum. »Ist das alles so aufregend.«

»*Six?*« Der Kellner stand immer noch da mit seinem durchgedrückten Kreuz.

»Also ich«, sagte Eva und drehte sich um die eigene Achse, »hätte jetzt gerne etwas zu trinken.«

Aneta tuschelte mit dem Direktor. Und diesmal war er es, der kicherte. Dann aber hatte er sich wieder gefangen und sagte etwas, das Eva mit einem Nicken quittierte.

»Möchte der Herr Direktor, dass wir die jungen Damen einladen«, sagte Eva. »Sagt er, die Kooperation ist beschlossen. Ist er sich einig mit Herrn Manfred. Können wir uns die Unterschriften für das Dessert aufsparen.«

Mein Patenonkel fuhr sich mit der Hand übers Gesicht. Dann setzte er wieder sein Lächeln auf. »So sehr ich«, hob er an, »die Gesellschaft dieser beiden Damen schätze, denke ich doch, dass unser Treffen zunächst einen primär geschäftlichen Charakter hat. Wir müssen uns noch intensiv mit dem Vertrag auseinandersetzen. Sicherlich gibt es die eine oder andere Frage von polnischer Seite. Wir hatten ja nicht viel Zeit zur Vorbereitung. Später ist dann immer noch Gelegenheit für einen gemütlichen Ausklang.« Er musste husten. »Eva, wenn Sie das bitte übersetzen wollen.«

Eva fummelte gerade an ihrem Hutband herum und zuckte zusammen, als ihr Name fiel. Sie sagte dann aber trotzdem kurz etwas auf Polnisch.

Der Direktor nickte und sagte: »*Dobrze.*«

»Was hat er gesagt?«, fragte Onkel Manfred.

»Findet er es gut.«

»Ja, was denn?«

»Ist es eine gute polnische Sitte, hübsche Frauen einzuladen.«

Der Direktor hatte längst seinen Ellenbogen ausgeklappt, damit Maria sich einhaken konnte. Aneta rückte ein Stück näher an meinen Patenonkel heran.

»Nun gut«, lenkte Onkel Manfred ein. »Da wollen wir mal nicht so sein.« Er wandte sich Aneta zu: »Dann betrachten Sie sich bitte als Gäste der Meister Farben GmbH & Co. KG.«

Der Kellner war schon vorangeschritten, hinter ihm der Direktor und Maria. Ich versuchte, aufzuschließen. Im Slalom ging es zwischen den Tischen hindurch, die alle eingedeckt, aber nur vereinzelt besetzt waren.

»Was machst du hier?«, flüsterte ich Maria von hinten zu.

Da griff Eva nach meinem Arm. »Seid ihr doch zwei Turteltauben! Nicht einen Moment könnt ihr voneinander lassen. Selbst bei Grzegorz ruft sie schon dauernd an.« Sie grinste unter ihrem Hut hervor. »Ist Liebe immer dringend.«

Maria war weitergegangen, und nun überholte uns auch noch das nächste Paar, Onkel Manfred und Aneta.

Wir kamen alle an einem großen runden Tisch am Fenster zusammen, der Blick ging auf den bereits erleuchteten Hauptbahnhof. Maria war schon um den Tisch herum gestöckelt und nahm den Direktor zu ihrer Rechten, Onkel Manfred zu ihrer Linken. Eva setzte sich neben den Direktor, Aneta neben meinen Patenonkel. Blieb für mich der Platz zwischen Eva und Aneta, womit sich der Kreis schloss und Maria mir gegenübersaß.

Der Direktor hatte sein goldenes Zigarettenetui gezückt und bot reihum daraus an. Maria und Aneta griffen zu. Es war das erste Mal, dass ich Maria rauchen sah.

Der Kellner war bei uns geblieben. Kerzengerade stand er da, die Augenbrauen hochgezogen. Es ging um den Aperitif.

»Campari Orange«, sagte Onkel Manfred.

»Sex on the beach!«, rief der Direktor und lachte dröhnend.

»Champagner«, sagte Eva und dann zu Maria und Aneta: »Bestimmt ihr doch auch?«

Sie nickten.

Ich sagte nichts. Der Kellner wirkte trotzdem zufrieden und verschwand.

»Ach, wie stilvoll«, freute sich Eva. »Hat jeder der Herren eine Tischdame.«

Sie schob ihren linken Unterarm in Richtung des Direktors, doch der zeigte ihr nur den Rücken, weil er gerade Maria einzelne Details aus der Speisekarte zu erklären hatte, wozu er eng an sie herangerutscht war. Auch Onkel Manfred schien sich mehr für die Dame zu seiner Linken, für Aneta, zu interessieren – wo es doch laut Knigge genau umgekehrt hätte sein müssen, nämlich Maria zu seiner Rechten als seine Tischdame. Nicht, dass das viel besser gewesen wäre. Aber Aneta hatte einen so überzeugenden Augenaufschlag, dass Onkel Manfred einfach zurücklächeln musste.

»Wie kommt es«, fragte er, »dass Sie so gut Deutsch sprechen?«

»Ich habe Deutsch in der Schule gehabt, bis zur Matura.«

»Sehr beeindruckend. Sie haben Talent.«

»Deutsch ist eine schöne Sprache. Sie ist sehr wichtig, wenn man in Deutschland arbeiten will – oder für die Deutschen.«

»Und jetzt studieren Sie wahrscheinlich?«

»Nein, leider noch nicht. Ich würde aber gerne Germanistik studieren, wenn ich dafür genug Geld gespart habe.«

»Ganz ähnlich wie bei unserem Thomas. Er muss auch noch etwas Zeit überbrücken, bis er studieren kann. BWL allerdings. Das Warten kann ganz schön lästig sein. Da muss man sich gut überlegen, was man so lange macht.«

Aneta warf mir einen kessen Blick zu.

»Die Zukunft steht Ihnen offen, kann ich nur sagen.« Onkel Manfred legte seine Hand auf Anetas Arm. »*Carpe diem!*«

Blieben noch Eva und ich.

»Haben wir das gut eingefädelt, wir beide«, hörte ich sie sagen.

Ich drehte mich zu ihr. »Ehrlich gesagt habe ich nicht den geringsten Schimmer, was hier eigentlich gespielt wird.«

Eva rückte schon wieder an ihrem Hut herum. »Wieso gespielt? Das ist Ernst.«

»Ja, eben.« Ich musste aufpassen, dass ich nicht laut wurde. »Das kann doch alles nicht wahr sein! Schau dir doch mal die Runde hier an. Weißt du überhaupt, wer da sitzt?«

»Schätzchen, geht so die Wirtschaft.« Eva lehnte sich zurück.

»Nein, du verstehst nicht.«

»Musst du dich nicht gleich aufregen, wenn deine Maria sich einmal nicht vergnügt mit dir.«

Ich starrte sie an. Machte sie mir etwas vor? Nein, sie hatte ganz offensichtlich noch weniger Ahnung als ich, was hier vor sich ging.

»*Dobrze*«, hörte ich den Direktor rufen. Die Getränke waren angekommen.

Onkel Manfred hielt sein Glas am höchsten. »Auf unser …«, setzte er an, da rief der Direktor: »*Na zdrowie!*«

»*Na zdrowie*«, echote Aneta.

Onkel Manfred streckte dem Direktor das Glas entgegen, offenbar wollte er mit ihm anstoßen, aber der hatte seinen Drink schon an den Lippen – Strohhalm und Orangenscheibe lagen auf der Serviette – und trank in großen Schlucken.

»Wohlsein«, sagte Onkel Manfred.

Der Direktor grinste und prostete ihm mit seinem halb ausgetrunkenen Glas zu.

Während im Restaurant die Lampen über den Tischen warmes Licht verbreiteten, versank im Hintergrund die Stadt in der roten Dämmerung. Ich konnte mein Spiegelbild in der Glasscheibe erkennen. Zwischen den Anzügen und Kleidern wirkte ich in meinem gestreiften T-Shirt und dem Kamerariemen quer über der Brust wie ein Tourist, der versehentlich in das falsche Lokal geraten war. War ich ja auch, so wie es aussah. Verdammt falsch. Maria jedenfalls wich beständig meinem Blick aus.

»Eva …« Onkel Manfred langte quer über den Tisch, um ihre Hand anzutippen. »Vielleicht könnten Sie bitte mal übersetzen.« Er hielt sein Glas wieder in die Höhe.

»Oh, ein Toast.« Eva wippte auf der Stuhlkante. »*Panie Dyrektorze …*«

Der Direktor stellte das leere Glas ab, wischte sich noch schnell mit dem Handrücken über den Mund und drehte sich zu Onkel Manfred.

»Sehr verehrter Herr Direktor, liebe Anwesende. Heute ist ein großer Tag für uns alle, und das wollen wir feiern!«

»Bravo!« Eva klatschte in die Hände.

Onkel Manfred stutzte, dann fuhr er fort: »Vor zwei Wochen war es noch ein abstrakter Wunsch, nun wird es Wirklichkeit: Europa wächst zusammen. Wir rücken zusammen. Unsere Unternehmen wollen kooperieren. Oder wie wir Altphilologen sagen: *Similis simili gaudet.*«

Ich stieß Eva in die Seite. Sie guckte mich kurz an, dann sagte sie: »Da komme ich ja ganz durcheinander. Sie sind so polyglott, Doktor Moltke.«

Mein Patenonkel wirkte etwas ratlos. »Soll ich noch einmal wiederholen …?«

»Nein, nein. Simuli, simula, schon ich übersetze für den Herrn Direktor.« Was sie dann auch tat. Zumindest redete sie für eine Weile Polnisch und ließ sich auch nicht vom Kellner unterbrechen, der wieder neben unserem Tisch aufgetaucht war. Der Direktor dagegen nahm die Speisekarte zur Hand und diktierte dem Kellner nicht nur seine, sondern offenbar auch Marias Bestellung in den Block, denn sie war dicht an ihn herangerückt, um ihm die nötigen Stichworte zu geben.

»… Simulation«, schloss Eva und blickte den Direktor erwartungsvoll an.

Der kratzte sich am Kopf und sah zu meinem Patenonkel hinüber. Onkel Manfred nickte munter. Der Kellner räusperte sich, er stand direkt neben ihm.

»Oh, sollen wir das Essen bestellen?«, sagte Eva und raschelte mit der Karte.

»*Ladies first*«, sagte Onkel Manfred.

»Danke, ich habe schon bestellt«, sagte Maria und zog eine neue Zigarette aus dem ihr dargebotenen Etui.

»*Pstrąg*«, sagte Aneta zum Kellner, und zu meinem Patenonkel gewandt: »Das heißt …«

»Forelle«, sagte ich.

»Du nimmst Forelle?« Onkel Manfred blätterte in seiner Karte. »Wo steht das?«

»Weiß nicht, habe nur übersetzt.«

»Donnerwetter, der junge Mann ist schon ein halber Pole geworden. Da will ich natürlich nicht nachstehen.« Er fuhr mit dem Finger über die Seite, stutzte. »Oh, das ist ja Englisch.«

Der Kellner verzog keine Miene.

»Dann einen Caesar Salad, bitte. *Please.*«

»*Dorsz, proszę*«, sagte Eva.

Als der Kellner mich ansah, schüttelte ich den Kopf.

»*Wódka*«, sagte der Direktor und pustete Rauch über den Tisch.

»Das habe ich verstanden«, sagte Onkel Manfred. »Dann muss ich wohl gar nicht mehr die Weinkarte konsultieren. Also gut: Wodka!« Er lachte, und der Direktor lachte auch. »Vielleicht können wir ja noch eine Flasche San Pellegrino dazu bekommen.«

Aber der Kellner war schon verschwunden.

Ich sah zu Maria hinüber, endlich trafen sich unsere Blicke. Sofort schlug sie die Augen nieder. Von ihrer glimmenden Zigarette fiel Asche auf den Tisch.

»Maria!«, zischte ich.

Jetzt schüttelte sie den Kopf. Wie ein Vorhang fielen ihr die Locken ins Gesicht. Dann drehte sie sich wieder zum Direktor und zog an der Zigarette.

Ich suchte den Blickkontakt zu meinem Patenonkel, doch der hielt gerade seinen Siegelring zwischen zwei Fingern. Aneta beugte sich darüber, während er auf sie einredete.

Von der anderen Seite quatschte Eva. »Habe ich jetzt aber wirklich Hunger.«

»Und ich werde noch wahnsinnig hier.«

»Aber ist es doch so nett. So gediegen. Kann ich auch mit Firma Moldor herkommen.«

»Eva …«

»Geschäftlich. Weißt du, sind das doch Amerikaner, also nicht alle, auch Deutsche. Aber sehr polyglott. Wird es ihnen hier gefallen.«

»Eva, wir müssen das hier beenden.«

»Was? Nein, fangen wir gerade erst an, Schätzchen.« Sie zeigte auf den Kellner, der auf seinem silbernen Tablett eine Flasche Wodka und Gläser brachte.

»*Proszę bardzo*«, sagte der Direktor und half dem Kellner, die Gläser zu verteilen. Danach nahm er ihm die Flasche aus der Hand. Jeder bekam bis zum Rand eingefüllt, der Direktor hob sein Glas und ließ seinen Blick im Kreis wandern. Er strahlte.

Onkel Manfred wandte sich an Aneta: »Sie übersetzen aber bitte den Toast!« Dann sah er den Direktor erwartungsvoll an.

»*Do dna!*«, sagte der und stürzte den Wodka.

Onkel Manfred schaute wieder zu Aneta.

»Bis zur …« Aneta legte die Stirn in Falten, sagte schließlich: »bis zur Neige«, und tat es dem Direktor nach.

»Was?«

»Na, den Wodka. Austrinken!«

»Ach so. Verstehe. Sehr gut.« Onkel Manfred trank. Als er das Glas absetzte, musste er ein Husten unterdrücken.

»*Dobrze?*«, fragte der Direktor und grinste.

»Er fragt, ob Sie den Wodka mögen«, sagte Aneta.

»Doch, gut.« Er hüstelte noch einmal kurz, hielt dann aber den Daumen nach oben. »Sehr gut.«

Der Direktor schien sich zu freuen. Und das musste er natürlich gleich Maria mitteilen, die darauf eine neue Fluppe annahm. Kaum hatte er ihr Feuer gegeben, zog er erst das Jackett aus, dann verschwanden seine Hände unter dem Tisch. Der Direktor schaukelte bedenklich auf seinem Stuhl, bis er endlich einen Wimpel zutage förderte und meinem Onkel rüberschob. Es war der gleiche, den ich bekommen hatte: das Logo mit den gekreuzten Pinseln. Der Direktor gab Eva dazu ein paar Stichworte.

»Doktor Moltke, oder darf ich Herr Manfred sagen?«, wandte sich Eva an meinen Patenonkel. »Der Herr Direktor überreicht Ihnen dieses Geschenk als Zeichen …«, sie blickte wieder zum Direktor, der lächelte und nickte, »… als Zeichen.«

»Oh, sehr freundlich.« Onkel Manfred betrachtete den Wimpel. »Das sind ja Pinsel. Sehr passend.«

Der Direktor schenkte die nächste Runde aus.

»Auf«, sagte Onkel Manfred, »die gemeinsamen Pinsel.« Er hielt sein Glas in die Höhe und der Direktor auch. Diesmal stießen sie an und kippten dann synchron den Wodka.

Aneta berührte die Hand von Onkel Manfred. »Ich komme gleich zurück.« Sie klemmte sich eine rosa Handtasche unter den Arm und verschwand.

Ich stützte mich auf den freien Stuhl. »Onkel Manfred, ich muss dir etwas sagen.« Ich holte Luft. »Aneta ist nicht bloß eine Freundin. Sie ist Prostituierte. Und Maria …«

Onkel Manfred griff nach meinem Arm. »Du musst gar nichts erklären. Du weißt ja, ich habe Schweigepflicht. Von mir erfährt Gabi nichts.«

»Nein, warte. Das ist nicht das einzige Problem. Auch der Direktor, er ist ein Schlitzohr. Wir müssen das hier abbrechen. Sofort.«

»Thomas. So kenne ich dich ja gar nicht.« Er legte die Stirn in Falten. »Was habe ich dir schon in Berlin gesagt? Falls etwas passiert, Ruhe bewahren! Aber was soll schon passieren?«

In diesem Moment kam das Essen. Mehrere Kellner schoben allen gleichzeitig von rechts die Teller unter und waren dann genauso schnell wieder verschwunden, wie sie gekommen waren.

Ich leerte meinen Wodka.

»*Smacznego!*«, rief Eva und hantierte schon mit ihrem Besteck.

»*Smacznego*«, sagten die übrigen Polen am Tisch. Aneta kam auch gerade zurück.

»Schmatz net!«, rief mein Patenonkel und lachte.

So ganz hielten sich nicht alle an seine Mahnung, aber der Lärmpegel im Saal war ohnehin deutlich gestiegen. An den anderen Tischen saßen inzwischen auch überall Leute. Eine ganze Armada von befrackten Kellnern wuselte zwischen ihnen umher. So konnte auch die leere Flasche, die der Direktor in der Luft schwenkte, sofort ersetzt werden.

»*Dobrze*«, sagte er und lockerte seine Krawatte. Ihm schmeckte es offenbar. Worauf natürlich gleich noch einmal angestoßen werden musste.

Onkel Manfred verschluckte sich an einem Salatblatt, und Aneta klopfte ihm auf den Rücken. Der Direktor schenkte weiter aus. Eva kicherte vor sich hin. Maria hielt den Kopf gesenkt und rauchte.

»Herr Direktor!« Onkel Manfred räusperte sich. »Es ist mir eine ausgesprochene Ehre, mit Ihnen ins Geschäft zu kommen …«

»Maria«, sagte ich und beugte mich weit über den Tisch, »ich weiß jetzt …«

»… und darüber hinaus …«

»… dass ich mich …«

»… sogar freundschaftliche Bande zu knüpfen.«

»… in dir getäuscht habe.«

»Das ist wahrlich …«

»Ich hatte gedacht …«

»… immer noch nicht selbstverständlich …«

»… das wäre etwas Besonderes …«

»… vor dem Hintergrund unserer dunklen Geschichte.«

»… zwischen uns.«

»Und darauf«, sagte Onkel Manfred und ließ seinen Blick schweifen, »wollen wir anstoßen!«

Für einen Moment war Ruhe. Die Gläser schwebten in der Luft, die Blicke wanderten in der Runde umher, nur Maria sah mich unverwandt an. Ihre Augen waren gerötet. Alle wollten gerade trinken, da sagte der Direktor noch etwas. Allem Anschein nach ebenfalls einen Toast. Er schloss mit dem Wort *inwestycja*.

Ich erstarrte. Hörte denn niemand zu? Nein, Onkel Manfred trank, alle tranken. Nur der Direktor, der schob eine Hand unter den Tisch. Und Maria zuckte zusammen.

Ich schnellte in die Höhe. »Stopp!«

Die Hand des Direktors kam wieder zum Vorschein. Onkel Manfred wuchtete gerade einen Stapel Papier auf den Tisch.

»Kein Grabschen«, sagte ich und zeigte mit dem Finger auf den Direktor. »Und auch kein Business!« Nun hatte ich auch die Aufmerksamkeit von Onkel Manfred.

»*Some more wodka?*« Der Kellner hielt eine Flasche in die Höhe.

»*Stop it!*«, schrie ich ihn an. »*Go! Just go!*« Ich fuchtelte mit beiden Händen, wollte alle verjagen, aber nur der Kellner reagierte und machte einige Schritte rückwärts.

»Thomas …« Mein Patenonkel stand jetzt auch. Er stützte sich auf den Papieren ab. »Bist du denn von allen guten Geistern …«

»Nein!«, rief ich. »Du hast es mir beigebracht: Brand melden, in Sicherheit bringen!«

Ich griff an Aneta vorbei nach den Blättern und zog sie ihm unter den Händen weg. Kurzentschlossen riss ich sie in der Mitte durch.

»*Cholera*«, schnaubte der Direktor.

»Er will nur unser Geld«, sagte ich zu meinem Onkel. »Das wir nicht haben!« Und zum Direktor: »*No inwestycja!* Das verstehen Sie doch. Ich bin der Sohn, ich heiße Meister, merken Sie sich das. Mein Onkel ist nur der Anwalt. Wie gesagt: *no business. Good-bye.*«

Ich schleuderte ihm die Papierfetzen entgegen.

Der Direktor machte den Mund auf und wieder zu. Daraufhin warf er die Serviette auf den Tisch, wuchtete sich hoch und stampfte davon.

»Und auch für die beiden Mädchen gilt: *No business.*«

Aneta warf mir giftige Blicke zu.

»Thomas …« Maria liefen Tränen über die Wangen. »Weißt du gar nicht, warum ich hier bin?«

»Es ist besser, ihr geht jetzt.«

»Wir hätten es gleich geschafft.«

Wovon redete sie? Es war ja offensichtlich, was sie hier schaffen wollte!

Als Maria sich bückte, um nach ihrer Handtasche zu greifen, glitt etwas golden Glänzendes aus ihrer Bluse. Der Schmetterling! Sie trug immer noch meine Kette! Wie versteinert beobachtete ich, wie Maria hinter Aneta her Richtung Ausgang stürmte.

Mein Patenonkel ließ sich auf seinem Stuhl nieder, ächzte. Er sah blass aus. »Das hast du ja wunderbar hinbekommen«, sagte er.

»Jetzt sind doch tatsächlich alle gegangen«, sagte Eva. Sie hatte ihren Hut abgenommen und fingerte an dem roten Band herum.

»Ist dir eigentlich klar, was du da gerade getan hast?«, fragte Onkel Manfred und sah mich an.

Nein, das wusste ich nicht. Nicht mehr.

Stadtrundfahrt

Die 168 PS schüttelten den Citroën ordentlich durch – was aber auch an den tiefen Querrillen lag, die sich vor der Ampel im Asphalt gebildet hatten. Ich gab trotzdem Gas, und hinter der Kreuzung wurde es besser. Den Kulturpalast hatte ich bereits hinter mir gelassen, nun ging es in einem weit geschwungenen Bogen an einem Park vorbei. Nur weg von hier, dachte ich, weg vom Marriott. Hinein in die Nacht und darin verschwinden.

Es waren nicht mehr viele Autos unterwegs, fast wirkte es, als wäre selbst die Straßenbeleuchtung heruntergedimmt. Ich überholte eine Straßenbahn, die in ihrem Gleis schaukelte, ihre beiden Wagen unbeleuchtet. Alles war aus, zu Ende. Die Rettung unserer Firma gescheitert, Maria weg. Ich musste schlucken. Ja, ich hatte Maria verloren. Endgültig. Wenn sie denn je zu mir gehört hatte.

Die Trasse war breit und schnurgerade. So musste ich nicht viel nachdenken. Wohin ich fuhr zum Beispiel. Oder wie es jetzt weitergehen sollte. Ab und an ein Zebrastreifen, den man als Autofahrer aber nicht beachten musste, eine ausgeschaltete Ampel. Und wenn ausnahmsweise mal ein Platz zu umrunden war, ging es danach gleich weiter auf derselben Achse, Kilometer um Kilometer.

Schließlich zwang mich die Straße aber doch zu einer kurzfristigen Entscheidung. Sie hörte nämlich einfach auf. Das heißt, sie machte noch einen kleinen Bogen, eine letzte Zuckung quasi, dann ging der Asphalt in Schotter über, eine Fläche, von der nicht zu sagen war, ob hier mal etwas gebaut werden sollte, Häuser oder auch nur die Fortsetzung der Straße. So oder so, ich musste wenden.

Ich kurbelte am Einspeichenlenkrad, das Auto wippte, Schotter flog auf; dann fuhr ich zurück, wie ich gekommen war. Als ich aber in der Ferne wieder den Kulturpalast auftauchen sah, beschloss ich, in eine Seitenstraße einzubiegen. Wo ich mich befand – keine Ahnung. Manchmal meinte ich, etwas wiederzuerkennen, dann war wieder alles fremd.

Umso deutlicher leuchtete mir plötzlich die grüne Harfe entgegen. Es war der Irish Pub, der mit Liams Billardtischen und Kondomautomat. Ich bremste. Eines war mir inzwischen klar: Maria war nicht freiwillig im Marriott gewesen, Liam hatte sie gezwungen. Liam, der Automaten-Mann, der Curry Club-König, der Privat-Puff-Betreiber. Warum hätte sie sonst die Kette getragen? Sie liebte mich. Und ich hatte ihr das Schlimmste unterstellt, vorhin im Marriott. Trotz der Nacht in Starylasek, trotz unseres Morgens am Flussufer! Was war ich nur für ein Idiot. Warum hatte sie mir nichts gesagt?

Ohne genau zu wissen, was ich eigentlich vorhatte, stellte ich das Auto ab und steuerte auf das Harfen-Schild zu, zog die Tür auf. Laute Musik, Rauch und Bierdunst schlugen mir entgegen. Es war brechend voll. Ich arbeitete mich zum Tresen vor.

Und stieß auf Fletcher.

»*Fuck!*«, rief er, als er mich sah, und knallte sein Bierglas auf den Tresen. Es war ohnehin fast leer.

»Hi«, sagte ich und sah mich kurz um, konnte aber sonst niemanden von den Curry Club-Figuren erkennen. Auch nicht Liam.

»*You crazy motherfucker*«, sagte Fletcher. Er lehnte an der Reling und stierte mich aus glasigen Augen an.

Der Barkeeper schob mir ein Glas schaumloses Bier über den Tresen. Immerhin kalt. Ich trank es in einem Zug aus.

Die Zeit nutzte Fletcher, um sich selbst auch ein weiteres Bier geben zu lassen. Solchermaßen versorgt stand er da, schwer atmend, dann begann er, auf mich einzureden.

Ich verstand immerhin so viel, dass er schon von den Ereignissen im Marriott gehört hatte. Offenbar war er von Liam übers C-Netz angerufen worden. Fletcher gab mir zu verstehen, Liam würde keinen Spaß verstehen, wenn es um seine Mädchen ginge. Überhaupt nicht. Er würde für sie sorgen, sie gehörten ihm. Flechter wurde immer kurzatmiger, sein Gesicht glühte. »*You are dead*«, schloss er. Und damit ich auch wirklich verstand, vollzog er mit der Hand einen glatten Schnitt unter seinem Doppelkinn.

Tot, schon klar. Aber, verdammt, entscheidend war: Hatte Liam sie jetzt in seiner Gewalt? War sie bei ihm? Sein Mädchen – Maria? Bestimmt hatte er sie gleich abgefangen, als sie aus dem Restaurant gelaufen kam. Ich zeigte dem Barkeeper das V-Zeichen, das er richtig als Bierorder verstand – für Fletcher und mich.

Ein Glas später wusste ich immerhin, dass Liam selbst noch im Marriott sein musste. Fletcher starrte mich ungläubig an, als er mitkriegte, dass ich nun genau da hinwollte.

»*You* …«, setzte er an. Sein massiger Körper bebte. Um uns schwankten die Gestalten. Die Musik dröhnte.

Ich legte einen Schein mit vielen Nullen auf den Tresen. Fletcher war auf einen Barhocker gesunken.

»*Crazy motherfucker*«, hörte ich noch, als ich mich aus der Traube, die sich um den Tresen drängte, herausarbeitete, wieder nach draußen.

Die Übergabe des Autos vor dem Hoteleingang war inzwischen eine eingespielte Sache. Anstandslos nahm der Frackträger Schlüssel und Geldschein entgegen, deutete eine Verbeugung an und ließ mich die Tür passieren. Die Lobby war menschenleer, selbst die Rezeption war verwaist. Ich drehte mich um die eigene Achse, wusste nicht recht, wo ich anfangen sollte zu suchen. Er konnte überall sein, konnte Maria in einem der vielen Zimmer, aber auch ganz woanders gefangen halten. Am besten, dachte ich schließlich, wenn ich dort mit der Suche anfinge, wo ich Maria zuletzt gesehen hatte – im Restaurant.

Also ging ich in Richtung der Aufzüge.

Und da war er schon. In seinem grünen Sakko. Liam, mir den Rücken zugekehrt, am Ohr den Telefonhörer. Er zischte mit gepresster Stimme mehr, als dass er sprach. Über ihm verkündete ein Schild: *Nightclub*. Ein Pfeil zeigte auf einen Treppenabgang.

Meine Knie begannen zu zittern. Vielleicht, dachte ich plötzlich, war es doch ein großer Fehler gewesen, herzukommen. Vielleicht hätte ich weiterfahren sollen, nicht wenden, sondern endlich weg aus Warschau, das alles hier vergessen. Nur war es für alle weiteren Überlegungen zu spät, denn genau in diesem Moment machte einer der Aufzüge *Pling* und öffnete seine Türen. Während ein dürrer Kerl in Hoteluniform »*Good evening*« nuschelte und Richtung Lobby verschwand, hatte Liam sich umgedreht und fixierte mich nun mit starrem Blick.

Das erste Mal seit Tagen fror ich.

Liam legte den Hörer auf den Koffer und kam, wie in Zeitlupe, auf mich zu. Seine Augen waren ganz klein. Und ich stand immer noch da wie versteinert, unfähig zu entscheiden, was ich jetzt tun sollte.

Dann explodierte ein Faustschlag auf meiner Brust. Ich stolperte nach hinten.

»Du wagst es«, brüllte Liam, und seine Stimme überschlug sich, »dich zeigen?«

Mein Brustkorb zog sich zusammen.

»Du glaubst, du kannst machen, was immer du willst?«

Zentimeter um Zentimeter kam er näher, bis mich sein Gewicht gegen die Wand drückte.

»Du glaubst, du kannst sie schützen?«

Meinte er Maria? Ich stammelte irgendwas.

»Glaubst du wirklich?«

Doch, er redete von Maria.

»Ich sage dir, du kannst nicht, niemals, nie.«

Er holte erneut aus. Diesmal traf die Faust meinen Bauch. Ich krümmte mich vor Schmerz.

»Ich bin der eine, der sie schützt. Hörst du mich?«

Ich nickte, damit er wenigstens nicht weiter zuschlug. Wir waren allein. Kein *Pling*, kein gar nichts. Wo war bloß der Typ aus dem Aufzug geblieben?

»Ohne mich ist sie nichts!«, rief Liam und stieß meinen Oberkörper zurück gegen die Wand. »Ein Niemand, weißt du, der trockene Kartoffeln frisst, Tag nach Tag. Ich war es, der sie rausgeholt hat. Ich habe gezeigt ihr das Leben, die neue Welt. Und jetzt, jetzt sie hat Scheine in der Tasche. Richtige Scheine, hörst du. Ohne die Nullen.«

Ich hielt still. Liams rot glänzendes Gesicht nahm mein gesamtes Blickfeld ein. Er roch nach Bier, vermischt mit Minze.

»Also, wo ist sie?«, zischte er.

Wie? Was sagte er da? Dachte er etwa, ich hätte sie?

»Du zeigst mir«, flüsterte er, »nicht?«

Das hieß, sie war nicht bei ihm?

Seine Nase berührte jetzt mein Ohr. »Bring sie zu mir!«

»Okay«, stieß ich hervor, ohne lange zu überlegen, und versuchte, seitlich aus der Zwinge zu rutschen.

»Ich wette, du tust.«

Liam verzog den Mund zu einem Grinsen. Er trat einen halben Schritt zurück, fasste meinen Oberarm und führte mich in die Lobby, wo sich der Typ aus dem Aufzug hinter der Rezeption verkrochen hatte. Er sah nicht auf.

Ich blieb stehen. »Wir müssen …« Ich zögerte, dann setzte ich alles auf eine Karte. »Wir müssen mit dem Auto fahren.« Ich gab dem Frackträger an der Tür ein Zeichen. Der nickte und verschwand.

»Wo ist sie?«, fragte Liam.

»Wirst du sehen.«

»*You're fucking crazy.*« Der Druck an meinem Arm wurde stärker.

Wir standen immer noch mitten in der Lobby. Von der Rezeption hörte ich das Klackern einer Computertastatur.

»Los!«, befahl Liam und wollte mich weiterziehen, aber ich stemmte mich dagegen.

»Warte«, sagte ich.

»Sicher nicht.« Liam stand dicht neben mir und presste meinen Arm so stark, dass meine Hand taub wurde. »Los jetzt!«

Endlich fuhr mein Auto vor. Der Frack nickte mir zu. Die Autotür hatte er offengelassen, aus dem Auspuff quoll weißgrauer Rauch.

Ich drehte den Kopf zur Rezeption, rief: »*Excuse me?*«, woraufhin auch Liam sich umwandte. Schnell langte ich um seinen Bauch herum, griff den Telefonhörer und schlug ihn gegen seinen Kopf. Liam wankte rückwärts. Ich ließ den Hörer fallen und rannte zum Ausgang, wo der Frackträger die Tür aufhielt. Ich meinte, ein Grinsen zu sehen.

»Wir kriegen dich!«, hörte ich Liam noch brüllen. »Dich und Maria!«

Ich sprang ins Auto, der Motor lief. Mit quietschenden Reifen bog ich auf die große Straße entlang des Kulturpalastes. Es gab vier oder fünf Spuren in meiner Richtung, ich fuhr irgendwo in der Mitte. Aber was heißt, ich fuhr, ich *flog* die

Straße entlang. Der Wagen beschleunigte immer weiter, wurde immer lauter. Die Ampel vor mir schaltete auf Rot, aus den Augenwinkeln sah ich schnell nach rechts und links, alles frei, dann schoss ich auch schon über die Kreuzung.

Ich nahm den Fuß vom Gas, versuchte mein Herzrasen zu ignorieren. Maria war nicht bei Liam. Das war die gute Nachricht. Und nun suchte er sie – so wie ich, nur dass er dachte, sie wäre bei mir. Aber früher oder später würde er sie finden. Und was das für Maria bedeuten würde, das wollte ich mir erst gar nicht ausmalen. Es blieb nur eins: Ich musste sie vor ihm finden.

Ich brauste am Nationalmuseum vorbei, das mit seinen umlaufenden Wandpfeilern wie ein überdimensionierter Löwenkäfig aussah. Gleich würde ich die Weichsel überqueren. Wenn ich hinter der Brücke am Fluss entlang nach Süden fuhr, käme ich irgendwann zu dem Städtchen, in dem Roman wohnte. Roman kannte Maria. Wie gut auch immer. Aber das war jetzt unwichtig. Er war meine letzte Hoffnung.

So jagte ich durch die Nacht, entfernte mich immer weiter von Warschau, bis ich schließlich den kleinen Ort erreichte, wo ich nach mehreren Anläufen den Waldweg fand, in dem geduckt unter Kiefern Romans Atelier lag.

Als ich die Pforte zum Grundstück öffnete, wartete Nero schon auf mich. Die Begrüßung war herzlich. Ich schob seine Pfoten von meinen Schultern und hastete auf die hell erleuchtete Fensterfront zu. Nero folgte mir auf dem Fuß. In der Mitte des Raums sah ich die Staffelei, sie war leer. Von Roman keine Spur. Ich klopfte an die Scheibe, aber es rührte sich nichts. Als das nächste Klopfen wieder unbeantwortet blieb, ging ich zur Tür. Sie stand offen.

»Roman?«, rief ich, während der Hund an mir vorbeischlüpfte und das Sofa umrundete.

Irgendwo im Hintergrund schaltete sich mit lautem Scheppern ein Kühlschrank ab. Ich folgte dem Hund, der sich inmitten von Farbtuben vor dem Sofa niedergelassen hatte. Auf dem Sofa ruhte sein Herrchen. Halb begraben unter Wäschebergen lag Roman da, auf dem Bauch. Ein Bein stand angewinkelt nach oben, das andere hing auf den Boden, ebenso wie einer der Arme.

»Roman?«, versuchte ich es noch einmal. Als Antwort bekam ich ein Grunzen. Schon mal ein Anfang. Also rüttelte ich an seiner Schulter, was Nero als Einladung verstand, ihn nun seinerseits zu begrüßen – und zwar mit der Zunge. Brummend versuchte Roman, ihn wegzudrücken.

»Roman«, rief ich und, näher an seinem Ohr: »Freundschaft!«

Gemächlich drehte er sich auf den Rücken, sah mich an und verzog das Gesicht. »*Yes, yes*«, sagte er. Seine Stimme war noch tiefer als sonst. Nero schmiegte sich an mein Bein.

»Roman …«

»*She did it?*« Mit einmal Mal saß er auf dem Sofa, die Augen aufgerissen.

»Was?«

Er zog so kräftig an meinen Armen, dass ich vor ihm niederknien musste. »*Is it over?*«

»*Over?*« Neros Zunge war in meinem Gesicht. Ich drehte mich weg. »*No!*«, rief ich. »*Roman, listen, I need your help.*«

»*Thomas. She told me.*«

»*Told you what?*«

»*The plan!*«

Was für ein Plan? Wovon sprach er?

Roman zottelte weiter an meinen Armen herum. »*What happened?*«

Zumindest das konnte ich ihm berichten: was passiert war. Wenigstens so weit, wie ich es verstanden hatte.

Erstaunlicherweise überraschte es Roman überhaupt nicht, dass Maria zusammen mit der nuttigen Aneta bei unserem Geschäftsessen aufgetaucht war.

»*And Liam?*«, fuhr Roman dazwischen. »*Did she finish Liam?*«

»*Finish?*« Im Sinne von fertigmachen?

Roman schüttelte unwillig den Kopf. Verstand er, was ich sagte? Ich verstand ihn nicht. »*Where is Maria?*«, stieß er hervor.

»*Gone*«, sagte ich, so viel, so wenig wusste ich. »*She is gone. I must find her.*«

Er sah mich aus schweren Augen an. »*Liam*«, stöhnte er.

Ich versuchte ihm klarzumachen, dass Liam sie auch suchte und ich sie vor ihm finden musste.

»*But the plan*«, jammerte er.

So kamen wir nicht weiter. Er würde mir mehr erklären müssen.

»*Maria is Escort*«, raunzte er.

»*You knew?*«

»*Such a shame.*«

»*But you knew?*«

Roman begrub sein Gesicht in den Händen. »*She wanted escape.*«

»*Yes, escape*«, wiederholte ich. Dabei hätte ich ihr doch helfen können, helfen müssen. Wenn sie nur etwas gesagt hätte.

»*Yes*«, sagte Roman. »*But first she wanted bring down Liam. In the Marriott.*« Er nahm seine Hände zur Hilfe und legte seine Finger zum Kreuz übereinander, sagte dazu: »*Liam and the Marriott.*«

Mir stand das Fragezeichen offenbar ins Gesicht geschrieben. Jedenfalls fuhr Roman fort: »*He cannot do the business in Marriott. Because of Mafia.*«

So weit, so klar.

»*It was show. Your dinner.*« Roman ließ sich in die Polster sinken. »*This was the plan.*«

Mit einem Schlag hatte sich der Nebel verzogen, und ich erkannte, was für einen kolossalen Fehler ich gemacht hatte. Maria war nicht im Marriott gewesen, weil Liam sie dazu gezwungen hatte. Aneta und Maria hätten dort nie auftauchen dürfen, jedenfalls nicht im Auftrag von Liam, denn dort hatte die Mafia das Sagen. Sein Geschäft, wenn man es denn so nennen wollte, fand in der miefig-braunen Wohnung bei süßem Wein statt. Wenn nun aber im Marriott Aneta und Maria sich an den dicken Direktor und meinen Patenonkel ranschmissen, dann nur deshalb, um die Mafia zu provozieren, die das als Kriegserklärung Liams verstehen musste. Und die Mafia hätte wohl kurzen Prozess mit ihm gemacht, wenn nicht ich …

»*I stopped it*«, sagte ich, während ich mich auf das Sofa sinken ließ. »*I stopped the plan. I had no idea.*«

Roman angelte mit dem Arm hinter dem Sofa und brachte eine Wodkaflasche zum Vorschein. Sie hatte keinen Deckel und war – wie Roman durch Umdrehen unter Beweis stellte – leer. Es musste die allerletzte gewesen sein.

»*Kurwa*«, ließ sich Roman vernehmen. Er war in den Klamottenberg auf seinem Sofa eingetaucht. Denkbar, dass sich dort noch eine allerallerletzte Flasche befand.

Nero lag da und wartete ab. Roman suchte weiter.

Genau darum war es gegangen: Liam die Mafia auf den Hals zu hetzen. Indem sie das spielte, was sie vorher war, jetzt aber nicht mehr sein wollte. Das war der Plan. Gewesen. Warum nur hatte sie mich nicht eingeweiht? Jetzt hatte ich nicht nur den Plan durchkreuzt, sondern auch noch dafür gesorgt, dass Liam Maria jagte. Von der ich nicht wusste, wo sie war.

»*I need your help*«, flehte ich Roman an.

Der reichte mir, nachdem er wieder in eine sitzende Haltung gekommen war, die Hand, damit ich ihm hochhalf –

was aber nur dazu führte, dass wir schließlich beide auf dem Sofa lagen.

»*All over*«, stöhnte er. »*It is all over.*«

Irgendwie brachte ich Roman doch noch in die Senkrechte und bugsierte ihn in die Küche. Dort rumorte er in den Schränken, im Kühlschrank, unter dem Tisch, sank sodann auf einen der Stühle und stützte den Kopf mit den Armen ab.

»*Over*«, sagte er.

Ich versuchte, das Gespräch wieder in produktivere Bahnen zu lenken. Roman knibbelte währenddessen an einer Zigarettenpackung herum.

Ob er verstünde, was ich von ihm wollte, fragte ich.

»*Yes*«, sagte er. »*No.*« Roman schaute mich mit hängenden Lidern an, im Mundwinkel eine Kippe, die nicht brannte. Er hatte Schluckauf.

Ich setzte mich. Gegen etwas zu trinken hätte ich nichts einzuwenden gehabt. Aber keinen Wodka, am besten Cola. Ich musste einen kühlen Kopf bewahren. Roman stützte den Ellenbogen auf. Er hatte ein Feuerzeug gefunden und beugte sich tief über die kleine Flamme.

»*You like her?*«, nuschelte er, ohne die Zigarette aus dem Mund zu nehmen.

»*Yes*«, sagte ich.

»*Yes*«, wiederholte er.

»*I love her*«, sagte ich.

»*I loved her, too.*«

Ich suchte seinen Blick, vergeblich.

»*But that history.*« Jetzt sah er mich an. Hatte er Tränen in den Augen?

»Roman …« Ich wusste nicht, was ich sagen sollte.

»*Don't worry, Thomas.*« Der Aschestängel von seiner Zigarette fiel auf die Tischplatte.

Ich nickte.

»*We must find.*«

Das wollte ich ja. Nur wo?

Roman versuchte aufzustehen, doch dabei kippte der Stuhl nach hinten. Und Roman mit ihm. Es krachte, ein Stuhlbein war abgebrochen. Roman lag auf der Seite und stöhnte.

Ich kniete mich neben ihn, der Hund legte sich dazu.

»*Maria move all time*«, murmelte er, »*here and there.*«

Ich blickte mich um. Vielleicht war ja doch noch ein Żubrówka zu finden für Roman. Er brauchte einen.

Er drehte sich auf den Rücken, sein Blick war zur Decke gerichtet. »*Sister. Maria's sister. I have address.*«

Ich stand auf. Da würde ich hinfahren.

»*Go!*«, sagte er. »*Find Maria!*«

Safe House

Ich hatte zwar einen Stadtplan von Warschau im Auto, aber die Straße war im Verzeichnis nicht zu finden. Blieb noch der Stadtteil, den Roman ebenfalls genannt hatte. Und der lag ganz im Norden, was bedeutete, dass ich Warschau einmal komplett durchqueren musste. Der Vorteil war, dass sich nachts die vielspurigen Straßen erst richtig bezahlt machten. Kein Verkehr, auch die Polizei hatte erfahrungsgemäß Feierabend, wahrscheinlich weil sich tagsüber mehr verdienen ließ, ich konnte also Gas geben. Die Tachowalze zeigte dreistellige Zahlen.

Ich erkannte den Platz wieder, den ich früher am Abend schon umrundet hatte, dahinter lag der Stadtteil Żoliborz. Roman hatte mir noch mit auf den Weg gegeben, dass ein Theater in der Nähe wäre, doch ich sah nur Gebäuderiegel ohne Anfang und Ende. Aufgeben war keine Option, und so blieb mir nichts anderes übrig, als immer wieder suchend die Hauptachsen abzufahren. Als ich zum dritten Mal dieselbe Straße zurück zu dem großen Platz fuhr, sah ich aus dem Augenwinkel, etwas zurückgesetzt, ein kleines, pavillonartiges Gebäude mit Säulen vor dem Eingang. Vollbremsung. Endlich, hier musste es sein.

Der Weg daneben war mit Betonkübeln abgesperrt, also ließ ich das Auto an der Straßenecke stehen – hier würde ich es leicht wiederfinden – und rannte los. Der Straßenname stimmte, blieb die Herausforderung, die richtige Wohnung im richtigen Haus zu lokalisieren. Was sich als schwieriger herausstellte als erwartet, denn schon das erste Haus war nicht nur unendlich lang, sondern wies auch noch unzählige

Eingänge auf. Also hetzte ich von Tür zu Tür, es war immer dieselbe Hausnummer, nur die Wohnungsnummern stiegen. Ich musste mich beeilen. Wenn Roman die Adresse wusste, würde auch Liam sie über kurz oder lang erfahren. Falls er sie nicht schon hatte. Dann wäre er längst auf dem Weg hierher. Oder Stoppel-Piotr. Oder beide. Ich rannte weiter.

Der Weg endete an einem hohen Tor. Ich rüttelte daran, ich hatte noch nicht einmal das richtige Haus gefunden, ich musste weiter. Fauchend suchte eine Katze das Weite, als ich mit einem Ruck einen Torflügel öffnen konnte. Hier musste es doch irgendwo sein. Ich sah mich um. Wüst verkeilt parkende Autos zwischen den obligatorischen Kübeln. Dahinter aber stand das nächste Gebäude, und der Weg setzte sich fort. Als ich ihn einschlug, sah ich, dass hier die gesuchte Hausnummer war. Beim siebten oder achten Eingang dann die richtige Wohnungsnummer. Endlich!

Trotzdem zögerte ich, den Finger über dem Klingelknopf. Das Seitenstechen schnürte mir den Brustkorb zusammen. Ich schaute mich um, eine einsame Laterne schuf eine Insel aus Dämmerlicht. Keine Menschenseele zu sehen. Auch keine Katze mehr.

Ich drückte auf den Knopf. Ganz kurz. Nichts passierte. Ich wollte gerade ein weiteres Mal drücken, da knisterte es in der Sprechanlage.

»*Tak?*« Es war eine Mädchenstimme. Aber war sie es?

»Maria?«, stieß ich hervor.

Es blieb still. Ich versuchte, meinen Atem zu beruhigen, um besser hören zu können. War da noch jemand? Ich schaute den kleinen Lautsprecher an. Nichts.

Dann knackte es wieder. Leise hörte ich: »Hallo?« Es klang vertraut.

»Maria?«

»Thomas? Das bist du?«

»Maria! Mach auf!«

»Was machst du hier?«

»Bitte mach auf! Schnell! Du bist in Gefahr.«

Es blieb still.

»Maria!«

Dann ganz leise: »Bitte geh.«

»Was? Nein, Maria, ich gehe nicht, bevor ich nicht mit dir gesprochen habe.«

»Thomas, bitte lass mich.«

»Verdammt, es ist wichtig. Ich habe Liam getroffen. Er sucht dich. Er kann jeden Augenblick hier sein.«

Wieder keine Antwort. Ich schaute nach oben, kein Licht, nirgends. Wo war nur ihre Wohnung?

Das Türschloss brummte. Es dauerte einen Moment, bis ich begriff. Ich drückte gegen die Tür und stolperte hinein in das stickige Treppenhaus. Das Licht flammte auf, und ich musste blinzeln. Ich tappte die Stufen hoch, bis sie plötzlich vor mir stand. In ihrem langen weißen T-Shirt sah sie aus wie ein Gespenst.

»Dort«, sagte sie und nickte in Richtung der offenen Wohnungstür. »Aber du musst leise sein. Meine Schwester.«

Ich spürte ihre Wärme und roch den Duft ihrer Locken. Ein paar Schritte, dann waren wir in der Küche.

»Was machst du hier?«, fragte sie, an den Herd gelehnt, über ihr eine nackte Glühbirne. Das Grün ihrer Augen – verschwunden.

»Du musst von hier weg«, sagte ich. »Schnell!« Die Küchenuhr tickte so laut, als würde sie gleich explodieren.

Maria schüttelte den Kopf. »Thomas«, sagte sie nur. Eine Träne lief ihr über die Wange. »Es tut mir so leid. Ich wollte dich nicht …«

Ich versuchte, meine Arme um sie zu legen, doch sie schob mich weg.

»Maria, *mir* tut es leid. Roman hat mir alles erklärt. Ich war so ein Idiot.« Als ich nach ihrer Hand griff, zog sie sie zurück.

»Ich wollte nicht mehr für Liam arbeiten. Schon lange.« Sie weinte. »Aber ich wusste nicht, wie ich frei werden konnte. Er bedrohte mich und meine Schwester. Er wollte, dass ich dich bringe, deinen Vater und deinen Onkel und alle, die noch kommen würden. Er wollte reiche Kunden aus dem Westen. Aber ich wollte nicht mehr. Ich kann nicht mehr.«

»Warum hast du mir nichts gesagt? Warum hast du mir nicht erzählt, was los ist? Ich hätte dir doch geholfen.«

»Du solltest nicht mehr in Warschau sein. Du solltest in Sicherheit sein.«

»Ich kann dich doch nicht allein lassen.« Ich holte tief Luft. »Maria, Liam sucht dich.«

Sie sah mich mit leeren Augen an.

»Verstehst du?«, sagte ich. »Ich weiß jetzt, wie gefährlich er ist.«

Maria hielt den Kopf gesenkt. »Du weißt nichts. Gar nichts.«

»Doch. Hör zu.« Meine Hände umklammerten eine Stuhllehne. »Liam glaubt, ich habe dich ihm weggenommen. Er glaubt, ich verstecke dich. Er benimmt sich wie ein Irrer.«

»Thomas …«

»Aber er wird dich nicht bekommen. Nicht mehr. Das verspreche ich.«

»Thomas, du kannst mir nicht helfen.«

»Doch.« Ich holte tief Luft. »Maria, bitte! Lass es mich versuchen.«

Maria stand einfach da, bewegte sich nicht. Die Haare verdeckten ihr halbes Gesicht.

»Bloß raus hier, raus aus Warschau. Hier bist du nicht mehr sicher.«

Auf einmal, wie ein stoßartiges Atmen, fing sie an zu lachen. Sie blickte auf. »Du bist ein paar Tage in Warschau«, schnaubte sie, »und schon willst du mir erzählen, wie Warschau ist.«

»Ja.« Ich zuckte mit den Schultern.

»Ich habe *dir* gesagt, du musst weg von Warschau.«

»Ja, ich weiß. Aber ich will dir helfen.«

»In Warschau«, sagte sie, »muss jeder aufpassen auf sich allein. Jeder.«

»Nein, ich bin bei dir.«

»Das ist *mein* Problem. Nur mein Problem. Ich wollte nicht, dass du hineingezogen wirst. Deshalb sagte ich dir, dass du zurückfahren sollst nach Deutschland.« Maria schniefte. »Ich dachte, ich kann ihn schlagen. Es war eine einmalige Chance.«

»Ich weiß …«

»Du solltest das nicht sehen.«

»Wenn ich nur von deinem Plan gewusst hätte …«

Sie schüttelte abrupt den Kopf. »Ich rief doch kurz vorher bei *pani* Ewa an. Ich hoffte, du bist schon weggefahren. Aber du warst noch in Warschau. Ich sagte Grzegorz, was ich vorhabe. *Pani* Ewa sollte dir das sagen.«

»Nein! Hat sie nicht! Ich wusste nichts. Es tut mir …«

»Ich schäme mich so.«

»Maria, du hast mich vor Liam gewarnt, und ich habe nicht gehört.«

»Ich dachte, ich kann frei werden von ihm.«

Ich wischte ihr die Tränen von der Wange.

»Ich«, flüsterte sie, »wollte frei werden für dich.«

Jetzt ließ sie mich doch ihre Hände nehmen, dann ging alles ganz schnell. Ich sagte nur: »Ich liebe dich«, schon hatte sie ihre Arme um meinen Hals gelegt. Ich zog sie an mich, und wir begannen, uns zu küssen. Den dumpfen Knall draußen hinter dem Fenster hörte ich zwar, doch brauchte es eine Weile, bis er mein Bewusstsein erreichte.

»Was war das?«, stammelte ich.

Sie sah mich mit aufgerissenen Augen an.

Ich wandte mich zum Fenster, schaute nach draußen, wo ein Licht flackerte, unten an der Straßenecke. Ich sah, wie Flammen aus den Fenstern eines Autos schlugen und über dem Dach in die Höhe züngelten. Im selben Moment, in dem mir klar wurde, dass es mein Auto war, das da brannte, gaben meine Knie nach. Ich suchte Halt am Schrank hinter mir, duckte mich gleichzeitig weg vom Fenster, um nicht gesehen zu werden.

Maria kauerte neben mir. »Liam …«, sagte sie. Sie zitterte am ganzen Körper.

Ich atmete ein paarmal tief durch, um die aufsteigende Panik zu vertreiben, und spähte wieder nach draußen. Aber rund um den Lichtschein war nichts zu erkennen.

»Er hat Piotr gesendet«, sagte sie tonlos.

Mein Atem wurde wieder schneller. Ich spürte, wie mir kalter Schweiß den Rücken runterlief.

»Wir, wir müssen weg«, zischte ich. »Jetzt, sofort! Maria, hörst du!« Ich griff nach ihrer Hand.

»Ich kann nicht.« Sie zog die Hand zurück.

»Bitte, Maria.« Ich packte sie, schüttelte sie. »Wir haben keine Zeit!«

Sie drückte mich weg. »Liam ist zu gewaltig. Er findet mich überall.«

»Nicht überall.«

Die Wahrheit ist, dass ich bis zu diesem Augenblick noch keinen Schimmer hatte, wie es nun weitergehen sollte. Ich war so fixiert darauf gewesen, sie zu finden, dass ich über den nächsten Schritt überhaupt nicht nachgedacht hatte. Ich schaute mich in der schmalen Küche um, als ob die Lösung dort herumläge, auf dem Tisch mit seiner Blümchendecke, auf der leeren Arbeitsplatte, dem Herd. Dann wusste ich es. Ja, ich hatte einen Plan.

»Fahr nach Starylasek! Mit deiner Schwester!«

»Starylasek?«

»Ja! Da findet euch niemand.«

»Aber …«

»Maria, ihr müsst sofort los!« Ich stand schon in der Tür zum Flur. »Eva hat mal gesagt, dass vom Ostbahnhof Busse fahren. Und dort hilft euch Sławek.«

Maria hatte sich nicht von der Stelle bewegt. »Aber du, kommst du nicht mit?«

»Das geht nicht.« Mir klopfte das Herz bis zum Hals. »Ich muss noch mal ins Marriott.«

»Ins Marriott …?«

»Ich bringe es zu Ende.«

Sie war plötzlich weiß im Gesicht. »Thomas. Nein.«

»Ich muss. Ich will, dass du sicher bist.«

»Aber wie …?«

»Hast du ein Telefon?«

»Was? Thomas …«

»Hast du?«

Schließlich zeigte sie stumm Richtung Flur, wo ein Apparat auf einem Bord stand.

Noch nie in meinem Leben war ich so entschlossen gewesen wie jetzt. Es ging darum, Verantwortung zu übernehmen, Dinge zu klären, die nicht in Ordnung waren. Das war ich Maria schuldig. Und mir selbst.

»Okay!«, rief ich ihr zu, während ich aus der Küche ging. »Pack ein paar Sachen. Hol deine Schwester. Beeil dich.«

Sie zögerte. Es arbeitete in ihr, doch schließlich huschte sie an mir vorbei und verschwand im dunklen Flur.

Ich stand am Telefon und wartete. Als ich endlich jemanden vom Marriott an der Strippe hatte, fragte ich nur, ob der Nightclub noch geöffnet habe. Hatte er.

Ich schlich noch einmal zum Fenster, spähte hinaus. Die Flammen waren kleiner geworden. Der Innenraum des Wagens leuchtete rot. Niemand war auf der Straße. Ich zog mein Portemonnaie hervor, prüfte den Inhalt. Für ein Taxi würde es noch reichen. Ich sah auf die Uhr. Es war halb drei.

Aus der Tiefe der Wohnung hörte ich Maria mit gedämpfter Stimme reden, ein Mädchen antwortete. Türen klappten, endlich standen sie vor mir: die Schwester, etwas größer und kräftiger, aber jünger, und Maria, in der Hand ihre kleine Tasche, der Reißverschluss halb offen.

Ich nahm die Tasche und ging vor, das Licht im Treppenhaus ließen wir ausgeschaltet. Vor der Haustür schaute ich erst nach links und rechts, dann schlug ich die Richtung ein, die dem Standort des Citroëns entgegengesetzt war. Ich begann zu rennen, trieb die Mädchen an. Ich hielt den Kopf gesenkt, obwohl das bestimmt keine Rolle dabei spielte, ob Liam oder Stoppel-Piotr oder wer auch immer uns entdecken würde. Ich rief Maria zu, dass wir ein Taxi bräuchten. Sie zeigte nach links.

So kamen wir an den Platz, den ich heute schon ich weiß nicht wie oft umrundet hatte. Und unter einer Straßenlaterne wartete tatsächlich ein einsamer Polonez mit Taxi-Schild auf dem Dach. Als wir die Türen aufrissen, schrak der Fahrer hoch. Das Kommando übernahm Maria, die sich von der Rückbank aus weit nach vorne lehnte und dem schlaftrunkenen Mann mehr oder weniger direkt ins Ohr sprach. Ich drehte mich dagegen immer wieder nach hinten, um an Maria vorbei zu überprüfen, ob uns auch wirklich niemand folgte. Die Straßen blieben leer.

Am Bahnhof angekommen, machte ich dem Fahrer mit ein paar Scheinen klar, dass er warten sollte, während die beiden Mädchen bereits auf das Gebäude zusteuerten. Wir waren nicht die Einzigen, die nachts diesen Ort aufsuchten. Offenbar war es ein Schlafplatz nicht nur für Reisende. Überall in der Halle lagerten Menschen: auf den Bänken, auf blau-weiß gestreiften Jumbo-Taschen, auf dem Boden. Maria zeigte auf eine Tafel, auf der die Abfahrtszeiten gelistet waren. Als sie sagte, dass der erste Bus erst am Nachmittag fahren würde, war das wie ein Schlag in die Magengrube.

»Ihr müsst ein Taxi nehmen«, sagte ich.

»Das ist viel zu teuer. Man fährt zwei Stunden.«

»Ich habe eine Kreditkarte.« Mein Bargeld war tatsächlich fast aufgebraucht.

»Thomas! Das ist Polen, nicht Amerika.«

»Vielleicht kann ich irgendwo Geld abheben.« Hektisch sah ich mich um.

»Nicht am Bahnhof. Nicht jetzt.« Maria zeigte auf eine Fensterbank. »Wir warten hier.«

»*No way.* Ihr müsst sofort los.«

Es war zum Verrücktwerden. Das hätte alles so gut funktionieren können. Erst mal zurück zu unserem Taxi, dachte ich und lief voran.

Der Polonez wartete vor einer Reihe von Bretterverschlägen, die offenbar als Ladenlokale dienten. *Kiosk* las ich über dem ersten.

Und dann sah ich ihn. Meister Hinkebein! Er saß, ein Bein ausgestreckt, auf einem Schemel vor dem Eingang. Wahnsinn! Was machte der denn hier? Aber dann dämmerte es mir: seine Arbeit. Hatte er nicht gesagt, dass er etwas bewachte? Einen Kiosk? Offenbar den Kiosk, vor dem ich jetzt stand.

»Tomasz Majster«, röchelte er und hustete erst einmal ausführlich.

»*Dzień dobry*«, sagte ich.

Feixend reichte er mir die Hand.

Maria und ihre Schwester schauten von mir zu ihm und wieder zu mir.

Ja, wir kannten uns. Er war mein Co-Pilot und Lotse gewesen. Der Retter in der Not. Er würde auch den Mädchen helfen.

»Starylasek«, sagte ich und zeigte in die Ferne. So hatte er es schließlich auch gemacht, als er nach Pruszków wollte.

Ganz so einfach war es natürlich nicht. Ich fuchtelte mit den Armen in der Luft herum, Meister Hinkebein tat das Gleiche mit seiner Krücke, rief mehrmals »*majster*«, bis schließlich Maria etwas sagte. Und siehe da: Meister Hinkebein konnte ihnen tatsächlich eine Mitfahrgelegenheit Richtung Starylasek organisieren. Ein Kollege wohnte in der Nähe oder hatte dort irgendwelche Familienangehörige. Egal. Hauptsache, es ging schnell los.

»*Dziękuję. Dziękuję* tausend Mal«, sagte ich, während ich dem Alten zum Abschied die Hand drückte. Allmählich begannen sich die Dinge zu fügen, es konnte ja auch nicht immer nur alles schieflaufen. Maria und ihre Schwester würden bald in Sicherheit sein, raus aus Warschau, fort von Liam.

Ich umarmte Maria, küsste sie ein letztes Mal, ihr Körper schmiegte sich an meinen. Es war klar, dass ich sie nicht länger festhalten durfte. Trotzdem machte keiner von uns Anstalten, den anderen loszulassen. Ich sog noch einmal ihren Duft ein, versuchte ihn so tief wie möglich in meinem Hirn abzuspeichern. Was, dachte ich, wenn ich sie nicht wiedersehen würde?

Marias Augen schimmerten feucht, als sie sich behutsam aus meiner Umarmung löste. Hinter mir hupte es, das Röcheln von Meister Hinkebein wurde lauter, die Schwester sagte irgendetwas. Maria hob ihre Tasche auf und wandte sich zum Gehen. Nur – ich hatte noch etwas vergessen.

»Warte!«, rief ich ihr hinterher.

Sie drehte sich um, schaute mich groß an.

Den ganzen Tag hatte ich schon die Leica dabei, nun sollte sie zum ersten Mal zum Einsatz kommen. Ich nahm den Deckel vom Objektiv, presste das Gehäuse gegen einen Laternenpfahl, um ein Verwackeln zu verhindern, und dirigierte Maria in den Lichtschein. Klack, klack, machte die Kamera, und ich hoffte, dass das Leuchten tief in ihren Augen auf dem Abzug zu sehen sein würde.

Während ich ins wartende Taxi stieg, sah ich noch, wie Meister Hinkebein und die beiden Mädchen in der Dunkelheit verschwanden.

»Marriott Hotel«, sagte ich, und der Fahrer gab Gas.

Alles würde gut ausgehen, da war ich mir sicher.

Bloody Warszawa

Der Frackträger brauchte einen Augenblick, als ich aus dem Taxi kletterte. Aber dann grinste er und hielt mir die Glastür auf. »*New try?*«, fragte er. Ich nickte und gab ihm in alter Verbundenheit einen Schein.

»*Thank you, Sir*«, sagte er.

Die Lobby war, abgesehen von dem dürren Kerl, der immer noch hinter der Rezeption lehnte, leer. *Janusz* las ich auf seinem Namensschild. Ich war mir nicht sicher, aber Janusz schien im Stehen geschlafen zu haben. Er blinzelte, als ich ihn ansprach, ohne sonst irgendeine Regung zu zeigen.

Ich sagte, dass ich angerufen habe und in den Nightclub wolle.

Die Augenlider drohten wieder zuzuklappen.

Ich schlug mit der Hand auf den Tresen, und er zuckte zusammen. »*And*«, rief ich, »*I want Maria! In the nightclub.*«

Verständnisloses Stieren.

»Maria!«, schrie ich. »*Now!*«

Janusz drehte seinen Geierkopf in Richtung der Aufzüge. »*Nightclub?*«, nuschelte er.

»*Yes*«, sagte ich, »*in the nightclub!*«

»*Very good girls.*« Janusz kniff ein Auge zu.

»*No!*«, rief ich. »*Not very good girls. I want Maria.*«

Er antwortete mit einem Schulterzucken. »*No Maria here. Sorry.*«

Ich schob ihm meinen vorletzten Schein über den Tresen. Ausreichend viele Nullen. Dazu erklärte ich ihm so gut es ging, dass ich schon mehrmals auf die Dienste von Maria zurückgegriffen habe, hier im Marriott, und dass ich immer sehr zufrieden gewesen sei.

Janusz griente. Wie in Zeitlupe angelte er nach einem Telefonhörer, drückte auf dem Tastenfeld herum, nur um kurz danach wieder aufzulegen. Von dem Gespräch hatte ich nur den Namen Maria verstanden. Janusz streckte den Arm aus. Sein Zeigefinger wackelte in der Luft, doch die Richtung war klar: an den Aufzügen vorbei. Ich wäre angemeldet, ich würde unten erwartet.

Was sollte das nun wieder heißen?

»Maria?«, fragte ich. Hatten sie doch eine? Und dann? Schlagartig wurde mir bewusst, wie wenig durchdacht mein Plan war. Meine Knie drohten, einzuknicken, und ich wusste nicht, ob ich überhaupt noch gehen konnte.

Janusz schaute mich erwartungsvoll an. Er war jetzt wach. »*Please*«, sagte er. Seinen Finger hielt er immer noch ausgestreckt.

Ich schloss für einen Moment die Augen und hatte Marias Gesicht vor mir, ihr Lächeln, ihre grünen Augen.

Wie in Trance stieß ich mich vom Tresen ab, ging durch die Lobby, an den Aufzügen vorbei zu dem Schild mit der Aufschrift *Nightclub*. Es musste endlich ein Ende finden. Hier und jetzt. Ich griff nach dem Geländer und ging die geschwungene Treppe nach unten, immer tiefer ins Dunkle.

Bevor ich recht mitbekam, was passierte, stürmte jemand hinter mir die Stufen herunter; ein Schlag traf mich am Hinterkopf. Ich kippte vornüber, versuchte noch, mich abzufangen, doch der Schwung reichte, Stirn und Nase auf dem kalten Boden aufschlagen zu lassen. Der Schmerz füllte meinen Schädel und drohte, ihn zu sprengen. Für einen Moment wusste ich nicht mehr, wo ich war. Ich wollte liegen bleiben, warten, bis Onkel Manfred auftauchte und die Dinge in die Hand nehmen, alles regeln würde, aber da spürte ich, wie jemand mich auf den Rücken drehte. Breite Schultern, kurze Haare. Stoppel-Piotr. Mir stockte der Atem.

»*Kurwa*«, fluchte er und hob die Faust.

In diesem Moment ging über uns das Licht an, Schritte näherten sich. Kaum hatte Stoppel-Piotr aufgesehen, war er auch schon auf den Beinen. Er drehte sich um und sprang in langen Sätzen die Treppe hoch.

Und ich lag da, sah einen Mann im dunklen Anzug, der sich zu mir herunterbeugte. Er packte mich bei den Schultern und wuchtete mich hoch.

»*This way*«, sagte er. Meinen Arm fest umklammert, führte er mich den Gang hinunter.

Ich tastete nach meiner Nase, sie war nass. Meine Finger waren rot.

Der Typ blieb stehen, betrachtete meine Hand. Dann schob er mich in einen Raum mit Waschbecken. Er drehte den Hahn auf, während ich mich darüber beugte. Das Wasser verfärbte sich. Mir war übel.

Ein Handtuch wurde gegen meine Nase gedrückt, und der Schmerz schoss nach hinten. Ich riss das Handtuch weg, musste mich am Becken festhalten, aber schon zog mich der Anzugtyp zurück in den Gang. Meine Nase tat weh wie bescheuert und mein Hinterkopf auch.

Wir kamen zu einem Garderobenschalter. Der Anzugtyp ging hinter den Tresen, musterte mich kurz und hielt mir dann ein Jackett entgegen. Das sollte ich offenbar über mein T-Shirt ziehen. Er musste mir helfen, denn jede Bewegung schmerzte.

Dann dirigierte er mich weiter, um eine Ecke und durch eine Tür. Ich konnte mich kaum noch aufrecht halten. Speiübel war mir inzwischen. Gerade als ich drohte, zusammenzusacken, spürte ich eine Bank unter mir. Mit beiden Armen aufgestützt versuchte ich, meinen Atem zu beruhigen.

Musik setzte ein. *Cheri, cheri Lady.* Das durfte alles nicht wahr sein. Mein Schädel dröhnte. Im Augenwinkel sah ich den Anzugtypen. Mit breitem Kreuz versperrte er die Tür.

Ein Mädchen kam auf mich zu, nackte wippende Brüste, und setzte sich neben mich auf die Bank.

»*How are you?*«, sagte sie.

Ich schüttelte den Kopf und spürte gleichzeitig, wie mir ein Rinnsal in den Nacken lief. Es musste Blut sein.

Ein Sektkühler, groß genug für ein Kölschfässchen, wurde vor uns abgestellt. Die Flasche schaute trotzdem oben raus.

»*I'm Beata*«, sagte das Mädchen und rückte näher an mich heran.

In meinem Kopf pochte es. Wie mit dem Hammer. »Maria«, stammelte ich.

Das Mädchen schob eine Hand unter mein Sakko. Dann drückte sie an meiner Hose herum.

»*No*«, stöhnte ich. »*I want Maria.*«

Aber sie schien mich nicht zu hören. Ihr Kopf lag auf meiner Brust, während sie den Knopf und den Reißverschluss von meinen Jeans öffnete. Ich versuchte, sie zur Seite zu drängen.

»*No.*«

Der Anzugtyp stand jetzt neben unserem Tisch. Er zeigte auf ein Mädchen, das in der Mitte des Raums aufgetaucht war und sich an einer Stange räkelte. Der Boden darunter war verspiegelt.

Ich schüttelte den Kopf. Ich konnte nicht mehr. Als das Mädchen neben mir ihr Gefummel fortsetzte, rutschte ich an den Rand der Bank, versuchte mich aufzurichten, aber eine behaarte Pranke legte sich schwer auf meine Schulter.

»*You stay*«, sprach der Anzugtyp.

Von der anderen Seite schmiss sich das Mädchen wieder an mich ran. Was sie nicht daran hinderte, gleichzeitig Sekt oder Champagner oder was immer das war zu trinken.

Mein Plan, sagte ich zu mir selbst. Ich muss mich an meinen Plan halten.

»Enjoy«, herrschte mich der Anzugtyp an.

Ich gehorchte und nahm schnell einen Schluck, aber das machte alles nur noch schlimmer. Ich musste würgen.

Der Anzugtyp stand neben mir, so dicht, dass mein Ärmel sein Hosenbein berührte. Er schaute geradeaus, die Arme vor der Brust gekreuzt. Im Hintergrund lief *You're My Heart, You're My Soul*, doch mischte sich ein Knarren darunter. Die Tür hatte sich geöffnet. Grünes Jackett, Telefonkoffer. Liam kam herein.

Meine Gedanken rasten. Liam? Hier? Trotz der Mafia? Hatte Maria sich geirrt, und er gehörte dazu? Aber hatte er nicht selbst …? Fest stand, er war hier. Nicht gut, gar nicht gut. Mein toller Plan endgültig für'n Arsch. Liams Auftritt war nicht vorgesehen. Aber klar, Stoppel-Piotr musste ihn gerufen haben. Und da war er.

Liam ließ seinen Blick durch den Raum schweifen. »Wie entzückend«, säuselte er, als er mich entdeckte, und schnalzte mit der Zunge.

Das Pochen im Kopf wurde immer heftiger. Liam hier! Aber irgendwie passte es auch. Als hätte ich ihn herbeigeredet. Für einen Moment war ich froh, dass ich von beiden Seiten gestützt wurde.

»In der Höhle des Löwen«, sagte er, »wir treffen uns wieder.« Er machte einige tänzelnde Schritte auf der Spiegelfläche und begann, an seinem Jackett herumzuzupfen.

Der Anzugtyp wies auf einen Tisch in der Nähe.

Liam schüttelte den Kopf. »*I'm with him*«, sagte er und komplementierte erst den Anzugtypen zur Seite, um dann mich und das Mädchen weiter in die Bank zu drücken und sich schließlich neben mich zu hocken. Den Telefonkoffer wie gewohnt zu seinen Füßen.

»Ich muss sagen«, näselte Liam, »du traust dich viel. Sehr viel.« Wieder dieser Geruch von Bier und Minze. »Aber ich sage dir, hier du bist falsch. Weil …« Er senkte seine Stimme. »Ich habe dich in der Falle.«

Auch vor Liam stand jetzt ein Glas. Das Mädchen neben mir schenkte aus.

»Du glaubst, du weißt alles, du kennst alles. Aber eigentlich du kennst nichts. Bloß ein dummer Junge, der macht einen großen Fehler.« Liam hatte seinen Arm um meine Schulter gelegt, drückte mich an sich. »Lass mich das gerade kriegen. Du kommst hierher, weil du denkst, das ist ein freies Land. Wo du kannst tun, was du willst. Aber ich sage dir: Du irrst dich. Und ich sage dir weiter: Hier es endet. Definitiv.«

Die Hand des Mädchens zwängte sich zwischen meine Beine. Ich hatte den Geschmack von Kotze im Mund. Mein Hinterkopf pochte.

»Es ist so traurig. Ich dachte, du hast kapiert. Was zählt, was allein zählt, das sind Zahlen. In Polen regieren Zahlen jetzt. Nur Zahlen, keine Nullen.« Liam kippte sein Glas. »Hier du kannst Business machen. Nicht nur mit dem Direktor. Ich wollte dir zeigen. Auch mit Mädchen. Großes Business!« Er redete immer schneller. »Warum musst du kommen an den falschen Ort? Hier ist ein anderes Business. Hier sind andere Mädchen. Verrückt bist du! Absolut verrückt. Und ich sage dir: Du wirst das bereuen. Niemand stört das Business. Niemand, hörst du! Und wer doch stört, der bezahlt. Der bezahlt teuer.«

Mir wurde schwarz vor Augen. Liams Stimme hatte keinen Ort mehr.

»Willst du nicht glücklich sein?«, säuselte er. »Weißt du, es ist ganz einfach. Alle machen ihr Business: Wir machen Business, sie machen Business. Und wenn keiner stört, alle sind glücklich. Ich bin glücklich, du bist glücklich.«

Wie durch Schlieren sah ich den Anzugtypen mit verschränkten Armen neben der Tür stehen. An der Stange räkelte sich das andere Mädchen.

»Aber du, du machst alles kaputt. Alles.« Liam packte mein Kinn, sein Gesicht dicht vor meinem. »Erst nimmst du mir weg ein Mädchen, dann suchst du schon die nächsten Mädchen. Von der Konkurrenz! Du bist verrückt. Absolut *crazy*!«

Würgen. Blut im Nacken, auf dem Rücken.

»Ich frage dich: Was willst du?«

Stille, nur in meinen Ohren rauschte es.

»Hölle, was willst du?«

Die Augen geschlossen, stieß ich hervor: »Maria.«

»Was?« Der Druck an meinem Kinn – immer stärker.

»Maria. Ich will Maria.« Die Augen wieder auf.

Der Anzugtyp war näher gekommen. Sollte er ruhig, er war nämlich die Lösung. Der Feind deines Feindes ist dein Freund. Mit einem Mal wurde ich ganz ruhig.

»*I want Maria*«, sagte ich, laut genug, dass auch unser Aufpasser es hörte.

»*She is mine*«, knurrte Liam, seine Augen waren Schlitze.

Ich befreite mich aus Liams Griff und drehte mich zum Anzugtypen. »*Maria is the best*«, erklärte ich.

»*No Maria here*«, sagte er. Gut so, dachte ich. Natürlich gab es hier keine Maria. Darum ging es ja. Das falsche Mädchen am falschen Ort.

»*Get me Maria!*«, sagte ich.

»*No*«, sagte Liam.

Der Anzugtyp schüttelte den Kopf. »*I'm sorry.*«

Doch, erwiderte ich. Er – und ich deutete auf Liam – hätte sie mir versprochen.

Liam starrte mich an. Offenbar begann ihm zu dämmern, was ich hier tat. Ich musste mich beeilen.

Und im Übrigen hätte ich Maria sonst immer auf dem Zimmer gehabt, erklärte ich dem Anzugtypen weiter.

»*Stop it!*«, zischte Liam.

Fast unmerklich das Kopfschütteln des Anzugtypen. Glaubte er mir oder nicht? Was brauchte er denn noch von mir? Eine Buchungsnummer etwa?

Da fiel mir das Kärtchen mit dem Kussmund wieder ein. Das von Liams Privat-Puff. Ich schob meine Hand in die Hosentasche – ich hatte seit Tagen dieselben Jeans an –, und da war sie.

Liam wollte nach der Karte schnappen, aber der Typ war schneller. Er drehte sie hin und her, und ich versuchte ihm noch deutlich zu machen, dass ich sie damit sonst immer buchen würde, also aufs Zimmer. Aber das war schon nicht mehr nötig, der Schlussakt hatte bereits begonnen.

Der Anzugtyp spurtete zum Telefon, das neben der Tür auf einem Tischchen stand. Liam schnappte sein Köfferchen, sprang auf und wollte ebenfalls zur Tür, aber in diesem Moment ließ der Typ den Hörer auf die Gabel fallen, um sich Liam in den Weg zu werfen. Die Arme ausgebreitet, segelte er durch die Luft. Liam versuchte noch, sich wegzuducken, aber zu spät. Der Greifvogel ging schon auf ihn nieder. Krachend landeten beide auf einer Bank, Liam unten, der Anzug über ihm, eine Hand an Liams Kehle.

Damit war der Weg frei für mich. Doch kaum hatte ich mich erhoben, musste ich erst mal Halt suchen, so schwindelig war mir. Mein Kopf drohte zu platzen.

»*Please stay*«, hörte ich das Mädchen. Sie zog an meinem Ärmel.

Ich nahm die Tür in den Blick, dann rannte ich los.

Zum Glück war es noch dunkel, als ich aus dem Taxi stieg, sonst hätte der Fahrer größere dunkelrote Flecken auf seinem Stoffbezug entdeckt. Aber er war glücklich mit dem 100.000er, den ich ihm gegeben hatte, mein letztes Geld. Ich hatte ihn überredet, über den Gehweg bis vor die Haustür zu fahren – um diese Zeit waren selbst die Hundebesitzer noch nicht unterwegs. Niemand war zu sehen, und doch wollte ich keine weiteren Überraschungen mehr riskieren. Für diese Nacht reichte es. Und nicht nur für diese Nacht. Es war Zeit, abzureisen.

Wofür ich allerdings zunächst einen neuen fahrbaren Untersatz brauchte – den dritten innerhalb von zwei Wochen. Und, fast noch wichtiger, natürlich meine Filmdosen. Vielleicht auch einen Verband und ein paar Kopfschmerztabletten. Deshalb stand ich vor Evas Haus. Meine Casio zeigte fünf Uhr. Ich klingelte.

Nichts passierte. Jedenfalls nicht hier draußen. Oben musste der Dackel längst Alarm geschlagen haben. Aber um Eva zu wecken, brauchte es schon ein mittleres Erdbeben. Hätte ich doch nur den Schlüssel neulich nicht abgegeben. Ich drückte noch einmal den kleinen runden Metallknopf neben der 87. Kurz darauf hörte ich es leise »*Tak*« sagen.

»Grzegorz, ich bin's.«

Das Türschloss summte, und schon hatte der Block mich verschluckt. Der Aufzug schleifte die Schachtwand hoch, oben süße Fäulnis und Hundegebell, das mit jedem Schritt lauter wurde.

Vor Begeisterung, mich wiederzusehen, kläffte Tofik sich die Seele aus dem Leib. Grzegorz dagegen konnte sich besser beherrschen; im karierten Schlafanzug stand er hinter der Innentür, zog an einer Mentholzigarette und röntgte mich mit seinem Blick. Das Blut im Haar und im Nacken, das Klopfen im Hinterkopf.

Er schüttelte den Kopf. »Ich habe dir gesagt«, brummte er.

Mir war klar, er wusste alles, erkannte alles, hatte immer schon alles verstanden. Von Anfang an. Ich nickte.

»Aber du hast gelernt«, ergänzte er.

»Ja.« Ich zog die Schultern hoch. »Ich denke, ja.«

Und dann tauchte tatsächlich Eva auf. Zerzaustes Haar, Nachthemdkleid, die Augen auf halb acht. Tofiks Begeisterung kannte keine Grenzen mehr, sein Bellen stieg sogar noch in der Tonhöhe. Was für ein musikalischer Hund.

Grzegorz, der mit einer aufgerollten Zeitung ausholte, sah das offenbar anders.

»Eva«, versuchte ich die unerwartete Stille zu nutzen, »ich brauche dein Auto.«

Sie blinzelte mich an. »Darfst du«, murmelte sie, »dich nicht so rumtreiben.«

»Mein Auto«, rief ich, »ist angezündet worden!«

»Müssen wir doch weiter arbeiten.«

»Arbeit? Welche Arbeit?« Ich versuchte, wieder leiser zu werden. Einmal tief Luft geholt. »Dein Auto. Bitte!«

»Schreiben wir noch einen Bericht«, nörgelte sie.

»Hör mir doch mal zu! Sie sind hinter mir her. Maria ist in Sicherheit. Aber ich muss weg. So schnell wie möglich!«

»Meine Kontakte, weißt du …«

»Eva!«

»Kenne ich noch andere Direktoren …«

»Wir!«, schrie ich, »Arbeiten! Nicht! Weiter!«

Eva blieb der Mund offenstehen.

»Wir haben nie gearbeitet, und wir werden nie arbeiten.«

»In Warszawa«, brummte Grzegorz von der Seite, »nur Goldgräber.«

»Genau«, sagte ich. »Und ich habe den schlimmsten besiegt. Den, der es auf uns abgesehen hatte.«

Grzegorz produzierte den perfekten Rauchkringel. Eva rieb sich die Augen.

»Nur sein Handlanger, der ist noch da, und den hat er auf mich angesetzt. Verdammt, Eva, bitte!«

Grzegorz hielt mir einen Autoschlüssel entgegen. »Fahr«, sagte er.

Ich schaute zu Eva.

»Fährst du aber vorsichtig«, murmelte sie und zog das Gesicht schief.

»Klar.«

Ich fiel erst Eva um den Hals, die mir noch schnell die Adresse einer Freundin in Köln zusteckte, dann Grzegorz, tätschelte Tofik, schnappte meine Sachen. Keine zehn Minuten später drückte ich das Gaspedal des Polonez durch. Der Morgen dämmerte bereits.

Belgisches Viertel

Am Ende kann man das Rotlicht aus- und das normale Licht wieder einschalten. Die Abzüge sind trocken und können von der Leine genommen werden. Ein ganzer Stapel kommt zusammen. Auf dem obersten Foto, ein etwas kleineres Format, heben sich schimmernde Locken vor tiefschwarzem Hintergrund ab. Sie rahmen das hell strahlende, leicht zur Seite geneigte Gesicht. Die dunklen Augen reflektieren den Lichtschein, die Lippen sind leicht geöffnet, im Ansatz sind Grübchen zu erkennen. Maria lächelt. Und sie zwinkert mir zu.

Ich stand auf dem Gehweg und schaute durch die große Scheibe, auf der Trixis Name prangte, konnte es immer noch nicht fassen. Dabei war es bei meinem ersten Auftritt hier – blutverschmiert und mit meinen Jeans um den Kopf – auch schon recht voll gewesen. Inzwischen waren mehrere Wochen vergangen. Und nun standen die Leute wieder dicht an dicht, unterhielten sich, nippten an Champagnerkelchen. Doch, das war eine Ausstellungseröffnung. Es war meine Ausstellungseröffnung.

Trixi hatte nicht lockergelassen – sie hatte die Abzüge sehen wollen, die ich noch in der Nacht, derangiert, wie ich war, entwickelt hatte. Sie hielt mich für einen Künstler. Und vielleicht war ich inzwischen auch einer. Jedenfalls hatte Trixi gleich eine Lücke in ihrem Ausstellungsprogramm mit meinen Arbeiten füllen wollen. In ihrer Galerie im Belgischen Viertel in Köln, dem Zentrum der westdeutschen Kunstwelt. Eine Einzelausstellung. Und gleich vorne hing der Marriott-Turm, er überragte die Menge knapp.

Mir kam Liam in den Sinn. Das Marriott blieb für mich untrennbar mit ihm verbunden. Ich hatte seit jener Nacht nichts mehr von ihm gehört – worauf ich es natürlich auch nicht angelegt hatte. Mein Patenonkel war dagegen wohlbehalten wieder in Berlin gelandet, wie ich mir in einem kurzen Telefonat hatte bestätigen lassen. Nur dass er nicht ansatzweise begriffen hatte, was in Warschau eigentlich passiert war.

Auch mit Gabi hatte ich versucht zu reden, aber sie wollte nichts mehr von mir hören. Ich solle doch gleich ganz in Polen bleiben, hatte sie gemeint, sie würde sich jetzt aufs Studium konzentrieren, und die Wohnung, die sie ja ohne mich eingerichtet hatte, sei auch für sie allein perfekt. Dann hatte sie aufgelegt. Ich wusste ohnehin nicht, wie ich ihr alles hätte erklären sollen, besonders, dass es so nicht weiterging. Mit uns. Mit mir.

Blieb noch mein Vater. Ich hatte ihn eingeladen, aber keine Antwort bekommen. War vielleicht auch verständlich, da ich mich seit Warschau noch nicht wieder bei ihm gemeldet hatte. Ich musste ja die Ausstellung vorbereiten und überhaupt. Aber ich hoffte, ihn heute Abend zu sehen.

Mir fiel ein roter Fleck auf neben dem Marriott-Foto. Ein roter Punkt. War das Foto etwa schon verkauft? Es wurde höchste Zeit, selbst mal die Bühne zu betreten.

Ich ging zur Tür, doch weiter als zwei Schritte schaffte ich es nicht in den Raum hinein, es war einfach kein Durchkommen. Niemand beachtete mich. Zumindest etwas zu trinken hätte ich schon gerne gehabt. Eine Wolke aus Parfum und Alkohol umschloss mich. Ich wurde angerempelt, und der Inhalt eines Glases ergoss sich über mein Sakko. Es war nagelneu. So hatte ich es nicht gemeint, das mit dem Getränk.

»Da ist ja unser Shootingstar.« Vor mir bildete sich eine schmale Gasse, durch die Trixi auf mich zusteuerte, dabei heftig über ihre schmale Brille hinwegblinkernd. »Wir haben Sie schon erwartet.«

Kaum hatte sie mir zwei Küsschen auf die Wange gehaucht, bekam ich einen Schlag auf die Schulter. Breit grinsend kam Sven neben mir zum Vorschein.

»Alter Schwede!«, rief er. »Du hast es echt durchgezogen!«

Wahnsinn, er war wirklich gekommen. Ich machte eine wegwerfende Handbewegung. »Für irgendwas musste die Reise doch gut sein.«

»Vier Nullen zu viel.« Sven nickte anerkennend. »Echt edel, der Titel der Ausstellung.«

»So heißt auch eins der Fotos. *Der wilde Osten* war mir zu platt.«

»Hast mit den Nullen wohl die Preise gemeint, was?«, lachte Sven.

»Ist halt keine Postergalerie hier. Aber wenn du auch eins …«

»Vergiss es. Kann ich mir eh nicht leisten. Obwohl die Folklore-Säufer mit dem Bierkrug – das ist schon steil.«

Trixi drückte mir ein Glas in die Hand. »Thomas«, sagte sie. »Sie glauben nicht, was hier los ist. Das habe ich selber noch nicht erlebt. Sehen Sie sich um: Alle sind verrückt geworden. Einfach irre.«

Ich sah mich um, aber alle schienen nur zu trinken und zu reden. Auch Sven hielt unverkennbar Ausschau nach etwas Alkoholischem.

»Ihre Fotos. Sie sind so hart, so konzeptuell. Und gleichzeitig so authentisch. Einfach nur stark.« Trixi tippte mir mit spitzem Finger gegen die Brust. »Ich wusste, dass wir damit den Nerv der Zeit treffen. Ihre Fotos: Alle lieben sie. Und kaufen sie.«

»Ja«, sagte ich, »das Marriott-Foto. Hab ich von draußen schon gesehen.«

»Thomas, nicht nur das eine. Rote Punkte, fast überall.«

»Echt?« Ich versuchte noch einmal, mich umzusehen, aber leerer war es nicht geworden.

»Und alle fragen schon, wann ich neue Arbeiten bekomme.«

»Na ja, Sie wissen ja, das ist unsere Auswahl, das sind die besten.«

Trixi wedelte mit der Hand. »Das kriegen wir schon hin. Da lässt sich noch viel machen, im Osten. Thomas, Polen ist erst der Anfang. Wir ziehen das ganz groß auf. Eine Serie.« Sie zwickte mich am Oberarm. »Ich zähle auf Sie!«

Was das anging, hatte ich tatsächlich schon eine Idee. Wie meine Zukunft aussehen könnte. Noch war aber nicht der richtige Moment gekommen, Trixi alles zu erklären.

Sie strahlte trotzdem. »Fotografie ist en vogue. Realismus ist en vogue. Und gleichzeitig ist der Osten immer noch *terra incognita. Go east,* sagen alle, aber wer traut sich das schon? Das müssen wir ausnutzen.«

Wenn sie das sagte.

»Was Sie brauchen«, fuhr Trixi fort, »ist Freiraum. Du musst frei atmen können. Als Künstler, als Mensch. Das ist kein *Nine-to-five-Job*. Hier geht es um Ausdruck, der aus dem tiefsten Inneren kommt.«

Bevor ich noch etwas sagen konnte, juchzte Trixi auf, riss den Arm nach oben und winkte Richtung Tür. »Thomas, Sie glauben nicht, wer da gerade kommt.«

Wer da kam, war ein Fettwanst im blauen Zweireiher. Goldene Brille, Goldknöpfe, Uhrenkette, volle Lotte.

»Wie schaffst du es nur, Trixi«, dröhnte er, »bei jeder Eröffnung jünger auszusehen?«

Trixi nahm die zwei Küsschen entgegen. »Ernst, du alter Charmeur. Dabei bringst doch erst du den Glanz in meine bescheidene Hütte.«

Am Revers die Rotary-Nadel. Selbstredend. Wie bei meinem Vater.

»Der eine oder andere Ministeriale«, grantelte er, »hat sich auch schon unters Volk gemischt. Raus aus dem muffigen Bonn, bevor da alle Lichter ausgehen, um hier mal einen auf Kultur zu machen, nicht wahr. Aber wir wissen ja, wie das läuft. Sie trinken sich die Kunst schön. Vor allem, wenn sie so wenig Farbe hat.« Er brach in heiseres Lachen aus, und auch Trixi lachte, etwas weniger laut.

»Apropos. Wo hast du denn die Tränke aufgebaut?« Das Doppelkinn bebte.

Trixi berührte seinen Arm. »Warte, Ernst. Ich muss dir noch die Hauptperson des heutigen Abends vorstellen, exklusiv bei mir unter Vertrag: Thomas Meister.«

»Liebesgrüße aus Moskau«, wandte er sich an mich, »nicht wahr?«

»Warschau«, sagte ich.

»Na, in jedem Fall sind Sie bestimmt froh, heil zurück in den Westen gefunden zu haben.« Er drehte sich wieder zu Trixi. »Der Iwan scheint ihm aber mächtig zugesetzt zu haben, deinem Künstler. Ganz ausgemergelt sieht er aus. Kannst du das nicht mal in deine Knebelverträge aufnehmen, die kreativen Köpfe ein bisschen aufzupäppeln, bevor du ihnen den letzten Tropfen Blut aus den Adern saugst?«

Trixi wollte etwas sagen, aber der Dicke lachte wieder so ohrenbetäubend, dass Widerrede zwecklos schien. Er kniff mir noch, wie anno Tobak meine Großtante, in die Wange, sagte: »Na denn, toi, toi, toi«, und schob seinen Bauch durch die Menge.

Trixi sah ihm hinterher. »Wenn er etwas kauft, dann hat das Signalwirkung. Glauben Sie mir.«

»Wenn er erst mal was getrunken hat.«

»Sie wissen doch: Erst das Fressen, dann die Moral.«

»Wäre trotzdem nett gewesen, wenn er sich wenigstens ein bisschen für meine Fotos interessiert hätte.«

»Natürlich, Thomas.« Trixi nahm meine beiden Hände. »Ihre Arbeiten haben ja so eine Tiefe.«

»Ich mein ja nur: Da steckt doch eine Geschichte hinter, eine Botschaft.«

»Sie haben völlig recht, Thomas. Die existenzielle Leere ist aufgeladen, das Nichts transzendiert, die Eisdiele ein Ort höherer Wahrheit.« Sie holte kurz Luft, setzte ein Lächeln auf. »Aber jetzt, jetzt müssen wir uns um die Gäste kümmern.«

Sie wollte mich gerade weiter in die Tiefe des Raums bugsieren, da sah ich meinen Vater. Und neben ihm Anke, meine Schwester. Sie waren eben erst eingetreten, wirkten etwas verloren in der Menge.

Trixi beugte sich zu mir und fragte: »Kennen Sie den Herrn?«

Bevor ich antworten konnte, kam mein Vater, Anke im Schlepptau, schon auf uns zu.

»Thomas«, sagte er und drückte meine Hand. Anke umarmte mich.

Trixi schob sich dazwischen. »Von der Stetten-Reiferscheidt«, sagte sie und streckte ihre Hand aus.

»Angenehm, Meister.«

Trixi legte die Stirn in Falten, schließlich strahlte sie über das ganze Gesicht. »Wie schön, dass Sie uns beehren, Herr Meister.« Sie senkte die Stimme. »Ihr Sohn ist ja so talentiert, Herr Meister. Sie müssen eine künstlerische Ader in der Familie haben. Sind Sie auch ein Kreativer?«

»Ich bin Unternehmer. Ich verdiene meine Brötchen, das kann ich ganz klar sagen, mit handfester Arbeit. Das muss mein Herr Sohn ja erst noch lernen.«

Trixi lachte. »Da machen Sie sich mal keine Sorgen, Herr Meister, ganz und gar nicht. Das hat er nämlich schon. Die Ausstellung Ihres Sohnes ist bereits nahezu ausverkauft.«

»Die Einladung«, sagte ich, »du hast sie also bekommen.«

»Wo sind denn jetzt die Nullen?«, drängelte meine Schwester.

»Dein erstes Lebenszeichen seit Wochen, immerhin.« Mein Vater zog die Karte aus dem Sakko und hielt sie in die Höhe. »Ich war, wie soll ich sagen, überrascht, um ehrlich zu sein, überhaupt noch von dir zu hören. Eva, die ich immer sehr geschätzt habe, hat nur wirres Zeug von sich gegeben, dass du mitten in der Nacht verschwunden seist, auf, wie sie sagte, eine Polonaise …«

»Mit«, sagte ich.

»Wie bitte?«

»Mit einem Polonez. Das ist ein Auto. Zumindest so etwas Ähnliches.«

»Ein Auto?«

»Das ist eine lange Geschichte.«

Mein Vater runzelte die Stirn. »Wie dem auch sei.« Er räusperte sich. »Wie gesagt, ich war, vorsichtig ausgedrückt, verwundert. Schließlich wusste auch dein Patenonkel, dem immerhin die Ehre eines kurzen Anrufs zuteilwurde, nicht, wohin es dich verschlagen hat. Was, in Gottes Namen, hast du die letzten Wochen eigentlich gemacht?«

»Die Antwort«, sagte ich, »sind die Fotos.«

»Das dahinten musst du dir ansehen.« Anke zerrte an seinem Ärmel. »Da hängt ein BH im Gummibaum!«

»Herr Meister.« Trixi wippte auf der Stelle. »Sie sind doch Geschäftsmann. So wie ich. Also -frau. Und ich sage Ihnen, was Sie hier sehen, ist ein großer geschäftlicher Erfolg für Ihren Sohn.«

Mein Vater hob die Augenbrauen.

»Schauen Sie nur die vielen roten Punkte! Das schafft kaum einer meiner etablierten Künstler. Herr Meister, *a new star is born!*«

»Nun, eins zumindest muss man ihm lassen«, meinte mein Vater. »Er hat das richtige Gespür.«

»Unbedingt.« Trixi nickte heftig.

»Ich meine den Polen-Deal. Der wäre, das kann ich ganz klar sagen, ein Desaster geworden. Mit unabsehbaren Folgen für unsere Firma. Ich bin schwer enttäuscht von Manfred, dass er sich so verrannt hat. Es war mein Sohn Thomas, der uns vor dem Schlimmsten bewahrt hat. Wie gesagt: das richtige Gespür. Dafür gebührt ihm unser Respekt.«

»Darauf einen Dom Pérignon«, befand Trixi und wies in die Tiefe der Galerie.

»Da ist noch etwas.« Wieder das Räuspern.

»Ja?« Trixi wirkte irritiert.

»Ein Anruf«, sagte mein Vater und fixierte mich mit seinem Blick. »Sehr merkwürdig, muss ich gestehen. Eine junge Stimme, weiblich, ein wenig eigenartig im Ausdruck, aber auf Deutsch. Sie …«

»Was hat sie gesagt?«, unterbrach ich ihn.

»Du weißt, wer das war?«

»Sag mir erst, was sie gesagt hat!«

»Ich soll ausrichten, nun, wie sagte sie, ja richtig, sie sagte, der Schmetterling sei wieder daheim.«

Maria! Ich tastete nach der Innentasche meines Sakkos. Da hatte ich es: ihr Foto. Dieses Foto war nur für mich bestimmt.

»Vielleicht«, meldete sich Trixi wieder zu Wort, »möchten Sie auch erst einmal herumgeführt werden?«

Mein Vater wandte sich zur Seite, aber die Leute standen weiter dicht an dicht. »Du hast also Fotos geknipst in Warschau?«

»Das ist Kunst. Kunst. Kunst.« Trixi bekam Schnappatmung.

»Eine Geschäftsreise sollte es werden.«

»Darf ich«, sagte ich, »einen Vorschlag machen?«

»Anstatt auf vernünftige Gedanken zu kommen …«

Ich hob eine Hand. »Genau genommen ist es ein Angebot. Ein geschäftliches Angebot.«

Endlich waren sie still.

»Ein Angebot?«, fragten sie schließlich wie aus einem Munde.

»Ja, genau.«

Trixi und mein Vater sahen mich an.

»Und es richtet sich an Sie und dich gleichermaßen.«

Nun wandten sich mein Vater und Trixi einander zu. Wenn auch mit erkennbarer Skepsis im Blick.

»Folgendes Angebot: Ich schreibe mich ein für das BWL-Studium …«

Mein Vater schaute wieder zu mir.

»… aber erst im Sommersemester, also in einem halben Jahr, damit ich Zeit habe, Ihnen, Trixi, neue Fotos zu liefern …«

Trixi hob die Augenbrauen.

»… unter der Voraussetzung eines Vorschusses, der mir eine neue Reise ermöglicht.«

Ich sah in zwei verdutzte Gesichter. Um uns herum redeten, lachten die Menschen, beachteten uns nicht.

Mein Vater hatte sich als Erster gefasst. »Nein«, sagte er nur.

Das war natürlich typisch.

»Nein«, wiederholte er. »Damit, um das ganz klar zu sagen, kann ich mich nicht einverstanden erklären. Zumindest nicht in Bezug auf deine Studienpläne.«

»Aber es sind doch deine Pläne«, wandte ich ein.

»Eben.« Er lächelte. Hatte ich richtig gesehen?

»Du musst«, fuhr er fort, »deine eigenen Pläne machen. Und das meine ich sowohl in Bezug auf eventuelle Reisepläne als auch in Bezug auf die Studienwahl.«

»Und was ist mit der Firma?«, fragte ich.

»Für die hast du wahrlich genug geleistet. Mach dir deshalb keine Sorgen. Was den einheimischen Markt angeht, werde ich mich ins Zeug legen müssen, aber das wäre doch gelacht, wenn ich das nicht schaffe.«

Während mein Vater dastand wie ein Fels in der Brandung, war Trixi zusehends unruhiger geworden.

»Wohin wollen Sie denn reisen?«, platzte es schließlich aus ihr heraus.

»Wieder in den Osten.« Ich glaube, ich konnte ein Grinsen nicht unterdrücken in diesem Moment.

»In den Osten!«, schwärmte Trixi.

»Ich muss den Polonez zurückbringen«, ergänzte ich. »Und dann«, ich holte tief Luft, »dann muss ich nachsehen, wie es dem Schmetterling geht.«

Als um ein Uhr nachts die letzten Gäste gegangen waren, drückte ich Trixi meine Leica in die Hand. Mein Vater und meine Schwester waren noch da. Er hatte *Wohlwollen und Erwägung* zu seinem Lieblingsmotiv erklärt und davor Stellung bezogen. Mich nahm er zu seiner Linken, Anke zu seiner Rechten. Trixi drückte auf den Auslöser.

Nachwort

Die Reise nach Polen, um auf vernünftige Gedanken zu kommen, und ihr gesamtes Personal sind Fiktion, auch wenn es tief im »Wilden Osten« wirklich so zuging, wie von Thomas beschrieben. Der Aufhänger jedoch, die Einführung neuer Złoty-Scheine und -Münzen, ist historische Tatsache. Nachdem die galoppierende Inflation der 1980er-Jahre immer höhere Nennwerte bis hin zu einer 2-Millionen-Złoty-Banknote notwendig werden ließ, wurden zum 1. Januar 1995 neue Banknoten und Münzen eingeführt, die gegen die alten Scheine im Verhältnis 1:10.000 umgetauscht werden konnten. Das alte Geld blieb allerdings noch bis Ende 1997 gültig und wurde weiter benutzt.

Glossar der polnischen Vokabeln

barszcz	Borschtsch (Rote Bete-Suppe)
budowa	Bau / Baustelle
cholera	Cholera / verdammt noch mal
(bardzo) dobrze / dobra	(sehr) gut
Co pan tu robi?	Was machen Sie hier?
do dna	bis zur Neige / auf ex
dokumenty	Dokumente
dorsz	Dorsch
dziadku	Vater (Anrede)
działka	Grundstück
dziękuję / dzięki	danke
dzień dobry	Guten Tag
herbata	Tee
inwestycja	Investition
kawa (waniliowa / cymtowa)	Kaffee (mit Vanille- / Zimtaroma)
kolega	Kollege, Kumpel
kompot	Fruchtsaftgetränk
kontrola (radarowa)	(Radar-)Kontrolle
kotek	Kätzchen
kotlet schabowy	Schweinekotelett
kurwa	Nutte / (verfluchte) Scheiße
majster	Meister
mandat	Strafzettel
mocne	stark
moment	Moment
na zdrowie	zum Wohl / Prost

nie [sprich: nië]	nein
nie ma	nicht da / es gibt nicht
nie wolno	man darf nicht / verboten
pan Hubert	Herr Hubert
pani Ewa	Frau Eva
paszport	Reisepass
piwo	Bier
policja	Polizei
pomóc	Hilfe
prawda	Wahrheit / stimmt
produkcja	Produktion
proszę (bardzo)	bitte (sehr)
pstrąg	Forelle
remont	Renovierung
smacznego	Guten Appetit
syn	Sohn
tak	ja
tu	hier
wódka	Wodka
złoty	Zloty (polnische Währung)

Danksagung

Bei der Arbeit an diesem Buch habe ich vielfältige Unterstützung erfahren. In einem frühen Stadium hat Birgit Marx viel Mühe investiert, um sprachliche und inhaltliche Fehler auszumerzen. Caroline Kaiser hat den Text aus polnischer Perspektive auf Herz und Nieren geprüft, David Irwin aus englischer. Als Karnevalsexpertin hat Angela Stirken eine Passage begutachtet, die zwar dem »Final Cut« zum Opfer gefallen ist, bestimmt aber anderswo noch Verwendung findet. Schließlich hat Regine Möbius das gesamte Manuskript durchgearbeitet und mir aus ihrer schriftstellerischen Sicht wertvolle Tipps gegeben. Die fleißigste, weil häufigste Testleserin war aber meine Frau Julia, ohne deren Geduld und Rückhalt ich diese Reise nicht zu einem guten Ende hätte führen können. Ihr ist das Buch gewidmet.

Weitere professionelle Hilfe habe ich von Saskia Römer erfahren, die in einem fortgeschrittenen Stadium ein ebenso sensibles wie akribisches Lektorat vorgenommen hat. Das Titelfoto, das Thomas in der Krasnobrodzka-Straße aufgenommen haben könnte, stammt von Daniel Biskup, der Anfang der 1990er-Jahre ebenfalls in Polen unterwegs war. Markus Stromiedel und das Team von Woobooks haben das Manuskript auf seinem Weg zwischen zwei Buchdeckel mit viel Leidenschaft und Engagement begleitet.

Ihnen allen danke ich sehr herzlich!

Zur Entstehungsgeschichte des Buches gehört auch eine Crowdfunding-Kampagne, die ich gemeinsam mit dem Verlag durchgeführt habe. Der Zuspruch durch die zahlreichen Unterstützerinnen und Unterstützer war überwältigend und hat dem Buch schon vor der Veröffentlichung viel Aufmerksamkeit beschert. Auch Euch noch einmal ganz herzlichen Dank!